Barbara Mettbach

Die Luxus-Braut

Zu diesem Buch

Beim dritten Mann ist es für immer! Nach zwei gescheiterten Ehen glaubt die einundvierzigjährige Marie Kerner, Wellnessexpertin und Mutter einer erwachsenen Tochter, fest daran, mit Karsten endlich den Richtigen gefunden zu haben. Der erfolgreiche Werbeagent verwöhnt sie, und ihr Glück scheint vollkommen, als er ihr einen Heiratsantrag macht. Doch am schönsten Tag ihres Lebens bricht Marie beim Ankleiden mit Schwindel und Fieber zusammen. Liegt das an dem verflixten grünen Cocktail, den sie getrunken hat, um den Appetit zu zügeln, damit sie nicht ihr Brautkleid sprengt? Warum hat sie es nicht einfach eine Nummer größer gekauft? Nun ist es zu spät, sie muss die Hochzeit absagen. Doch Karsten reagiert erstaunlich gelassen und versteigert gut gelaunt das Hochzeitsmenü im Internet. Wut packt Marie, auf den Cocktail, auf Karsten, auf die Männer überhaupt – sind alle Männer solche Windeier, oder gerät sie immer nur an die falschen? Hals über Kopf flüchtet sie zu ihrem Exmann Lutz. Nun muss sie gründlich nachdenken … Ein temporeicher Roman über Fragen, die Frauen nur allzu gut kennen.

Barbara Mettbach, Diplom-Oecotrophologin, Journalistin und Verkaufstrainerin, lebt bei Nürnberg. Sie arbeitet als Ernährungsberaterin, schreibt für Fachzeitschriften und ist Autorin mehrerer Fachbücher. »Die Luxus-Braut« ist nach »Die Diät-Queen« und »Die Sterne-Köchin« ihr dritter Roman. 2006 wurde »Die Sterne-Köchin« für die ARD verfilmt.
Weiteres zur Autorin: www.barbara-mettbach.de

Barbara Mettbach

Die Luxus-Braut

Roman

Piper München Zürich

Von Barbara Mettbach liegen bei Piper im Taschenbuch vor:
Die Diät-Queen
Die Sterne-Köchin
Die Luxus-Braut

Originalausgabe
November 2007

Umschlaggestaltung: Cornelia Niere, München
Umschlagabbildung: Lucy Truman / new division
Satz: Filmsatz Schröter, München
Druck und Bindung: Clausen & Bosse, Leck
Printed in Germany ISBN 978-3-492-26216-3

www.piper.de

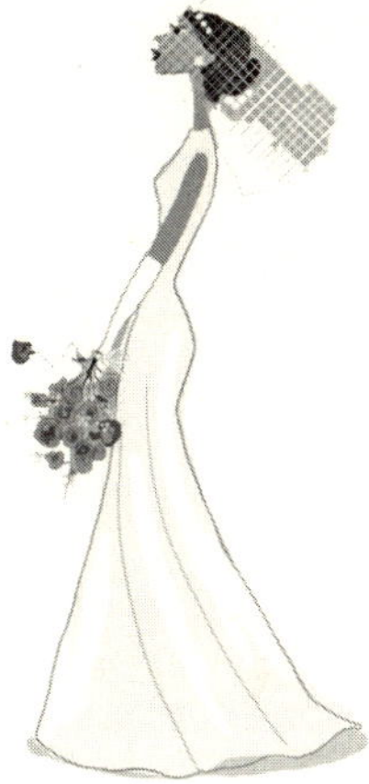

1

Lange hatte ich mich vor diesem Tag gefürchtet. Unaufhaltsam hatte er sich genähert, zuerst langsam, dann immer schneller. Ein paar Mal dachte ich daran wegzulaufen. Aber wohin? Der Zeit kann man nicht entfliehen. Überall auf der Welt holt sie dich ein, hier einige Stunden früher, dort etwas später. Letztlich hätte sich gar nichts geändert.

Der Tag blieb, was er war: mein vierzigster Geburtstag.

Auf das Wort »Feiern« verzichtete ich in diesem Zusammenhang konsequent. Ab vierzig war Schonzeit. Endgültig vorbei die wilden Geburtstagspartys. Wenn Partys, dann würde ich, Marie Kerner, künftig zwischen Champagner und Gemüsehäppchen mit Frauen gleichen und höheren Alters über Wechseljahre und welke Haut diskutieren und gierig Tipps für mehr jugendliche Frische aufsaugen.

Rosige Aussichten! So rosig, dass sich meine Vorfreude auf die nächsten vierzig Jahre ins geradezu Unermessliche gesteigert und ich beschlossen hatte, statt nach vorn zurückzublicken.

Ich war gut vorbereitet. Den ganzen Tag wollte ich damit verbringen. Allein.

Die Geheimwaffe gegen eventuell aufkeimende Depressionen während des Prozesses schlummerte in der hinteren Ecke meines Küchenschranks: eine Packung Rotklee-Melissen-Tee. Fast andächtig beförderte ich sie nach vorn, schnupperte.

Warum warten? Sicher war es viel besser, schon jetzt, sozusagen rein prophylaktisch, eine große Tasse davon aufzubrühen. Beim Übergießen der Teebeutel stieg mir ein frischer Duft von Zitrone, Melisse und Lavendel in die Nase. Ich setzte mich an den Küchentisch und atmete den aromatischen

Dampf tief ein. Dabei schaute ich aus dem Fenster auf die große Linde im Garten.

Womit sollte ich beginnen?

Mit meiner Geburt im Juni, im Sternzeichen Krebs? Mit meiner Kindheit? Ein guter Anfang. Gern dachte ich zurück an das große weiße Haus, das mein Vater als Architekt nach eigenen Vorstellungen gebaut hatte. Meine Eltern lebten noch immer darin. Und noch immer pflegte meine Mutter den wunderschönen Garten, in dem es vom Frühjahr bis in den späten Herbst blühte. An die Terrasse grenzte ein herrlich weicher Rasen, auf dem ich gern mit meiner um ein Jahr jüngeren Schwester Sybille getobt hatte. Familienleben besaß für meine Eltern oberste Priorität. Wir unternahmen viel zusammen und fuhren regelmäßig in den Urlaub. In der Schule gehörten Bille und ich zu den Besten. Sie studierte nach dem Abitur Germanistik und Geschichte und wurde Lehrerin. Ich entschied mich für Chemie – und brach gegen den Rat meiner Eltern im zweiten Semester ab.

Damit lenkte ich mein Leben in eine neue Bahn. Ich wurde Mutter einer großartigen Tochter, verschliss zwei reizende Ehemänner, die mich auch nach der Scheidung so großzügig versorgten, dass es mir an nichts fehlte.

Ich schniefte. Welch umwerfende Biografie, Marie!

Und so kurz. Passt bequem auf einen Notizzettel. Wenn du klein schreibst, reicht der Platz sogar noch aus, um den Sieg zahlreicher Damen-Tennis-Turniere zu erwähnen.

Zwanzig Jahre auf einem einzigen kleinen Notizzettel. Ich schlang die Hände um die warme Teetasse und spürte den Schlag meines Herzens in der Brust. Zwanzig Jahre, Marie, und du hast nichts von all dem erreicht, was du erreichen wolltest. Was ist aus deiner beruflichen Karriere in der Forschung geworden? Was aus deiner glücklichen Familie, die du gründen wolltest? Wo ist dein attraktiver, erfolgreicher Gatte, der dich auf Händen trägt?

Alles ein Traum geblieben.

Zeit verschenkt. Tage, Wochen, Jahre, die nicht wiederkehren. Keine zweite Chance. Fehler korrigieren kannst du in einer Textdatei, nicht im Leben.

Und plötzlich bist du alt. Vierzig.

Die Kraft strömte aus meinen Schultern. Unvermittelt sanken sie nach vorn, und die Wirbelsäule rundete sich wie die einer alten Frau. Ich stützte mich mit den Ellenbogen auf den Tisch, das Atmen fiel mir plötzlich schwer.

Alles war anders gekommen.

Aber war es deswegen schlechter gewesen?

Mühsam richtete ich mich auf und versuchte, an glückliche Phasen zu denken. Sicher hatte es sie gegeben. Die letzte lag mehr als zwei Jahre zurück.

Seitdem beschlich mich immer öfter das Gefühl, dass mir mein Leben entglitten war. Es hatte sich verselbstständigt, verkapselt und seine Dynamik verloren. Ich trat auf der Stelle, wusste nicht, wohin ich gehen sollte, weil ich mein Ziel aus den Augen verloren hatte.

Eine unsichtbare Hand legte sich um meinen Hals. Nun, mit vierzig, war es zu spät. Ich hatte es vermasselt.

Mechanisch rührte ich in dem rotbraunen Tee, bis er Wellen schlug, die an den Rand des Porzellans schwappten. Er dampfte nicht mehr. Sein frischer Zitronenduft war einem Arzneigeruch gewichen, der mich an eine Salbe erinnerte, wie meine Großmutter sie zum Einreiben müder Gelenke verwendet hatte. In einem Zug leerte ich die Tasse.

Draußen wiegten sich die Blätter der Lärche im Wind. Ein Eichhörnchen sprang von Ast zu Ast. Frei, unbeschwert. Eichhörnchen mussten weder an gestern noch an morgen denken.

Eine Denkpause hätte mir auch gutgetan.

Ich stand auf und schleppte mich ins Badezimmer. Sonnenlicht durchflutete den Raum und erhellte ihn. Ideale Bedingungen, um der Wahrheit ins Gesicht zu sehen.

Vorsichtig befreite ich meinen neuen Kosmetikspiegel aus seinem Bett aus Seidenpapier und hängte ihn in die bereits montierte Wandhalterung. Spezialglas, Lupeneffekt. Wie von Geisterhand geführt, rieb ein Mikrofasertuch den letzten Staubkrümel von der Spiegelfläche.

Noch einmal durchatmen, ein erster Blick. Ich wich zurück. O nein, dieses reizende Monstergesicht war nicht meins! Dieses hatte hängende Mundwinkel, stumpfe Augen, vergrößerte Poren auf der Wange, Härchen auf der Oberlippe und Falten. Besonders davon für meinen Geschmack viel zu viele.

Ich verzog die Mundwinkel zu einem breiten, künstlichen Grinsen. Sofort kräuselte sich die zarte Haut um die Augen. Krähenfüße.

»Frauen altern nicht, sie reifen«, versuchte mein Vater mich gern zu trösten. »Mit jedem Jahr werden sie interessanter.«

Aber nicht schöner, dachte ich jedes Mal und schwieg.

Ich konzentrierte mich auf die Stirn, genauer gesagt auf die drei Furchen, die sich quer darüber eingegraben hatten. Im einfachen Spiegel hatte ich sie nie bemerkt. Mit druckvollen, kreisenden Bewegungen massierte ich sie, was die Vertiefungen keinen Mikrometer minderte, sondern mir zusätzliche dicke rote Flecken bescherte. Jetzt gab es nur noch einen Ausweg: Farbe. Endlich wusste ich, warum sich ältere Frauen stärker schminkten als jüngere.

In einer Schublade kramte ich nach Schwämmchen und Make-up. Halbvoller Tiegel, auf der Oberfläche eine dicke braune Kruste. Mit einem Holzstäbchen nahm ich sie ab, bis nur noch Creme zu sehen war. Ich tupfte das für meinen sonnenentwöhnten Teint viel zu dunkle Braun auf Wangen und Stirn und verteilte die nach zwei Jahren zäh gewordene Masse mit einem feuchten Kosmetikschwamm. Dabei bildeten sich hässliche Streifen, die mich an Filmindianer auf dem Kriegspfad erinnerten. Wenn schon, denn schon. Tiefes Rot auf die Lippen und kräftiges Lila auf die Lider.

Der schrille Ton der Türklingel unterbrach meine Malerei. Ich erschrak, wischte mit einem Kleenex wild im Gesicht herum. Klopfen, erneutes Klingeln. Noch einmal wischen, so musste es genügen. Blick durch den Spion. Ein Junge mit einem Blumenstrauß. Ich riss die Tür auf. Er zuckte zusammen. Seine Gesichtszüge entgleisten, die in Folie gewickelten Blumen landeten raschelnd auf dem Steinfußboden. Eine Karte löste sich ab, rutschte mir vor die Füße.

Ich bückte mich, um die Lieferung aufzuheben. Das Kerlchen nutzte den Moment, um sich schnellstens aus dem Staub zu machen.

»Warte!«, rief ich hinter ihm her, in voller Absicht, ihn für den erlittenen Schock mit einem ordentlichen Trinkgeld zu entschädigen.

Er beschleunigte seine Schritte. Als mein Blick den Flurspiegel streifte, verstand ich ihn.

Neugierig riss ich den Umschlag auf. Eine goldene Vierzig strahlte mir aufdringlich entgegen. Kurz schielte ich zum Mülleimer, bevor die Karte sich wie von selbst öffnete.

Liebe Marie!
Warte nicht auf bessere Zeiten. Sieh Dich um, sie sind längst da.

Einen wunderschönen Geburtstag wünscht Dir
Dein Lutz

Zwischen Wut und Freude schwankend sank ich auf den Küchenstuhl und betrachtete die blauen Lilien. Lutz, mein zweiter Exmann, dessen Name ich trug. Acht Jahre lang waren wir verheiratet gewesen. Von einem Tag auf den anderen hatte er seine Koffer gepackt, um zu einer anderen Frau zu ziehen. Kein Streit, keine Warnzeichen, nichts bereitete mich auf diese Trennung vor. Seine neue Liebe war vierundzwanzig, gerade halb so alt wie er. Die Beziehung hielt nur wenige Wochen. Vergeblich hoffte ich danach, er würde zu mir zurückkommen. Meine Eltern mochten Lutz, und ich fühlte, dass sie heimlich mir die Schuld an der Trennung gaben. Lange stand mein Gefühl unausgesprochen zwischen uns. Zwar räumte mein Vater nach einem klärenden Gespräch ein, dass zu einer Trennung immer zwei gehörten, aber ein bitterer Nachgeschmack blieb.

Was würde Lutz wohl denken, wenn er mich so sähe? Sieben Kilo schwerer als bei der Scheidung, mit Falten auf der Stirn und ungetuschten Wimpern. Lutz kannte mich als gepflegte, figurbewusste Frau. Sicher wäre er entsetzt und würde sich in seiner Entscheidung bestätigt fühlen, mich rechtzeitig vor dem Vierzigsten verlassen zu haben.

Egal, nun war es vorbei.

Energisch stellte ich die Lilien ins Wasser. Hoffentlich kam er nicht auf den Gedanken, sich persönlich davon zu überzeugen, dass die besseren Zeiten für mich tatsächlich längst begonnen hatten.

Spontaneität zählte auf jeden Fall zu seinen Eigenschaften. Genau wie Fröhlichkeit.

Meine Augen klebten an dem Blumenstrauß. Ich hatte ihn geliebt, viele Jahre meines Lebens.

Vielleicht sollte ich mich schminken und umziehen. Nur für den Fall, dass er sich entschied, mir persönlich zu gratulieren.

Rasch entfernte ich die Farbreste vom Gesicht und erneuerte die Tagescreme. Anschließend inspizierte ich das Innenleben meines Kleiderschranks. Beim kleinen Schwarzen verharrte ich.

Paris, Hochzeitstag. Lutz und ich hatten in einem Restaurant in der Nähe des Eiffelturms diniert. Er streichelte meine Hand, sagte mir, wie schön ich sei. Und ich naive Pute war glücklich, glaubte, es sei für immer. Sechs Wochen später verließ er mich.

Ich nahm das Kleid aus dem Schrank, drückte es an die Brust. Ob ich noch hineinpasste? Big-Shirt und Schlabberhose landeten achtlos auf dem Boden. Zentimeterweise presste ich meine Rundungen in die dünne schwarze Hülle. Sie stand unter Hochspannung und knisterte bei jedem Atemzug.

Du fettes Weib!, dachte ich angewidert und kniff in die

weiche Rolle oberhalb des Slips, die sich durch den Stoff drückte. Wie konntest du dich so gehen lassen?

»Vierzig ist ein tolles Alter, Ma«, hörte ich die feste, klare Stimme meiner Tochter Ariane hinter mir. »Genau jetzt hast du nämlich zwei Möglichkeiten. Die erste: Du machst weiter wie bisher. Die Rillen auf deiner Stirn vermehren und vertiefen sich, der Ring um deine Taille wächst, und deine Hüften zerlaufen wie ein reifer Camembert in der Sonne.«

Ich wandte mich um, starrte Ariane an. Lässig lehnte sie mit ihrem durchtrainierten, gerade zwanzigjährigen Körper im Türrahmen. Sie lächelte und sprach weiter. »Die zweite Möglichkeit: Du wachst endlich auf, tust was für dich und wirst wieder die Marie Kerner, die ich bis vor zwei Jahren kannte.«

Mit großen Schritten kam sie auf mich zu, umarmte mich, drückte mir einen Kuss auf die Wange. »Herzlichen Glückwunsch zum Geburtstag, Ma.«

Ihr Ma klang heute wie Marie, nicht wie Mama. »Ich dachte, du schreibst eine Klausur.«

»Hab ich nur erzählt, weil ich dich überraschen wollte.«

»Überraschen?«, fragte ich erwartungsvoll. »Heißt das, du ...«

Sie stöhnte. »Nein, heißt es nicht. Ich ziehe nicht wieder zu dir. Das haben wir doch hundert Mal besprochen.«

Ariane studierte im nur fünfzehn Kilometer entfernten Düsseldorf. Gleich im ersten Semester, kurz nachdem Lutz weg war, hatte sie sich ein Apartment gemietet. Auf eigenen Füßen wollte sie stehen. Ihr Auszug traf mich wie ein Pfeil. Kochen, waschen, putzen, alles wäre ihr bei mir erspart geblieben. Bis heute verstand ich ihre Entscheidung nicht und hoffte noch immer, dass sie es sich anders überlegte.

»Freu dich doch über meine Selbstständigkeit!«, unterbrach sie meine Gedanken. »Du kannst dein Leben ohne Rücksicht auf eine nervige Tochter genießen. Such dir einen Job oder einen Liebhaber. Oder besser noch, du suchst dir beides.«

Ja, sicher, beides brauchte ich unbedingt. Das brächte mich wieder nach vorn. Im Schweiße meines Angesichts schuften und abends einen echten Kerl bekochen. Pure Lebensqualität. Manchmal redete Ariane wie ein Kind. Oder wie ihr Vater Karl. Ihn hatte ich bekocht. Fünf Jahre lang. Während der Herr Doktor sich in aller Ruhe zu einem erstklassigen Chirurgen hinaufarbeitete, hütete ich Haus und Kind und hoffte auf bessere Zeiten. Die kamen tatsächlich, allerdings eher für ihn. Ein Angebot aus Los Angeles lockte ihn über den großen Teich. Er sei nun Mitte dreißig und habe keine Zeit mehr zu verschenken, erklärte er. Die gerade den Teenagerschuhen entwachsene, amerikataugliche Partnerin nahm er gleich mit. Als er ging, war Ariane fünf, ich fünfundzwanzig. Glücklicherweise besaß der Exgatte neben seinen magischen Händen, die mich so oft beglückt hatten, so etwas wie ein schlechtes Gewissen, das er mit einem Abschiedsgeschenk in Form einer Eigentumswohnung für mich und großzügigen Unterhaltszahlungen für uns beide beruhigte. Gut abgesichert konnte ich mich voll und ganz meiner Tochter widmen. Statt wie andere alleinerziehende Mütter arbeiten gehen zu müssen, verbrachte ich meine Zeit auf Kindergeburtstagen, bei der Kosmetikerin und auf dem Tennisplatz.

Unter diesem Aspekt betrachtete ich meine erste Ehe auf jeden Fall als einen Glückstreffer.

Mit den Jahren operierte sich der gute Karl, der nun Charles hieß, ein Vermögen zusammen. Ariane beschenkte er zu den unsinnigsten Anlässen. Er finanzierte ihr Studium, ihre Wohnung, ihre Hobbys. Sie besuchte ihn regelmäßig – den Vater und Chefarzt einer Privatklinik für plastische Chirurgie. Jedes Mal, wenn sie aus den Staaten zurückkehrte, wirkte sie fremd und euphorisch, und ich zitterte vor Angst, sie würde ihr Medizinstudium weit von mir entfernt im Haus ihres großen Vorbilds beenden wollen. Ein Tabuthema zwischen uns. Mit Karls Frau, erstaunlicherweise immer noch der gleichen, und seinen beiden Söhnen verstand sich Ariane blendend.

»Komm raus aus deinem Schneckenhaus!«, drang ihre Stimme an mein Ohr. »Spiel wieder Tennis oder lern Golf, dann bekommst du Farbe, und deine Mimik entspannt sich wie von selbst. Nebenbei nimmst du ein paar Kilo ab, und in wenigen Wochen siehst du wieder aus wie damals.«

Tennis, ha! Mit vierzig würde ich allenfalls in der reiferen Riege mitspielen. Seniorinnensport, ich, lächerlich. Nachdem Lutz mich verlassen hatte, war ich aus dem Tennisklub ausgetreten und hatte den Kontakt zu den Frauen einschlafen lassen. Wie sollte ich ihre Neugier befriedigen, solange mir die Antworten auf ihre Fragen fehlten? Tratschen würden sie. Das ist Marie Kerner, auch der zweite Mann ist ihr davongelaufen. Mit der stimmt was nicht. Dass ich mit meinem Rückzug den anderen Stoff zum Tratschen lieferte, daran dachte ich nicht. Eines Tages traf ich beim Einkaufen die Pächterin des Klubbistros, die sehr bedauerte, dass es mir durch meine Trennung unmöglich sei, weiterhin Tennis zu spielen. Ich verstand diese Äußerung nicht und fragte nach. So erfuhr ich von dem Gerücht, Lutz habe mir den Geldhahn zugedreht. Bisher lebte ich von seinem Unterhalt, und ich hatte nicht den Eindruck, dass er das ändern wollte.

»Komm, Ma, zieh dich an!«, befahl Ariane.

Erst jetzt bemerkte ich die Reisetasche in ihrer Hand.

»Wir beide feiern deinen Geburtstag, ein ganzes Wochenende lang. Und danach beginnt für dich ein völlig neues Leben.«

Wie recht meine Tochter mit ihrer Prognose hatte, ahnten wir zu diesem Zeitpunkt beide nicht.

Sie schleifte mich auf eine Schönheitsfarm, wo geübte Hände meinen vernachlässigten Körper bearbeiteten, wo Vitaldrinks meine Trägheit ertränkten und mir neuen Lebensmut einflößten. Und wo ich meine alte Kommilitonin Isa wiedertraf. Im Gegensatz zu mir diplomierte Chemikerin mit immerhin einigen Monaten Laborerfahrung in einer Käserei. Danach Haus- und Ehefrau, Mutter und neuerdings Wellnessberaterin.

»Weißt du, Marie, ich musste einfach raus aus dem Alltagstrott. Meine Kinder glauben, als Teenager bereits den Erwachsenenstatus zu genießen. Sie hassen es, bemuttert zu werden. Dafür erklärt mein Angetrauter genau das zu seinem täglichen Highlight. Ist so bequem, wenn sich alles nur um ihn dreht. Bevor er mich eines Tages Mama nennt und sich nach einer Partnerin fürs Bett umschaut, arbeite ich lieber. Herrlich, eigenes Geld zu verdienen! Es macht frei und gibt mir das Gefühl, wichtig zu sein. Aber für dich ist das vermutlich kalter Kaffee.«

»Ganz und gar nicht, Isa. Meine Exmänner versorgen mich bestens. Ich muss nicht arbeiten.«

»Aha.« Sie räusperte sich. »Reicht dir das?«

Verdammt bequem war es, aber manchmal auch stinklangweilig. Ich zögerte und zuckte die Achseln.

»Wenn du willst … Ich meine, vielleicht hast du ja Lust, dich bei uns als Wellnessberaterin zu bewerben. Eigentlich ist es keine Arbeit, sondern ein Hobby. Du lernst viele interessante Leute kennen. Ach« – sie schlug die Hand vor den Mund –, »bist du eigentlich schon vierzig? Das ist nämlich Voraussetzung für die Arbeit bei *Fit40.*«

2

Ein Jahr und zwei Monate lag dieser Geburtstag nun zurück.

Zärtlich glitten meine Finger mit den manikürten, rosa lackierten Nägeln über die glänzende, kühle Seide meines Brautkleids, das vor mir auf einem gepolsterten Bügel hing. Designermodell. Sündhaft teuer, genau wie der dazu passende Schleier aus echter Brüsseler Spitze.

Ich lächelte. Nach dem Besuch der Schönheitsfarm und dem Gespräch mit Isa hatte sich mein Leben komplett verändert.

Auf Isas Empfehlung hatte ich mich bei der Firma *Fit40* mit Hauptsitz in Berlin beworben und wurde für meinen Wohnort samt Region als zweite Wellnessberaterin eingestellt. Unsere Niederlassung bestand aus einem Büro und einem Lager, der Chef selbst schaute einmal wöchentlich vorbei. Er ließ Isa und mir freie Hand, solange die Umsätze stimmten – und das taten sie.

In einer kurzen Ausbildung erfuhr ich alles über Fitnessgeräte, Wellnessdrinks, Körperpflege und Schlankheitsprodukte der Firma und darüber, wie ich individuelle Wellnessprogramme mit unterschiedlichen Schwerpunkten erstellte. Den Wohlfühlprozess der fast ausschließlich weiblichen Kunden zu begleiten, lernte ich in einem Kommunikationsseminar. Gut gerüstet und mit einem Firmenkombi ausgestattet – manche Fitnessgeräte brauchten viel Platz –, besuchte ich meine Kundinnen zu Hause. Manche wollten nur eine Hautcreme, andere ernährten sich falsch und brauchten Hilfe, und wieder andere suchten eine Möglichkeit, Muskeln aufzubauen. Es gab auch solche, die nur reden wollten und dies mit dem spärlichen Einkauf einer Packung Tee kaschierten. Schließlich hießen wir *Fit40,* was wir englisch »Fitforty« aussprachen. Da konnte eine Kundin schon mal »Fit for Tea« verstehen.

Ich liebte diese Gespräche mit den Frauen. Zu meinen Stammkundinnen zählten glücklicherweise genügend kauffreudige, sodass ich mir die Teeberatungen leisten konnte.

Von Anfang an testete ich unbekannte Geräte und Produkte kritisch und ausdauernd selbst, bevor ich sie meinen Kundinnen empfahl. Mit dem wunderbaren Nebeneffekt, dass ich meine sieben Frustkilos verlor und mich selbst mehr als *Fit40* fühlte. Meine Kleidung in Größe achtunddreißig passte wieder, die Vierziger- und Zweiundvierzigergarderobe vermachte ich einer Kleiderkammer. Dank der phantastischen Anti-Aging-Kosmetik verringerte sich die Faltentiefe im Gesicht. Ja, es gab Momente, da glaubte ich, sie wären restlos verschwunden.

Mein erster Job wurde zu meinem neuen Lebensinhalt. Nach wenigen Monaten bat ich Lutz bei einer Flasche Schampus, seine monatlichen Zahlungen an mich einzustellen. Endlich stand ich auf eigenen Füßen.

Eines Tages beauftragte der Chef Isa und mich, zusammen mit der Agentur *KarGo* eine regionale Werbekampagne in den Medien vorzubereiten. Nach dem ersten Treffen mit dem Inhaber Karsten Goll strebte Isas Lust auf Werbung gegen null.

»Arroganter Pinsel«, schnaubte sie. »Behandelt uns wie Idiotinnen, nur weil wir zufällig auf seinem Fachgebiet blutige Anfängerinnen sind. So wie der mit Frauen umgeht, würde der keinen Tag in unserem Job überleben.«

»Aber du musst zugeben, dass seine Ideen überzeugen.«

»Ich habe nichts gegen die Ideen, sondern gegen den Kerl, Marie.«

Mir war der Kerl ziemlich egal, seine Arbeit faszinierte mich. *KarGo* gehörte zu den führenden überregionalen Agenturen und betreute hochkarätige Firmen. Egal, für welches Medium, Werbung aus den Händen des *KarGo*-Teams glich einem Umsatzturbo.

So auch bei uns. Die regionale Kampagne mutierte binnen weniger Wochen zu einer landesweiten, und ich fungierte als Schaltstelle zwischen *Fit40* Berlin und *KarGo*. Isa war dankbar, dass ich diesen Part freiwillig allein übernahm.

Manchmal arbeitete ich bis in den späten Abend mit Karsten Goll in der Agentur. Immer dabei: sein Hund Leo, ein brauner Labrador, dessen freudige Begrüßungen ich bald begeistert mit kleinen Hundekuchen honorierte.

Wann sich die Distanz zwischen Karsten und mir verringert hatte, konnte ich später nicht genau sagen. Irgendwann entdeckte ich auf einem Formular sein Geburtsdatum, 27. März 1960, und ich ertappte mich bei der Frage, ob Widder und Krebs wohl miteinander harmonierten.

Es war der Abend, an dem ich zum ersten Mal bemerkte, dass er mich beobachtete. So wie ich ihn. Er sah jünger aus als fünfundvierzig Jahre, vielleicht wie ein- oder zweiundvierzig. Mir fiel auf, wie ruhig und konzentriert er arbeitete, wie überzeugend er argumentierte. Wenn er Plakate ausbreitete oder auf seine Tastatur einhämmerte, starrte ich auf seine großen Hände. Noch nie hatte ich einen Mann mit so großen Händen getroffen. Breit und lang, als wolle er die Welt damit aus den Angeln heben und festhalten.

Nachts träumte ich davon, dass diese Hände über meinen Körper wanderten, und ich musste mich bei der Arbeit mit ihm zusammenreißen, um mir nichts anmerken zu lassen.

Immer öfter bestellte Karsten zu fortgeschrittener Stunde noch eine Kleinigkeit zu essen. Dazu tranken wir ein Glas Wein und unterhielten uns. Small Talk war wohl der richtige Ausdruck dafür. Dass er im zweiten Stock über der Agentur wohnte und ihm das ganze Haus gehörte, erfuhr ich zufällig von seiner Mitarbeiterin. Nach dem Wein arbeiteten wir weiter. Manchmal, wenn sich unsere Arme oder Hände zufällig berührten, schoss mir ein glühender Pfeil durch den Körper.

Isa wurde misstrauisch, weil ich so viele Abende in der Agentur verbrachte.

»Nutzt der Goll dich etwa als kostenlose Hilfskraft aus? Die *Fit40*-Kampagne ist doch längst hinreichend geplant. Und für die Umsetzung ist er allein verantwortlich, Marie.«

»Bei einem so umfangreichen Projekt gibt es immer neue Details zu besprechen«, antwortete ich und ärgerte mich über den trotzigen Unterton in meiner Stimme. Schon länger war mir klar, dass *KarGo* meine Hilfe nicht mehr brauchte. Ich fürchtete mich vor dem Tag, an dem Karsten Goll es aussprechen würde.

Isa schaute mich lange an. »Du bist verknallt«, stellte sie schließlich nüchtern fest. »Sei vorsichtig, Marie. Einer wie Goll kann jede Frau haben.«

»So schön ist er nun auch wieder nicht.« Mein Gesicht brannte wie Feuer.

Isa verzog keine Miene. »Nicht Schönheit, sondern Erfolg macht Männer sexy. Müsstest du eigentlich besser wissen als ich.«

»Nur keine Sorge, Isa, wir haben nichts miteinander«, wehrte ich ab.

Einen Tag später wäre dieser Ausspruch eine nackte Lüge gewesen. Die Warnungen meiner Freundin ignorierend fuhr ich abends zum dritten Mal in dieser Woche zu *KarGo*. Die Luft in Karstens Arbeitszimmer war stickig, und er reichte mir zur Erfrischung ein Glas eiskalten Champagner. Viel zu hastig trank ich es aus, begann zu schwitzen. Unruhig trommelte mein Herz. Unmöglich, in diesem Zustand Fotos für eine neue *Fit40*-Plakatserie auszuwählen. Die Models waren viel zu schön, viel zu jung. Das wollten unsere Kundinnen nicht sehen – und ich auch nicht. Männer sprangen darauf an, aber die gehörten nicht zu unserer Zielgruppe.

Morgen würde ich die neue Creme gegen Augenfältchen ausprobieren. Vorhin beim Schminken hatte ich den Eindruck gehabt, dass sie sich vermehrt hatten. Hoffentlich fiel es unter dem hellen Licht nicht so auf.

Karsten hielt eine Lupe in seiner großen Hand. Tief beugte

er sich über die Bilder. Ich stand neben ihm, dicht, so dicht, dass meine Haut die Wärme seines Körpers absorbierte. Ich suchte Halt an der Wand neben dem Fototisch. Er sah auf. Seine hellen graugrünen Augen suchten meinen Blick und hielten ihn fest. Sekunden, Minuten, unendlich lange. Er kam näher, ich schluckte.

»Es ist kein guter Abend, um zu arbeiten, Marie«, flüsterte er mit rauer Stimme, und seine großen Finger spielten mit einer Strähne meines weißblonden Haares. Ich traute mich nicht zu atmen, die Konturen der Möbel um mich herum verschwammen. Dann lag ich in seinen Armen, schloss die Augen, spürte seine Lippen auf meinem Mund. Alter und Zeit lösten sich auf, nur der Moment zählte. Irgendwann ließ ich mich zum Aufzug und in sein Penthouse führen.

Vogelgezwitscher weckte mich. Kaum hatte ich mich bewegt, stieß Leos kalte Hundeschnauze gegen meinen Arm. Während ich ihn streichelte, versuchte ich meine Gedanken und Gefühle zu ordnen.

Einer wie Goll kann jede Frau haben, hörte ich Isas Stimme.

Nun lag Goll schlafend neben mir, und die Furcht wuchs, eine jener Frauen zu sein, die nach einer Nacht aussortiert wurden.

Zu viel Gefühl, Marie. Viel zu viel Gefühl. Du kennst ihn nicht. Nie hast du Privates mit ihm besprochen. Gleich steht er auf und sagt lässig: »War nett mit dir, Baby, aber einmal reicht.«

Ich drehte mich auf die Seite und studierte sein Gesicht mit den scharfen Konturen. Ob Karsten zu den Männern gehörte, die der Gesellschaft unvergängliche Jugend vorgaukelten, indem sie sich mit einer knackigen jungen Frau schmückten?

»Sorry, Marie, aber Frauen über vierzig nehme ich nur für eine Nacht«, hörte ich ihn in Gedanken sagen.

Schluss mit Grübeln! Energisch schlug ich die Bettdecke zur Seite, sprang auf und lief ins Bad. Aufgelöste Wimperntusche klebte in meinen Augenwinkeln und darunter. Die Augen schimmerten rötlich, die Haut farblos. Stumm dankte ich dem Himmel, vor Karsten aufgestanden zu sein. Und ich dankte *Fit40* für das Notfallpaket, das in meiner Tasche steckte. Kollagen-Tagescreme, Make-up, Rouge, Eyeliner und Lippenstift. Sogar eine Duftprobe fand ich. Mit einer neuen Zahnbürste aus Karstens Schrank putzte ich mir den faden Geschmack aus dem Mund.

Weil der Gastgeber nach meiner langwierigen Prozedur noch immer schlief, kümmerte ich mich ums Frühstück. Toast, Butter, Honig, Marmelade, einen probiotischen Drink und Kaffee. Die Maschine spuckte gerade den letzten Tropfen des dunklen Muntermachers in die Glaskanne, als sich die Schlafzimmertür öffnete.

Das Herz stockte mir. Wenige Sekunden, dann wusste ich Bescheid.

»Morgen«, nuschelte mein Traummann. Er rieb sich die Augen, blinzelte abwechselnd mich und den gedeckten Tisch an.

»Frühstück ist fertig!«, rief ich künstlich fröhlich und etwas zu laut.

Abermals rieb er sich die Augen. »Komm ins Bett, Marie!«, sagte er. »Das Frühstück kann warten, ich nicht.«

Seit diesem Moment waren wir unzertrennlich. Kurz vor Weihnachten vermietete ich meine Eigentumswohnung und schleppte einen Teil meiner Habseligkeiten in Karstens Penthouse, wo ich ein großes Zimmer mit Balkon an der Ostseite der Wohnung bezog. Meine anderen Möbel deponierte ich bei meinen Eltern und meiner Schwester im Keller.

Isa änderte ihre Meinung über Karsten, Ariane freute sich spontan für mich, nur meine Eltern blieben skeptisch.

»Lass dir Zeit, Marie«, riet meine Mutter. »Ihr kennt euch kaum. Du musst die Sache doch nicht überstürzen.«

»Was so schnell kommt, geht auch schnell«, warnte mein Vater.

Für mich stand fest: Karsten war die Liebe meines Lebens. Er war aufmerksam, zärtlich, romantisch, überhäufte mich mit Geschenken. Meine Schmuck- und Kleidersammlungen vergrößerten sich kontinuierlich. Zu meinem einundvierzigsten Geburtstag schenkte er mir ein nagelneues Cabrio mit Stern.

An den Wochenenden verreisten wir oder gingen auf Partys. Kaum eine Woche, in der Karsten nicht eingeladen war. Beim Bürgermeister, beim Theaterintendanten, bei Malern, Musikern und Modellagenturen. Und ich war die Frau an seiner Seite. Hübsch, witzig, ehrgeizig – und von vielen Geschlechtsgenossinnen glühend beneidet.

Beruflich überschlug ich mich. Viele Frauen, die ich auf diesen Partys kennenlernte, rissen sich um einen Termin bei mir. Ich verdiente mich schwindlig und stand täglich neu vor der Herausforderung, perfekt auszusehen. *Fit40*-Produkte aller Kategorien füllten mein Zimmer. Besonders die Fitnessgeräte nahmen viel Raum ein, und ich wünschte mir, den Balkon in einen Wintergarten umzuwandeln.

Karsten zeigte sich wenig begeistert von meiner Idee. »Wenn du es in einem Jahr noch willst, Marie, dann reden wir darüber.«

Neben meinem Job kümmerte ich mich um den Haushalt. Karstens Perle kam täglich, aber ich wollte nicht, dass sie kochte. Das erledigte ich lieber selbst. War ich unterwegs, richtete ich das Essen her und stellte es griffbereit in den Kühlschrank. Arbeitete er mittags, brachte ich ihm und seinen Mitarbeitern einen Imbiss in die Agentur hinunter.

»Du musst uns nicht bedienen, Marie«, protestierte mein Lebenspartner, doch ich fand, es gehörte unbedingt zu meinen Aufgaben. Schließlich wollte ich alles tun, um ihm das Zusammenleben mit mir so angenehm wie möglich zu gestalten.

Viele Abende verbrachten wir zu Hause vor dem Kamin oder am Pool im Keller seines Hauses. Als im Frühjahr die

Temperaturen stiegen, saßen wir bei einem Glas Wein auf dem Balkon.

»Ich will mit dir keine Beziehung in der Öffentlichkeit führen«, erklärte er fest. Genau daran war seine erste Ehe zerbrochen. Mit seiner Frau jagte er von einer Party zur nächsten, und irgendwann stellten sie fest, dass sie nur noch eines verband: ihr Sohn. Sie ließen sich scheiden.

Mit diesem schrecklichen Bild im Kopf kümmerte ich mich noch intensiver um Karsten.

Eines Morgens bat er mich, einen kleinen Koffer zu packen. Venedig lautete sein Ziel, ein prunkvolles Hotel am Markusplatz. Der Canal Grande glitzerte in der Sonne, und Karsten lud mich zu einer Gondelfahrt ein. An einer ruhigen Stelle hielten wir an. Der Mann meiner Träume griff in seine Jackentasche, zauberte einen wunderschönen Platinring hervor und bat mich, ihn zu heiraten.

Keinen Augenblick lang zögerte ich mit meinem deutlichen Ja, und er streifte mir den Metallreif über. Eine große Hochzeit in Weiß schwebte mir vor. Nie wieder wollte ich in einem schlichten Kostümchen auf einem tristen Standesamt diesen wichtigen Schritt tun. Zweimal hatte es Unglück gebracht. Diesmal war es für immer – und das sollte gefeiert werden.

»Wenn es dir wichtig ist, Marie, dann machen wir es so«, stimmte er zu. Ein bisschen klang es, als sei er dazu gezwungen worden, aber das überhörte ich gekonnt. Schließlich hatte ich ihm eine Ehe voraus und damit mehr Erfahrung.

Tja, und nun war der große Tag endlich gekommen. In weniger als zwei Stunden würde ich Karstens Frau sein. Marie Goll. Viele weiße Seiten hatte ich zwecks Gewöhnung an diesen Namen mit demselben beschrieben. Ich fand ihn großartig.

Mein Zukünftiger hatte sich nicht lumpen lassen und eine Hochzeitsplanerin engagiert. Bis ins Detail bereitete ich den Tag mit ihr vor. Vom Standesamt aus würden wir in die Kirche fahren. Nach der Trauung wartete vor dem Portal eine geschmückte Kutsche mit zwei Schimmeln darauf, uns zur Feier in ein großes Hotel zu bringen. Die Gästeliste war lang. Verwandte, Freunde, Bekannte, sogar gute Kunden von Karsten und mir standen darauf. Charles samt Frau und Kindern hatten leider abgesagt. Aber Lutz würde kommen.

Unsere Trauzeugen wählten wir aus dem engsten Familienkreis: Karstens Sohn Mark und meine Schwester Sybille.

Vorsichtig nahm ich das Brautkleid vom Bügel und öffnete den langen Reißverschluss an der Rückseite. Größe sechsunddreißig las ich auf dem Schild in der Seitennaht. Nach zwei Monaten Ernährung mit *Fit40*-Menüs und einem harten Trainingsprogramm war es mir tatsächlich gelungen, mein Gewicht um weitere sechs Kilo zu reduzieren. Nun wog ich fünfundfünzig Kilo, so viel wie nach dem Abitur. Wenn schon nicht jung, so wollte ich wenigstens schlank in die dritte Ehe gehen.

Karsten hatte meine Quälerei kritisch beobachtet. »Ich finde, du solltest diesen Unsinn lassen, Marie. Du bist dünn genug«, versuchte er mich umzustimmen.

Männer! Er würde sich wundern, *wie* schlank ich nun war. Mit der Figur seiner neuen Auszubildenden konnte meine auf jeden Fall mithalten. *Fit40* hatte mir zum Stabilisieren meines neuen Gewichts für einen weiteren Monat kostenlose Mahlzeiten zur Verfügung gestellt. Zusätzlich kaufte ich einige besonders reichhaltige Cremes, die verhindern sollten, dass die geschrumpfte Haut Falten warf.

Der Knüller für den heutigen Tag aber befand sich in einem grünen Beutelchen. Ein Cocktail aus reinen Naturstoffen, der sich im Magen in eine Gallerte verwandelte und verhinderte, dass ich hemmungslos bei Hochzeitstorte und Menü zuschlug und meine Taille anschließend die feinen Nähte des Seidentraums sprengte. Mindestens eine Stunde vor dem Essen musste ich ihn trinken, die Wirkung sollte rund zehn Stunden lang anhalten. Weil ich auf dumme Bemerkungen meiner Mitmenschen verzichten wollte, hatte ich mich entschlossen, mir das Gemisch zu gönnen, solange ich noch allein war.

Ganz langsam zog ich das Kleid von unten nach oben, balancierte meine Arme durch die dünnen Träger und zog mit einigen Verrenkungen den Reißverschluss zu. Es passte wie angegossen. Nur zwei Zentimeter mehr wären fatal gewesen. Ich drehte mich vor dem Spiegel, sah vor meinem geistigen Auge Karsten, dem die Spucke wegblieb. In einer Viertelstunde würde eine Friseurin mir mit Aufsteckfrisur und Schleier den letzten Schliff verpassen. Bis dahin musste mein Make-up sitzen, sonst legte sie womöglich Hand an – mit ihren, nicht mit *Fit40*-Produkten.

Ich brauchte etwas länger als üblich. Die Zeit drängte, noch drei Minuten. Schnell mischte ich den Cocktail. Er war giftgrün und roch nach Orangen.

»Sie müssen ihn sofort nach dem Anrühren trinken«, hatte die Kollegin in Berlin geraten. »Steht er einige Minuten, bekommen Sie das glibberige Zeug nicht mehr runter.«

In einem Zug leerte ich das Glas. Es schmeckte fettig, schleimig, etwas bitter. Einfach eklig. Ich schüttelte mich, steckte mir ein kalorienfreies Pfefferminzplättchen in den Mund und schaute auf die Uhr.

Die Ziffern vor meinen Augen begannen zu tanzen, mein Kopf wurde heiß, summte, der ganze Körper juckte plötzlich. Ich wollte kratzen, aber Taubheit breitete sich in Armen und Beinen aus. Mir wurde schwindlig, der Fußboden unter mir gab nach und riss mich in die Tiefe.

Als ich die Augen aufschlug, erkannte ich Ariane, Bille und meine Mutter. Sie schwankten hin und her. Ich spürte ihr Klopfen, sie rüttelten mich. Jemand wollte mir Wasser einflößen, aber mein Mund schien angeschwollen zu sein. Immer wieder klatschen sie mir auf die Wangen. Vorsicht, mein Kopf explodiert!, wollte ich rufen, aber schaffte es nicht.

»Wir müssen einen Arzt holen«, erkannte ich verzerrt die Stimme meiner Mutter. »Schnell, sie hat hohes Fieber.«

Arzt? Auf keinen Fall einen Arzt! Ich wollte schreien, doch mein Mund ließ sich nicht öffnen. Die Augen fielen mir wieder zu. Besser so. Alles drehte sich wie eine Frisbeescheibe.

Man hörte auf, an mir herumzuzerren. Wie lange ich auf dem Boden lag, wusste ich nicht. Plötzlich eine Männerstimme. Feste Hände rüttelten mich.

»Haben Sie *das* getrunken, Marie?«

Unser Hausarzt taumelte im Zimmer herum, den Cocktailbeutel in der Hand.

»Ist das Ihr Beutel?«, fragte er lauter.

Ich versuchte den Kopf zu schütteln. Was ging ihn das an?

»Sie wissen doch, dass Sie Fischallergikerin sind. Algen und Muscheln sind Gift für Sie.«

Algen und Muscheln. Tausendmal hatte ich die Zubereitungstipps gelesen, doch nie die Zutatenliste.

Aus. Vorbei. Ende.

Ein Stich in den Arm. Man hievte mich aufs Bett. Wer mir das Kleid vom Körper zerrte, spürte ich nicht mehr.

3

Steif wie eine ägyptische Mumie lag ich auf dem Bett. Ich fror entsetzlich. Wer immer mich in meinen zarten weißen Spitzendessous hier abgelegt haben mochte, er hatte völlig übersehen, dass unser Schlafzimmer mit etwas so Nützlichem wie Bettdecken ausgestattet war. Eines der wärmenden Exemplare ertastete ich direkt neben mir. Erfreulicherweise war die Taubheit aus Händen und Füßen restlos verschwunden. Auch mein Mund ließ sich wieder öffnen, die Zunge war auf Normalgröße geschrumpft.

»Ja!«, rief ich laut in die Dunkelheit. »Ja, ja, ja!«

Das Sprechen klappte perfekt, zumindest das eine Wort, das wichtigste Wort des Tages, floss mir mühelos über die trockenen Lippen. Vielleicht war es noch nicht zu spät. Vielleicht warteten alle unten auf mich.

Auf dem Nachttisch leuchtete das rote Lämpchen der Fernbedienung. Ein Knopfdruck, und die Rollläden glitten summend nach oben. Regen peitschte gegen die Scheiben, und in der Ferne war Donnergrollen zu hören.

Der Blick auf den Wecker: einundzwanzig Uhr sieben.

Es war zu spät.

Ich sank in die Kissen zurück. Tränen liefen mir quer über die Wangen bis zu den Ohren. Mit der Bettdecke putzte ich sie weg. Sie flossen immer schneller.

Wer verschlief schon seine eigene Hochzeit, die er monatelang geplant und vorbereitet hatte? Ich, Marie Goll. Unsinn, Marie Kerner. Vielleicht würde ich den Namen nun für immer behalten. Zwei Männer vergrault, den dritten Anwärter auf diese Lebensstellung kurz zuvor in die Warteposition gedrängt. Schlankheit ging vor.

Eine Frau kann nie schlank genug sein, hatte Nancy Reagan, die Frau des ehemaligen amerikanischen Präsidenten, einmal gesagt. Warum hatte ich nicht auf Nancys Maxime gepfiffen und mein Brautkleid in Größe achtunddreißig gekauft? Dann wäre meine Taille jetzt zwar runder, aber ich hieße Marie Goll und würde gut gesättigt mit meinem Gatten über das Parkett schweben.

Fest drückte ich mein nasses Gesicht ins Kissen. Wie sollte ich Karsten den Cocktail erklären? Würde er mir überhaupt zuhören? Schließlich war er die ganzen Wochen über gegen meine Diät gewesen. Noch konnte ich die Kranke spielen, mich hier die ganze Nacht lang vergraben, eine Strategie entwickeln oder wenigstens eine intelligente Erklärung erfinden.

Feigling, Marie! Du ziehst dich jetzt an und erledigst das gleich.

Noch einmal wischte ich mir über das Gesicht. Dann stolperte ich durch den dunklen Raum ins Bad. Mir dröhnte der Kopf. Mit einer Hand stützte ich mich auf den Rand des Waschbeckens, während ich mit der anderen das Gesicht von Farbresten befreite.

Langsam gewann der Boden unter mir an Festigkeit, und ich wagte mich zum Kleiderschrank. Jeans und Pulli genügten. Nur nicht auffallen, das hatte ich ja zur Genüge hinter mir.

Stockfinstere Wohnung, von Karsten keine Spur. Mit dem Hausschlüssel bewaffnet, tastete ich mich die Treppe hinunter ins Erdgeschoss. Aus der Agentur kroch ein Lichtstrahl über den Boden in den Flur und legte sich auf meine Füße. Das Herz klopfte mir bis zum Hals, der Kehlkopf schwoll an.

Ich schloss auf. Die Tür zu Karstens Büro stand halb offen, drinnen war es hell. Mein Beinahe-Ehemann saß am Schreibtisch vor dem eingeschalteten Monitor und tippte auf dem Keyboard herum. Er bemerkte mich nicht. Schwanzwedelnd sprang Leo auf mich zu. Ich schlang die Arme um ihn und drückte das Gesicht in sein glattes Fell. Kurzes Verharren, bevor er zurück ins Büro lief, um sich auf seinen Platz neben dem Sideboard zu legen.

Karsten summte vor sich hin. Es klang ein wenig nach »November Rain« von Guns ’n Roses. Vermutlich sollte es tatsächlich diese Melodie sein. Singen gehörte nicht zu Karstens Stärken, die Band aber zu seinen Lieblingsgruppen. Sofern er Hardrock hörte. Seine Vorlieben wechselten. Manchmal standen Arien hoch im Kurs, dann wieder Rockballaden. Und es gab Zeiten, da ertrug er gar keine Musik. Er suchte die Stille, wollte den eigenen Herzschlag hören, das Rauschen des Bluts in den Adern.

»Kreativität ist immer ein Teil des Menschen, der sie ausübt. Sie entspringt dem tiefsten Innern, vergleichbar mit einer uralten Wasserquelle«, hatte er mir einmal erklärt. »Aktiv bleibt sie nur, wenn du dich regelmäßig auf sie besinnst.«

Wurde es ihm im Büro zu laut, zog er sich samt Notizblock in einen winzigen Raum zurück, den ich Besenkammer nannte und der nur mit einem bequemen Stuhl und einem Fußhocker möbliert war. Das Nichts ließ die Ideenquelle sprudeln. Anscheinend war was dran, denn seine Kollegen nutzen die Besenkammer ebenfalls gern.

Leise näherte ich mich, versuchte in seinem Gesicht zu lesen. Es wirkte seltsam gelöst, beinahe heiter, was mir einen Stich versetzte. Wenigstens ein bisschen Wut oder Traurigkeit hatte ich erwartet.

»Na, alter Junge«, hörte ich ihn fröhlich zu Leo sagen, »das klappt ja besser als erwartet. Schon dreihundertfünfzig Euro bietet jemand für unsere Hochzeitstorte.« Er drehte den Monitor zur Seite in meine Richtung und stand auf. Ich erkannte das Logo des Internet-Auktionshauses.

Bravo. Ganz Unternehmer, hatte er wirklich keine Minute mit Trauern verplempert, sondern sofort sein Köpfchen eingeschaltet. Zu gern hätte ich gewusst, wer sich das Überbleibsel einer geplatzten Hochzeit einverleibte. Allein bei dem Gedanken, das unglückbehaftete Relikt eines Fremden zu verschlingen, drehte sich mir der Magen um.

Karsten kehrte mit einer Tasse Kaffee zurück an den Schreibtisch. Einige Strähnen seines dunklen Haares fielen ihm in die Stirn. Mit routinierter Bewegung strich er sie zurück. Wieder summte er die Melodie.

Was sollte ich ihm sagen? Tut mir Leid, dass der *Fit40*-Drink uns unsere Hochzeit gekostet hat. Aber wir holen es einfach nach.

Er tippte irgendwas in den PC, wartete und lächelte.

Dieses Lächeln. Ich ließ mich gegen die Wand fallen und schloss die Augen. Ohne sein Lächeln, ohne seine warme Stimme den Rest meines Lebens zu verbringen, war undenkbar. Nie mehr wollte ich auf seine Berührungen, seine Zärtlichkeiten verzichten. Ich wollte seine Frau werden, und wenn es schließlich doch auf einem tristen Standesamt passierte. Jetzt, auf der Stelle würde ich es ihm klarmachen.

Ich war schon fast auf der Schwelle der Tür, da klingelte sein Telefon.

»Dana, mein Schatz«, säuselte er munter in den Hörer. »Schön, dass du anrufst.«

Eine eiskalte Hand legte sich mir ums Herz. Dana? Wer um alles in der Welt war Dana?

»Stimmt. Ich bin noch unverheiratet«, lachte er.

Was immer Dana-Schatz zu ihm sagte, es schien ihn zu amüsieren.

»Die Torte ist der Renner, das Lamm in Salbei geht prima, und die Trüffelpolenta ist ebenfalls heiß begehrt.«

Pause. Wieder lachte er, klopfte mit der Faust auf den Tisch. »Das ist ja wunderbar.«

Mir wurde schlecht, die Beine zitterten, und als er schließlich Dana-Schatz mit mir bestens vertrauter Wärme in der Stimme versicherte »Ja, ich bin auch sehr glücklich über die Entwicklung«, drehte sich der Raum.

»Anstoßen? Eine gute Idee. In einer halben Stunde bin ich bei dir«, klang es munter aus seinem Mund.

Stolpernd verließ ich die Agentur, schleppte mich die Treppen hinauf in die Wohnung. Er freute sich, dass die Hochzeit ins Wasser gefallen war. Er war sehr glücklich über die Entwicklung. Er wollte zu Dana-Schatz.

Und ich? Wohin wollte ich? Zu meinen Eltern? Nein. Die gaben *mir* die Schuld, und das zu Recht. Zu meiner Schwester? Bille würde mich aufnehmen, aber wie sollte ich in dieser Verfassung das Temperament von vier Kindern ertragen? Ariane wollte ich auf keinen Fall mit meinem Kummer belasten.

Blieb nur noch eine, die mich verstehen würde: Isa.

Wahllos und wie blind stopfte ich irgendetwas in meine Reisetasche, flüchtete aus der Wohnung zum Aufzug. Als sich unten die Tür öffnete, stand ich vor Karsten.

»Marie!«, rief er erstaunt. Die Heiterkeit wich aus seinem Gesicht. »Geht es dir wieder besser?«

»Lass mich in Ruhe, du Heuchler!«, schniefte ich und drängte mich an ihm vorbei.

Tränen strömten mir über die Wangen. Männer. Wieder hatte ich zielsicher danebengegriffen. Gut, dass mich der *Fit40*-Cocktail vor einer Riesendummheit bewahrt hatte! So schnell ich konnte, schleppte ich mich und meine Tasche die Straße entlang. Über mir zuckten Blitze, grollte der Donner. Erneut setzte Regen ein. Der Taxistand. Ich warf mich auf die Rückbank eines Wagens und nannte Isas Adresse.

Zehn Minuten später stand ich vor dem verschlossenen Tor. Ich klingelte, immer und immer wieder, aber in dem dunklen Haus regte sich nichts. Inzwischen schlug mir der Regen wie mit Fäusten ins Gesicht, vermischte sich mit den warmen Tränen. Aus meinen Jeans tropfte das Wasser in die Schuhe. Ich schluchzte und fror. Wohin sollte ich gehen? Ich taumelte die Straße entlang. Ein Auto raste an mir vorbei, aufgewirbeltes Wasser klatschte gegen meine nasse Hose. Immer wieder wischte ich mir über die Augen. Wieder ein Auto. Es fuhr langsamer, setzte zurück, hielt neben mir.

»Marie! Meine Güte, Marie, was willst du denn bei dem Wetter hier draußen?«

Ich rannte los. Warum war er nicht bei Dana-Schatz und ließ mich in Ruhe?

Jetzt fuhr der Wagen direkt neben mir her. »Marie, jetzt warte doch!«

Er stoppte, eine Autotür fiel zu. Die Stimme hallte in meinen Ohren.

Schlagartig blieb ich stehen, drehte mich um. »Lutz!«, schrie ich gegen den Donner an.

Die Reisetasche glitt mir aus der Hand, platschte in eine Pfütze. Das Wasser spritzte an mir hoch. Mit Riesenschritten lief er auf mich zu, nahm mich in die Arme. Mein Kopf lag an seiner Brust.

»Komm ins Auto!«, befahl er sanft, hob die Tasche auf und dirigierte mich auf den Beifahrersitz.

Von seinem Kinn tropfte Wasser aufs Lenkrad. »Wo soll's denn hingehen, junge Frau?«, scherzte er.

Hätte ich das nur gewusst. Schweigen.

»Gut, dann bringe ich dich am besten nach Hause.«

»Nein!«, schrie ich. Die Wärme im Wageninnern löste meine Erstarrung. Ich begann zu heulen und zu zittern.

»Dann zu deinen Eltern«, schlug er hilflos vor, »oder zu Bille.«

»Auf keinen Fall.« Fest drückte ich mich in den Sitz.

Langsam setzte sich der Wagen in Bewegung. Die Scheinwerfer entgegenkommender Autos blendeten mich. Ich schloss die Augen, um sie erst wieder zu öffnen, als Lutz anhielt.

»Am besten bleibst du heute bei mir«, bestimmte er, und ich dankte ihm stumm für diese Entscheidung.

Oben drückte er mir ein paar Handtücher und einen Bademantel in den Arm und schickte mich duschen. Unter dem heißen Wasser ließ das Zittern nach, doch Karstens Stimme dröhnte noch immer in meinem Schädel. »Dana, mein Schatz. Ja, ich bin auch sehr glücklich.«

Lutz servierte heißen, starken Grog. Das tat er immer bei Kummer und schlechtem Wetter. Eine Tradition, mit der er in seinem Elternhaus an der Nordsee aufgewachsen war und die er nach fast dreißig Jahren Binnenland nie abgelegt hatte.

»Was ist passiert, Marie?«, fragte er nach dem ersten Glas leise und durchbohrte mich mit seinem Blick. Ich wandte das Gesicht ab.

»Darüber kann ich jetzt nicht reden.«

Er schenkte Grog nach. »Deine rechte Gesichtshälfte ist stark gerötet. Hat Karsten dich geschlagen?«

Ich erschrak. »Nein, natürlich nicht. Was denkst du nur?«

Rasch trank ich aus. Die Möbel um mich herum gerieten in Bewegung.

Lutz stand auf. »Am besten schläfst du dich erst einmal aus. Morgen sehen wir weiter.«

4

Ein fremdes Geräusch zerrte mich aus einem tiefen, traumlosen Schlaf, um mich in einen neuen Tag zu werfen.

Summen. Lange Intervalle, von Stille durchbrochen.

Ich schlug die Augen auf. Dunkelheit. Mosaiksteinchenweise kehrte die Erinnerung zurück, fügte sich zu einem Bild zusammen und pflanzte sich wie hartnäckiges Unkraut in meine Hirnwindungen. Ich drückte die Augen wieder zu, ganz fest. Wollte weder sehen noch Karstens Stimme hören.

Dana-Schatz. Imaginäre Eisenringe drückten mir die Brust zusammen. Wie lange mochte das zwischen den beiden schon gehen? Wahrscheinlich wusste die ganze Stadt davon und lachte sich halb tot über die Naive, die glaubte, sich im stolzen Alter von einundvierzig Jahren einen der begehrtesten Singles der Stadt angeln zu können.

Ich sah ihn neben mir sitzen, am Pool im Keller seines Hauses, ein Glas Bordeaux in der großen Hand. Er ließ die rubinrote Flüssigkeit im Glas kreisen, schnupperte daran, hielt es schräg, trank schließlich einen kleinen Schluck und sah mich aus seinen tiefen, hellen Augen an. »Jeden Tag freue ich mich auf diese Stunden mit dir, Marie. Ich wünsche mir, dass es für immer so bleibt.«

Mindestens ein halbes Jahr lag das zurück. Viel Zeit, um seine Meinung zu ändern.

Dana, mein Schatz, hallte es aus der Ferne. Tränen schossen mir in die Augen.

In kürzeren Intervallen drang das Summen in mein Zimmer. An der Wand hinter dem Bett ertastete ich einen Lichtschalter, der einen spärlich mit Bett, Kommode, Kleiderschrank und Spiegel eingerichteten kleinen Raum offenbarte. Wie ein einfaches Hotelzimmer. Neugierig öffnete ich Türen und Schubladen. Nichts, noch nicht einmal die obligatorische Hotelbibel, geschweige denn etwas Persönliches von Lutz.

Langsam ging ich über den Flur, rief nach meinem Ex. Keine Antwort, also folgte ich dem Summen, bis ich im Bad stand. Es wirkte größer als gestern. Sonnenstrahlen fielen durch das kleine Fenster auf eine Ablage, auf der frisch gewaschen und gefaltet der Inhalt meiner Reisetasche lag. Geschirrtücher, Tischdecken, Handschuhe. Welch nützliche Mischung! Gezielter konnte frau gar nicht danebengreifen. Wäre ich ohne Tasche geflüchtet, hätte ich dem Gastgeber eine Menge Arbeit erspart.

Ich schaltete den summenden Trockner aus und befreite ihn von seinem Inhalt: T-Shirts und Jeans von Lutz, mein Pulli und meine Jeans. Wenigstens etwas.

Cremes, Zahnbürste, Föhn, alles lag in Karstens Wohnung. So musste ich sie wohl ab heute bezeichnen. Und ich durfte woanders um Unterschlupf betteln.

Karl – oder besser Charles – wäre jenseits des großen Teichs das Skalpell aus der Hand gerutscht, hätte er geahnt, dass ich meine vier Wände vermietet hatte. Für meinen Geistesblitz, den Mietvertrag zunächst auf zwei Jahre zu befristen, hätte ich kaum auf sein milderes Urteil hoffen dürfen.

Eigene Schuld, Marie. Deine Eltern haben dich gewarnt. Zu Karsten zu ziehen, war eine Sache, die eigene Wohnung aufzulösen, eine andere. Frühestens in eineinhalb Jahren durfte ich mich und meine *Fit40*-Utensilien wieder dort ausbreiten.

Eineinhalb Jahre. Ich sank auf Lutz' bequemen Rattanstuhl neben der ovalen Wanne. Wie lange konnte ich hierbleiben? Zusammen mit meinem Ex in einer Wohnung. Rein platonisch, versteht sich. Zu mehr war ich momentan ohnehin nicht fähig.

Momentan? Falsch! Grundsätzlich. Aufgewärmter Kaffee schmeckt bitter.

Mein Blick fiel auf den Massageschwamm am Wannenrand. Lutz massierte sich also noch immer die Beine. Krampfadern, schmerzhaft und hässlich, lagen bei ihm in der Familie. Zumindest bis vor gut drei Jahren hatte er nicht das geringste Anzeichen für Venenschwäche gezeigt, was er mit seiner konsequenten Prophylaxe begründet hatte.

Lutz bestach mit Charme, nicht mit Schönheit, aber er konnte eitel sein. Eine Zeit lang hatte er sich heimlich die Haare getönt, sich dann aber ein Haarschneidegerät zugelegt und die ergrauende, dünne Haarpracht ultrakurz geschoren.

Alles hatte ich bemerkt. Alles, außer seinem Verhältnis.

Genau wie jetzt. Karsten hatte in letzter Zeit viel gearbeitet, davon außergewöhnlich oft im Außendienst. Unsichtbare Hände schüttelten mich. War er nicht öfter als sonst allein mit Leo unterwegs gewesen? War er nicht länger weggeblieben? Einmal so lange, dass ich ihn darauf ansprach. Er brauche seinen Rückzug, belehrte er mich streng.

Über Monate war jeder seine eigenen Wege gegangen. Mich füllten neben der Arbeit meine Diät und mein Training aus, ihn seine Treffen mit Dana. Von den wenigen gemeinsamen Stunden, die uns blieben, verschlangen die Hochzeitsvorbereitungen einen Großteil.

Karsten Goll und Marie Kerner, das Paar, das sich während der Vorbereitungen auf ihre Hochzeit auseinanderlebt.

Durch das gekippte Fenster wehte ein Hauch warmer Luft herein. Parfümiert mit Karstens Rasierwasser. Oder wünschte ich es mir nur? Mein Gesicht an seine Schulter gedrückt. Seine Hände auf meinem Körper. Seine Lippen an meinem Ohr.

Schluss, Marie! Du hast verloren. Wieder einmal.

Ich schlurfte in die Küche, wo die aufgeschlagene Tageszeitung auf mich wartete.

Luxushochzeit geplatzt,

las ich als Schlagzeile im Lokalteil.

Gerücht um Trennung von Werbeguru Karsten Goll und Marie Kerner verdichtet sich.

Ein unscharfes Foto zeigte eine festlich gekleidete Menschenmenge vor dem Portal der Kirche. Mit angehaltenem Atem las ich weiter.

»Bei strahlendem Sonnenschein warteten gestern über zweihundert geladene Gäste, Journalisten und Fotografen sowie viele Schaulustige auf das Brautpaar Karsten Goll und Marie Kerner. Eine Märchenhochzeit sollte es werden, ein gesellschaftliches Ereignis weit über die Stadtgrenzen hinaus, wenn der Millionär seiner Verlobten vor dem festlich geschmückten Altar der historischen Kirche das Jawort gäbe. Doch das Paar tauchte nicht auf. Stattdessen sagte ein enger Vertrauter Karsten Golls die Hochzeit ab. Als Grund nannte er einen schweren Kreislaufzusammenbruch der Braut. Deren Familie und der Bräutigam verweigern zurzeit jede Auskunft. Unsere Society-Expertin und Kolumnistin Lu May hält eine plötzliche Trennung des Paares durchaus für möglich. Beide seien beruflich stark engagiert und gälten als eigenwillig.«

Was bildete sich diese Kolumnistin eigentlich ein? Urteilte über uns und unsere Beziehung wie über den Geschmack einer Gemüsesuppe. Maßte sich an, uns zu analysieren, nachdem wir vor einer halben Ewigkeit auf einer Party lediglich einige belanglose Sätze mit ihr gewechselt hatten.

Ich schlug die Seiten zusammen. Ein Zettel segelte auf den Boden. Nachricht von Lutz. *Bin auf dem Golfplatz.* Na prima. Er frönte seiner Leidenschaft, während ich allein verkümmerte. Unmöglich konnte ich hierbleiben. Ich wählte Isas

Nummer. Der Anruf ging ins Leere, auf ihrem Handy sprang die Mailbox an.

Denk logisch, Marie! Du brauchst Kleidung und *Fit40*-Unterlagen, Terminkalender, Handy, das Auto. Du musst in die Wohnung.

Falls Karsten dir über den Weg läuft, bleibst du entschlossen – und vor allem auf Distanz. Keine Berührungen. Diskussionen verschiebst du auf später, wenn deine Gedanken wieder geordnet sind und du weißt, was du willst. Mit über vierzig hast du schließlich nicht nur Falten gesammelt, sondern auch die Erfahrung, dass Schnellschüsse kontraproduktiv sind.

Um Karl und Lutz hatte ich gekämpft. Dieser Methode zur Rettung kaputter Beziehungen sollte ich eigentlich treu bleiben, doch die Zweifel nagten an mir.

Ohne Frage war Dana langbeiniger und frischer als ich. Das Bild einer Claudia Schiffer schob sich vor mein geistiges Auge. Ihre lange Mähne glänzte in sattem Weißblond. Blond zog Karstens Blick magisch an, obwohl er vorgab, ihn interessiere die Haarfarbe einer Frau höchstens peripher. Schließlich stolpere man im Drogeriemarkt über Colorationen in einer Menge, die ausreiche, um die Bewohner ganzer Landstriche zu blondieren.

Weiterhin war ich sicher, dass Dana-Schatz die Dreißig noch nicht erklommen hatte. Sie war immun gegen die Schwerkraft der Erde, die meinen Busen bereits beharrlich jedes Jahr um einige Millimeter nach unten zog. Das Wort Doppelkinn konnte sie allenfalls buchstabieren, ihr Mund brauchte weder Konturen- noch Lippenstift, um voll zu wirken. Augenränder und Tränensäcke kannte sie nur von Oberinspektor Derrick aus dem Fernsehen, vorausgesetzt, die Sendung war nicht vor ihrer Zeit ausgestrahlt worden.

Was konnte ich dem entgegensetzen? Lebenserfahrung? Ein schönes Wort, aber im Bett, auf Partys und auf Fotos eher hinderlich. Keine Maske der Welt schaffte es, meinen Vorsprung an Jahren optisch zum Verschwinden zu bringen.

Kämpfen, um zu verlieren. Nein Marie, tu dir das kein drittes Mal an! Verlass ihn aufrecht und stilvoll, bevor er dich verlässt, wie die anderen es getan haben. Diesmal ergreifst *du* die Initiative.

Ich atmete tief durch, doch die Erleichterung, die ich gewöhnlich nach getroffenen Entscheidungen empfand, blieb aus. Stattdessen eroberte eine hinterhältige Unruhe den Kern jeder Zelle meines Körpers.

Rasch zog ich mich an. Im Bad suchte ich nach Mascara, die eine von Lutz' Gespielinnen möglicherweise vergessen hatte. Vergeblich. Wohl oder übel musste ich pur bleiben. Egal, es würde mich ohnehin niemand sehen.

Hoffentlich. Um sicherzugehen, rief ich bei Karsten an. Nach dem zweiten Klingeln ein gehetztes »Hallo!«. Schnell legte ich auf, hoffend, dass Lutz die Nummer seines Privatanschlusses unterdrückt hatte, und beschloss, noch zu warten. In spätestens einer Stunde würde er zu seinem ausgedehnten Samstagsspaziergang aufbrechen.

Vor einer Woche kam er klatschnass zurück. Erst badete er den schlammigen Hund, dann sich selbst, wobei ich ihm Gesellschaft leistete. Den Rest des Tages verbrachten wir im Bett. Eine Zukunft ohne Karsten – dieser Gedanke rammte mir einen Dolch in die Brust. Nie wieder wollte ich mich verlieben, nie wieder sollte ein Mann die Möglichkeit bekommen, mich so verletzen zu können.

Anders als nach der Trennung von Lutz hatte ich jetzt einen Job, einen guten Job, der mich davor bewahrte, in ein tiefes Loch zu fallen. Diesmal würde ich meine Enttäuschung mit Arbeit ersticken.

Apropos arbeiten. Für die nächsten Tage sollte ich meine Termine absagen und mich im Büro beschäftigen. Um Frauen Trost zu spenden, um Optimismus zu verbreiten, war ich in der falschen Stimmung.

Im Arbeitszimmer klingelte das Telefon. Aus dem Anrufbeantworter schepperte die Stimme meines Vaters. Ich sei verschwunden. Ob Lutz etwas wisse. Er möge sich bitte dringend melden.

Noch während ich überlegte, ob ich meine Eltern informieren sollte, fiel mein Blick auf den Computer. Als sei es mein eigener, schaltete ich ihn ein, loggte mich ins Internet und ins Auktionshaus ein. Vier Hochzeitstorten am heutigen Samstag. Meine war die größte, die kunstvollste, mit fünf Stockwerken, gekrönt mit einem Marzipanbrautpaar, das Karsten und mir bis in die letzte Falte glich. Sechshundertzweiundfünfzig Euro waren geboten. Noch vier Tage, der Countdown lief. Meine Finger zuckten, meine Augen suchten Lutz' Registrierung. Achthundert musste das zwecks Verlängerung der Haltbarkeit inzwischen tiefgefrorene Törtchen am Ende dieses Tages mindestens bringen.

Leider schien mein Ex für solche Art von Business wenig ambitioniert. Er war nicht registriert und damit mein Weg zum Mitbieten versperrt. Enttäuscht verzichtete ich darauf, nach der Polenta und dem Fleisch zu sehen, und rief ein Taxi.

Als der Wagen bei Karsten vorfuhr, sprang mir das Herz fast aus dem Hals. Doch das Glück war auf meiner Seite. Von Mann und Hund fehlte jede Spur. Über einem Stuhl hing Karstens T-Shirt. Über irgendeinem Stuhl hing immer ein Shirt oder ein Pullover von ihm. Eine Marotte, die er sich einfach nicht abgewöhnen konnte. Und auch nicht musste. Brav räumte seine Perle hinter ihm her, stets den Eindruck erweckend, es gern zu tun.

Ich nahm das Shirt und atmete Karstens Geruch ein, spürte einen stechenden Schmerz in der Brust, Tränen in den Augen.

Energisch wandte ich mich ab, konzentrierte mich lieber auf die Dinge, die ich mitnehmen wollte. Im Keller fand ich meine Umzugskisten. Einige davon füllte ich mit Kleidung, andere mit *Fit40*-Utensilien. Den Verlobungsring, eine Goldkette mit Jadeanhänger und einen Jadearmreif, das letzte Geschenk von Karsten, verstaute ich in einer Samtschatulle und packte sie zusammen mit CDs, Klamotten und Büchern in einen Koffer. Dann schleppte ich alles in den Aufzug zur Tiefgarage und stapelte es in den Firmenkombi. Als ich gerade verschwitzt bei offenem Fenster hinter dem Steuer saß, parkte Karsten neben mir. Mit einem Satz sprang er aus seinem Jeep und auf mich zu.

»Marie, wo hast du nur gesteckt? Ich habe mir solche Sorgen gemacht!«

Ich traute mich kaum hinzuschauen, wie er sich die Haare aus der Stirn strich, mochte nicht in seine geröteten Augen blicken, unter denen sich dunkle Ringe abzeichneten. »Die ganze Nacht habe ich dich gesucht!« Erst jetzt bemerkte er die volle Ladefläche. »Was bedeutet das? Wo willst du hin?«

Nur keine Diskussion, Marie. Ich wandte mich ab, schluckte, zwang mich dann, ihn doch anzusehen. »Ich muss über einiges nachdenken, Karsten.« Kurzes Zögern, und ich ergänzte leise: »Und du sicherlich auch.«

Er runzelte die Stirn und schüttelte den Kopf. »Wie darf ich das verstehen? Gibt es einen anderen Mann, Marie?«

Er war wirklich noch scheinheiliger, als ich gedacht hatte. Aber wenn Prinz Charles jahrelang unbemerkt die unschuldige Lady Diana mit seiner Jugendliebe Camilla betrog, dabei öffentlich den treuen Gatten spielte und munter königlichen Nachwuchs zeugte, warum sollte ein bürgerlicher Mann in den besten Jahren ein schlechtes Gewissen haben, wenn er sich fremd vergnügte? Meine Wangen glühten. »Vielleicht sollte ich dich fragen, ob es eine andere Frau gibt.« Schlecht, Marie, ganz schlecht. Viel zu weit vorgedrungen. Gleich wird er die Bemerkung aufgreifen.

»Es gibt für mich keine ...«

»Lass uns ein andermal darüber reden. Ich kann jetzt nicht.« Schleifend schob sich die getönte Fensterscheibe zwischen uns. Ich startete den Motor und brauste davon.

Die Sonne brannte mir in den feuchten Augen. Kurzerhand versteckte ich sie hinter den dunklen Gläsern meiner großen

Gucci-Sonnenbrille, wobei ich mir sehnlichst ein Ganzkörperexemplar wünschte.

Ein hervorragender Schauspieler, mein Beinahe-Ehemann. Wie echt seine Ahnungslosigkeit und seine Zerknirschtheit wirkten! Noch zwei Minuten und eine Berührung, und ich hätte mich von ihm einlullen lassen. Wahrscheinlich brauchte ich den Abstand von ein, zwei Wochen, bis ich zu einem vernünftigen Gespräch mit ihm in der Lage wäre. Oder besser gesagt, bis der Immunisierungsprozess gegen seinen Charme so weit fortgeschritten war, dass er mir das Hirn nicht mehr vernebelte. Hoffentlich reichten meine Habseligkeiten in den Kisten so lange aus.

Der Schweiß auf meiner Haut verdunstete langsam unter dem Zug der Klimaanlage. Bleierne Müdigkeit kroch durch meine Arme und Beine, doch die Unruhe tief in mir blieb.

Während meiner Ausbildung bei *Fit40* hatte ich gelernt, Gefühle zu definieren, um sie zu verstehen und für sich zu nutzen.

»Was war das für ein Gefühl, als die Waage nach einer Woche mit *Fit40*-Menüs zwei Kilo weniger anzeigte?«

»Was haben Sie gefühlt, als Ihr Mann Ihnen sagte, Sie sähen viel frischer und jünger aus als vor einem Monat?«

»Wie fühlen Sie sich nach den Übungen mit dem Bauch-Weg-Trainer?«

Ständig fragte ich meine Kundinnen, wie sie sich fühlten.

Wie fühlst du dich, Marie?

Auf jeden Fall wütend, stinkwütend. Auf Karsten, weil er mich belogen und betrogen hat. Auf mich, weil ich mich nach zwei einschlägigen Erfahrungen ein drittes Mal in einen Mann verliebt habe, der Treue anscheinend nur als Vokabel kennt. Doch es ist noch mehr. Sein kleines Telefongespräch hat unsere gemeinsame Zukunft sekundenschnell in Schutt und Asche gelegt. Ich bin verletzt, aber auch unendlich traurig, weil ich nun ohne ihn leben muss und nicht weiß, wie ich die große Lücke schließen soll, die er hinterlässt.

Du hast zu viel investiert, Marie. Du hättest vorsichtiger sein sollen.

Nur den Koffer und eine Kiste deponierte ich bei Lutz. Alles andere lud ich in der *Fit40*-Filiale aus. Am frühen Abend kam mein zweiter Ex, pfeifend.

»Na, geht's dir wieder besser?«, fragte er und lachte mir ins frisch geschminkte Gesicht. Eine Antwort wartete er gar nicht ab. »Ich wusste nicht, ob du noch da bist, sonst hätte ich gleich was zu essen mitgebracht. Magst du lieber Sushi oder Spaghetti?«

Ich zuckte die Achseln. Mir stand der Sinn eher nach gefrorenen Erdbeeren, kühl, kalorienarm, Vitamin-C-reich. Das *Fit40*-Rezept bei Appetit, Stress, Kummer, erhitztem Gemüt, schlechter Laune. Mindestens eine Packung davon lutschte ich wöchentlich.

»Gut, dann also Spaghetti.«

Seine Hochstimmung nervte mich. Wieder rief ich bei Isa an, wieder keine Antwort. Wohl oder übel *musste* ich bei Lutz bleiben. Der kehrte nach kurzer Zeit zurück, deckte den Tisch, dekantierte eine Flasche Rotwein.

Im Arbeitszimmer schrillte das Telefon. Ich schloss die Augen.

»Alles klar, Karsten«, hörte ich ihn nach kurzer Zeit sagen. »So verbleiben wir.«

Erschrocken sah ich ihm entgegen, aber er verzog keine Miene. »Jetzt setz dich endlich, Marie, oder wollen wir verhungern? Ach, wo ist eigentlich die Tageszeitung?«

»Im Altpapier.«

Er füllte mir den Teller, schenkte Wein ein. Unentwegt schien er mich zu beobachten. Appetitlos kaute ich die weichen Spaghetti.

»Du hast dir dein Auto, Arbeitsunterlagen und Kleidung geholt«, begann er nach langem Schweigen. »Karsten weiß nicht, dass du hier bist, deine Eltern und Ariane auch nicht. Ich will wissen, was los ist, Marie. Was ist dran an deinem

Kreislaufzusammenbruch kurz vor der Hochzeit? Warum lese ich dich nachts auf einsamer Straße bei strömendem Regen mit einer Tasche voller Geschirrtücher auf?«

»Bitte, Lutz, ich kann nicht darüber reden.«

Keinen Moment lang ließ er mich aus den Augen. »Es ist mir egal, ob du kannst oder nicht. Du *wirst* es mir erklären, Marie. Ich nehme an, du hast den Artikel in der Zeitung gelesen. Karsten hat bereits die Presse auf dem Hals, und wenn diese Lu May eins und eins addiert, wird sie in den nächsten Stunden hier aufkreuzen. Ein perfekter Skandalbericht für die Boulevardpresse, mit dem sie Karsten, dich und mich in den Dreck zieht. Trennung, weil Exehemann die Finger nicht von Marie Kerner lassen konnte oder so ähnlich. Ich hab keine Lust, meinen Kunden morgen zu erklären, warum du bei mir bist und was wir hier zusammen tun.«

»Ach, wieder einmal geht es nur um dich und dein Autohaus? Lutz Kerner feiert im kommenden Jahr zwanzigjähriges Firmenjubiläum. Bisher mit japanischen Autos erfolgreich jeder Wirtschaftskrise getrotzt, besudelt nun die egoistische Exgattin das saubere Image des Inhabers, ja?«

»Bleib sachlich, Marie! Findest du es fair, wenn deine Familie und dein Verlobter morgen aus der Zeitung erfahren, dass du hier bist? Was soll Karsten dieser Klatschreporterin flüstern? Dass er dich rausgeschmissen hat? Oder dass ihr euch zwar nicht getrennt habt, dass euch aber eine halbe Stunde vor der Hochzeit der glorreiche Einfall kam, euch ein wenig Abstand voneinander zu gönnen? Ich wäre dir äußerst dankbar, wenn du endlich reden würdest.«

Aus seinem Gesicht wich die jungenhafte Leichtigkeit. Die Augen blitzten wütend, die Lippen wurden schmal, machten ihn älter, mindestens so alt, wie er war: einundfünfzig. In dieser Stimmung verstand er keinen Spaß.

»Das mit dem Kreislaufzusammenbruch stimmt«, sagte ich schnell und gestand ihm, nichts ahnend einen Cocktail mit Muschelanteilen getrunken zu haben.

Erwartungsvoll starrte er mich an. »Und? Weiter?«

»Ich bin erst abends wieder aufgewacht.«

»In Trance bist du dann raus aus dem Bett, hast Tischwäsche und Geschirrtücher in die erstbeste Reisetasche gepackt und bist bei Wind und Wetter auf die Straße gerannt, weil es zu Hause zu trocken war, oder wie?«

»Karsten geht fremd, verdammt noch mal!«, heulte ich los.

Sofort weichte seine Mimik auf, er streichelte meinen Unterarm.

»Du hast ihn in flagranti erwischt? Am Tag der Hochzeit? Dieser Dreckskerl!«

Für mich wäre es in diesem Moment einfach gewesen, seine Interpretation hinzunehmen, aber etwas in mir schrie nach Korrektur. Also erzählte ich von dem Telefonat.

Lutz drehte sein Weinglas am Stiel. »Er hat gesagt, er freut sich, dass die Hochzeit ausgefallen ist?«

»Glaubst du, so was denke ich mir aus?« Vorsichtig wischte ich mit dem Finger eine Träne weg.

»Ich denke eher an ein Missverständnis.«

Typisch Mann, dazu noch einer, der mit Herrn Goll in einem Boot saß. »Was gibt es daran misszuverstehen?«

»Vieles, was wir sagen, kommt beim anderen völlig anders an, als es gemeint war. Ein Gespräch wäre das Beste.« Er räusperte sich. »Aber verständlich, dass du auf dieses Thema besonders sensibel reagierst.«

Ich verkniff mir die Bemerkung, dass ich den Großteil meiner themenspezifischen Sensibilität ihm verdankte.

»Hattet ihr keine Hochzeitsreise geplant?«, lenkte er ab, so wie früher, wenn es ihm zu eng wurde.

»Erst im Januar. Karsten wollte unbedingt mit dem Wohnmobil die beiden Inseln Neuseelands erkunden.«

Lutz räumte die Teller weg und kochte Espresso.

»Du kannst natürlich hierbleiben, Marie«, räumte er zögernd ein. »Aber ich möchte, dass deine Familie und Karsten es wissen und dass du die Presseangelegenheit aus der Welt schaffst, bevor diese aufdringliche Klatschreporterin meine Sekretärin belagert und meine Kunden auf dem Parkplatz abfängt.« Kurze Pause, bevor er fortfuhr. »Was Karsten auch getan hat – wenn du ihn in der Sache hängen lässt, schadest du dir selbst.«

Ich wusste, dass Lutz recht hatte. Allerdings ahnte er nicht, dass *ich* die ganze Pressegeschichte angeleiert hatte. Karsten wäre es im Traum nicht eingefallen, eine Riesenhochzeit zu planen, und erst recht nicht, sie zu einem öffentlichen Ereignis aufzubauschen, um seine und meine berufliche Popularität zu steigern.

»*KarGo* ruft nicht die Presse, die Presse kommt zu *KarGo*«, hatte er mir zu Beginn unserer Geschäftsbeziehung arrogant entgegengeschmettert und ergänzt: »Auch *Fit40* wird bald diesen Stellenwert erlangen.«

Seine Prophezeiungen bewahrheiteten sich. Trotzdem glaubte ich immer noch, die Wellnessberatungen massiv bewerben zu müssen. Isas Kapazitäten waren schon längst ausgeschöpft und meine eigentlich auch.

Am späten Abend informierte ich zuerst meine Eltern, Ariane und Bille, dass ich bei Lutz im Gästezimmer wohnte. Letzteres betonte ich. Ebenso, dass ich über den Grund noch nicht sprechen konnte. Eindringlich bat ich sie, der Presse gegenüber zu schweigen.

Das Gespräch mit meinem Beinahe-Ehemann hatte ich skizziert. Trotzdem war es schwierig. Dana-Schatz schien in weiter Ferne zu sein. Ständig fragte er nach dem Grund, tat völlig ahnungslos. Schließlich einigten wir uns darauf, zunächst alle Trennungsgerüchte zu dementieren. Dass ich zurzeit nicht zu Hause anzutreffen war, wollten wir mit dem Rummel nach der abgesagten Hochzeit begründen, der mich daran hinderte, mich zu regenerieren. Logisch, dass wir die Verwandten, die mich schwaches Wesen vorübergehend beherbergten, nicht nennen wollten.

5

»Du erkämpfst dir mit *Fit40*-Menüs eine Traumfigur, und der Goll hat nichts Besseres zu tun als fremdzugehen?« Mit geballten Fäusten rannte Isa in unserem Büro auf und ab. »Das hätte ich ihm nicht zugetraut.«

»Das nicht und alles andere Miese ebenso wenig.«

»Was willst du damit sagen, Marie?« Sie stützte sich auf die Kante meines Schreibtischs und beugte sich zu mir herunter. In ihren Mundwinkeln klebte etwas weißer Schaum, und ich war heilfroh, dass sich ihr Groll gegen Goll und nicht gegen mich richtete.

»Nun ja, nach Beseitigung aller anfänglichen Dissonanzen seid ihr doch prima miteinander ausgekommen.«

»Im Job finde ich ihn arrogant und überheblich, aber privat mochte ich ihn, weil ich ihn für ehrlich und besonnen hielt. Er hat dir gutgetan.«

»Und wie. Als besonders wohltuend empfinde ich die Nachwirkungen.« Ich rollte mit meinem Schreibtischstuhl zum Tisch mit der Kaffeemaschine und füllte meine leere Bechertasse auf. Das *KarGo*-Logo darauf schrie mich an und mahnte mich, das Souvenir dringend auszutauschen. »Bei meinem Ex unterzukriechen und aus dem Koffer zu leben, betrachte ich als absolute Krönung meines Glücks.«

»Du machst es dem Goll viel zu einfach. Räumst ohne Theater das Feld für seine Dana-Mieze, nur weil die edle Bude ihm gehört. Lass ihn büßen. Spiel die Ahnungslose und lass dich noch einige Wochen lang herzhaft beschenken. So wie bei ihm schwelgst du vielleicht nie wieder im Luxus. Anschließend verkaufst du die frischen Präsente, und schon hast du Umzug und Miete für die nächsten zwei Jahre finanziert.«

»Viel zu flach, Isa, und die völlig falsche Richtung. Letztlich glaubt er noch, ich war nur wegen seines Bankkontos mit ihm zusammen, und das lasse ich mir auf keinen Fall nachsagen. Nein, ich will ihn da packen, wo es richtig wehtut: tief drinnen.«

»Gute Idee. Verrätst du mir deinen Plan?«

»Klar, wenn er fertig ist. Bis jetzt weiß ich nur, dass ich ihn schmoren lassen muss.«

Isas Blick wanderte zur Tür. »Kannst gleich damit beginnen. Viel Erfolg!«

Ich drehte mich um. Er sah übermüdet aus, und ich registrierte ein winziges Triumphgefühl. Na bitte, Marie, du bist auf dem richtigen Weg!

»Ich lass euch besser allein!«, rief Isa in die knisternde Spannung hinein und verschwand ins Lager.

Stumm setzte sich Karsten auf ihren Platz mir gegenüber und sah mich an. Sekunden schleppten sich hin wie Stunden. Die Stille verscheuchte den Triumph.

»Hast du mit Lu May gesprochen?«, fragte ich, wobei ich mich über meine brüchige Stimme ärgerte und sofort mit einem künstlichen Husten davon abzulenken versuchte.

»Für den Moment ist sie zufrieden, aber in einigen Tagen sollten wir gemeinsam auftreten, um meine Aussage zu unterstreichen.«

Das hatte er sich ja schön ausgedacht. »Gemeinsam auftreten?«

Nachdenklich drehte er den Verlobungsring an seinem Finger. »Marie, ich bin kein dummer Schuljunge, der sich hobbymäßig irgendwelchen weiblichen Launen unterwirft. Ich liebe dich, und ich will mit dir leben. Seit fast einem Jahr bin ich mir sicher, aber du scheinst es heute noch nicht zu sein. Erst drängst du auf Heirat, ich mach dir einen Antrag. Dann ist dir eine einfache Hochzeit nicht genug, ich lass mich auf ein dämliches Fest ein, zu dem du zu allem Überfluss, ohne es vorher mit mir zu besprechen, die Presse einlädst. Kurz vor dem entscheidenden Augenblick überfällt dich Panik, und du kollabierst. Während ich noch die Reste deiner verpatzten Traumhochzeit beseitige, packst du deine Sachen. Erklär mir das, bitte. Ich finde, nach einem Jahr und diesem Wirbel bist du mir diese Kleinigkeit schuldig.«

»Dämliches Fest? Ich hab dich gedrängt, mir einen Antrag zu machen?« Meine Stimme überschlug sich. »Aus freien Stücken hast du es getan, mein Lieber, ganz ohne Druck. Die Heirat war genauso deine Idee wie meine. Aber schön, dass ich erfahre, wie *du* darüber denkst. Mit deiner Einstellung ist es sicher gut, dass sie ausgefallen ist.«

Ich hasste mich dafür, dass ich auf dieses Gespräch eingestiegen war. Ich verlor die Kontrolle, wollte es beenden. Schon griff er meine letzte Bemerkung auf, ruhig und sicher.

»Das sagst ausgerechnet du, Marie? Mir ist es wirklich egal, ob ich einen Ehering trage oder nicht. Für mich zählt, dass wir zusammenleben. Selbstverständlich läuft zwischen uns nicht alles optimal. Aber für mich stand fest: Wenn wir über unsere Probleme reden, bekommen wir sie in den Griff.«

Lässig schlug er die langen Beine übereinander, während ich überlegte, auf welche Probleme er anspielte und was Dana-Schatz wohl sagen würde, wenn sie wüsste, was ihr geliebter Karsten mir gerade flüsterte.

»Vielleicht war dein Kreislaufkollaps ja nur erfunden«, sinnierte er bissig. »Wohlbefinden und Gesundheit sind dein Job, aber ausgerechnet an einem so wichtigen Tag gerätst du als Expertin derart außer Form? Schon merkwürdig, nicht wahr?« Er beugte sich vor. »Ich sage dir, was ich glaube, Marie. Du hast gemerkt, dass nicht ich der Richtige bin, sondern dass Lutz es ist. Warum sonst ziehst du ausgerechnet zu ihm, nachdem du mich verlassen hast? Bille, Ariane, Isa – sie hätten sicher ein Bett für dich frei gehabt. Aber nein, du flüchtest zu deinem Ex. Für deine Mutter ist er noch immer der Schwiegersohn, und ich bin ein Störfaktor. Am Freitag hat sie mich nicht einmal zu dir gelassen.«

Ich drehte mich zum Fenster weg und würgte an dem unaufhaltsam wachsenden Kloß im Hals. Welch eine grandiose Show er hier abzog. Mir den Schwarzen Peter zuzuschieben. Lutz und ich statt Dana und er. Beende die ganze Sache!, raunte mir eine Stimme zu.

»Also, Marie, ich warte auf eine Erklärung«, drängte er von hinten.

Ich atmete durch, sah ihn an. »Es geht jetzt nicht, Karsten. Gib mir ein, zwei Wochen.«

Wortlos schüttelte er den Kopf, erhob sich und verließ das Büro. Kurz darauf heulte der Motor seines Wagens auf.

Isa stürmte aus dem Lager herein. »Warum bist du wirklich zu Lutz gezogen?«

»Reiner Zufall. Ich stand vor deiner verschlossenen Tür. Das Taxi war weg, und er kam vorbei. Zu meinen Eltern konnte ich doch nicht nach der Sache mit dem Cocktail. Sie hätten mich mit Vorwürfen überschüttet.«

»Sieh an, sieh an, Marie Kerner und die Männer! Natürlich schläfst du allein im Gästezimmer. Ihr seid schließlich geschieden und erwachsen. Wie niederträchtig zu glauben, da laufe was zwischen euch.«

»Lass den Sarkasmus, Isa! Dass ich so schnell wie möglich eine andere Lösung finden muss, ist mir selbst klar. Wie steht's denn fürs Erste mit eurer Ferienwohnung?«

»Wäre optimal, aber leider seit zwei Wochen an eine Doktorandin aus den Staaten vermietet. Sie bleibt noch eine ganze Weile. Die Nachbarwohnung ist ebenfalls vergeben. Für einige Nächte könnte ich dir die Couch im Arbeitszimmer anbieten, aber ich fürchte, das hilft dir kaum weiter, oder?«

Der Tag dehnte sich wie Kautschuk. Zwei neue Kundinnen, die abnehmen wollten, was sie im Fünf-Sterne-All-Inclusive-Urlaub in der Türkei draufgefuttert hatten. Anschließend besuchte ich eine hübsche alleinstehende Frau meines Alters, die seit vier Jahren keinen Sex mehr hatte, weil sie glaubte, jeder Mann erleide beim Anblick ihrer leichten Cellulitis an den Oberschenkeln einen irreparablen Schock. Manu Richter hatte mich ihr empfohlen. Glücklicherweise vermittelte die Starfriseurin nicht nur viele Kundinnen, sondern arbeitete auch ordentlich vor. So wie heute. Spezialtrainer, Massagebürsten, Cremes und Schminke verkauften sich wie von selbst. Ich fühlte mich eher daneben als mittendrin. Frau Broder, meiner Lieblings-Fit-for-Tea-Kundin, sagte ich ab. Als Gesellschafterin war ich nicht in Form.

Gegen Abend schaute ich mir ein von einer Zeitwohnagentur vermitteltes Apartment an, das ich gleich für zwei Monate mietete. Leider war es erst ab nächsten Ersten frei. Noch fast drei Wochen, eine halbe Ewigkeit, mit Lutz unter einem Dach. Oder doch besser in einem Hotel?

Mit einigen *Fit40*-Menüs und zwei Packungen TK-Erdbeeren bewaffnet, schloss ich die Wohnungstür auf. Es duftete nach Parfüm. Damenparfüm. Aus der Küche ein Rascheln.

»Hallo!«, rief ich und schlich auf Zehenspitzen bis zur Küchentür. Sie war kräftig, um die fünfzig mit flotter Kurzhaarfrisur und rahmenloser Brille, und sie wühlte hemmungslos im Kühlschrank.

»Hallo!«, rief ich erneut. Sie drehte sich um, lächelte freundlich. »Was machen Sie da?«

Sie wischte sich die Hände in Lutz' Trockentuch ab und hielt mir die Rechte hin. »Hallo, ich bin Lisa, Lutz' Sekretärin. Er sitzt noch in einer Besprechung und hat mich gebeten einzukaufen. Sie müssen Marie sein.«

Ihre Selbstverständlichkeit überrumpelte mich. Ich griff nach ihrer Hand. »Erledigen Sie öfter solche Aufgaben?«

Sie lachte laut. »Ja, sicher, ab und zu erledige ich auch *solche* Aufgaben.« Ihr Lachen fand ich in dieser nüchternen Situation reichlich übertrieben.

»Aber jetzt muss ich los, Marie. Ich hoffe, ich habe Ihren Geschmack getroffen.« Aufrecht, mit wiegenden Hüften stolzierte das Vollweib zur Tür, drehte sich um, zwinkerte mir zu. »Ach ja, Lutz hat mich gebeten, Ihnen auszurichten, dass es heute sehr spät werden kann und Sie nicht auf ihn warten sollen.«

Die Tür fiel ins Schloss, ich auf den Küchenstuhl. Ihr Parfüm raubte mir jede Illusion, dass es sich um einen Film gehandelt hatte. Ich steckte mir eine Erdbeere in den Mund.

Wie konnte Lutz es wagen, mit seiner Sekretärin derart privat zu werden? Offenbar pfiff er seit unserer Trennung auf alle guten Vorsätze. Womöglich trug seine ganze Wohnung ihre Handschrift. Hier ein Lämpchen, dort ein Bild, auf dem Schrank eine hübsche Vase. Für derartige Dekorationen hatte ihm schon während unserer Ehe der Sinn gefehlt. Ich kümmerte mich liebevoll und gern darum. Weil wir oft Gäste einluden, achtete ich auf stilvolle, trendige Deko in immer wieder neuen Farben. Dabei entsorgte ich konsequent alte Tischdecken, Vasen, Geschirr, Stores und ersetzte sie durch andersfarbige. Ich sei verschwenderisch, warf mir Lutz einmal vor.

Aufgekratzt plünderte ich den von der üppigen Lisa geschmackvoll gefüllten Kühlschrank. Nur vom Feinsten hatte Lutz für die betrogene Exfrau geordert. Parmaschinken, Melone, Lachs, Trüffelpastete, Kaviar, Erdbeeren, kernlose Weintrauben, eingelegte mediterrane Gemüse, Fenchelsalami, frisches Baguette, belgische Pralinen, Wein und Champagner. Alles baute ich dekorativ auf zwei Tischen auf und setzte mich aufs Sofa.

Der Champagnerkorken knallte, schäumend floss der goldene Seelentröster in ein hauchdünnes Glas. Nur einen Moment lang überlegte ich, ob ich auf meinen Zeitmietvertrag, auf den heutigen Abend oder meine neue inoffizielle Unabhängigkeit trinken sollte, bis ich beschloss, nicht auf etwas, sondern einfach nur zu trinken und zu essen.

Dazu schaltete ich einen Musiksender ein. Rockballaden. Ein entsetzlich junger, breitmäuliger Mick Jagger hauchte sein

»Angie« in ein vorsintflutliches Riesenmikro. Ich fühlte die feuchten Küsse eines braun gelockten Jünglings aus der Oberstufe auf meinen Lippen. Dreizehn oder vierzehn mochte ich damals gewesen sein, völlig verknallt und unfähig zu erkennen, dass seine Schlabberei, sein unkoordiniertes Grapschen und das furchtbare Knabbern an meinem Ohrläppchen bloß pubertäre Übungen waren. Nach einigen weiteren Schnulzen erlosch das Feuer vollends, und ich langweilte mich mit ihm. Fortan ließen wir die Finger voneinander.

Fast dreißig Jahre lag das zurück, eine halbe Ewigkeit. Ich strich etwas Trüffelpastete auf eine Scheibe Baguette. Eigentlich hast du Glück gehabt mit deinen Männern, Marie. Pech war nur, dass sie dich verlassen haben.

»*When I look into your eyes*«, drang die Stimme von *Axel Rose* durch den Klang des Pianos. Ich bekam eine Gänsehaut, starrte auf die Mattscheibe. Guns 'n Roses. »November Rain.«

Mein Trüffelbrot sank auf den Teller. Wie er mich heute angesehen hatte. So ruhige Augen, so traurig. Nein, nicht darüber nachdenken. Alles nur gespielt.

Aber welches Spiel spielte er mit mir? Welches sollte ich spielen, damit ich die Trümpfe in der Hand behielt? Auf der Mattscheibe schnitt das Brautpaar die fünfstöckige Hochzeitstorte an, die meiner so sehr ähnelte. Kurz darauf setzten Regen und Sturm ein. Die Torte stürzte zusammen, die Gäste flüchteten. Einige rutschten aus. Blutrot ergoss sich der Wein aus umgestürzten Flaschen über die Tische.

Er wollte nicht heiraten, nur mir zuliebe hatte er mir den Antrag gemacht. Natürlich wollte er sich nicht binden. Ungebunden kann man die Frau besser abservieren, zum Beispiel wenn einem beizeiten ein knackigeres Exemplar über den Weg läuft.

Ich räumte die Delikatessen in den Kühlschrank und verkroch mich in das kahle Gästezimmer. Ein kaltes Bett. Ob Karsten es auch so empfand? Sicher nicht. Er liebte Dana. Und er hatte Leo. Nur ich blieb wieder einmal allein zurück.

Nachdem Lutz sich überwunden hatte, mich für die Zeit bis zu meinem Einzug ins möblierte Apartment bei sich wohnen zu lassen, dekorierte ich mein Zimmer mit Bildern aus dem Baumarkt und frischen Blumen.

Damit mein einundvierzigjähriger Körper während des Nachdenkens seine Form behielt, beschloss ich, ihn regelmäßig zu trainieren. Am besten mit dem Crosstrainer. Der ertüchtigte alle Muskeln und passte genau zwischen das schmale Bett und den klapprigen Kleiderschrank. Lutz' Wohnzimmer bot zwar mehr Platz, aber wenn ich seine gute Stube zweckentfremdete, riskierte ich, dass er durchdrehte. Keinesfalls wollte ich mich auf diese Weise für seine Gastfreundschaft bedanken.

Leider stand der Trainer in der Gollschen Wohnung. In einem Anfall von Mut und Wahnsinn überwand ich mich, ihn herauszuholen. Ich wusste, er wog schwer. Bei meinen Kundinnen trug ich das Gerät jeweils in Einzelteile zerlegt in deren Wohnungen und baute es dort zusammen. Anschließend mobilisierte ich noch einmal alle Überzeugungskraft, um das gute Stück zu verkaufen. Der Abbau dauerte nämlich länger als der Aufbau.

Und in meinem Fall lag eindeutig Ersteres an. Wenn ich den Aufzug benutzte und oben flott montierte, konnte meinem mit Aufträgen zugeschütteten Nochverlobten die Prozedur trotzdem entgehen.

In der Tiefgarage parkte weder sein Jeep noch sein Alfa Cabrio. Mit dem flitzte womöglich Dana durch die Stadt. Hoffentlich ein Trugschluss. Denn wenn er ihr sein Baby lieh, war es ernster als befürchtet.

Du hast jetzt andere Probleme, Marie. Beeil dich!, kommandierte ich stumm und schlich zum Fahrstuhl. Ich fühlte mein Herz im Hals klopfen. Die Innenflächen meiner Hände trieften. Zwischen Erdgeschoss und erstem Stock rutschte mir ein Schraubenzieher aus dem Feuchtbiotop und landete klappernd an der Aluwand. Zitternd hob ich ihn auf.

Als sich vor dem Penthouse die Türen auseinanderschoben, empfing mich Leo. Heftig wedelnd sprang er an mir hoch, bellte, das Werkzeug knallte auf den Boden. Ich fand Halt an der Wand, beugte mich zu ihm hinunter. Mit beiden Händen umarmte ich ihn, schnupperte an seinem Fell. Er roch nach Karsten, nach seiner Wohnung, nach Wald, nach Zuhause. Ich ließ ihn los.

Hechelnd drehte er sich um und rannte die Treppen hinunter. Erneutes Bellen. Stimmen. Vorsichtig lugte ich ins Erdgeschoss. Ein bärtiger Kerl schob eine Kamera über den Flur.

»Nun noch die Fotos«, hörte ich eine Frauenstimme. »Ben, leuchte mal diese Ecke aus. Die Farben passen wunderbar zur Kleidung.«

Wieder bellte Leo. »Aus!«, rief Karsten gereizt.

Der Hund knurrte.

»Soll ich ihn in die Wohnung bringen?«, fragte seine Sekretärin.

Bloß nicht. Ich traute mich kaum zu atmen.

»Lassen Sie nur. Da gibt er erst recht keine Ruhe«, antwortete er genervt. »Vielleicht braucht er Wasser. Sehen Sie doch mal nach.«

»Bitte stellen Sie sich mit dem Rücken zum Regal, Herr Goll!«

Was immer da unten los war, es durfte mich nicht kümmern. Schnell verdrückte ich mich in die Wohnung, löste die Schrauben des Crosstrainers. Mit Lutz' erstklassigem Werkzeug ein Kinderspiel. Schwitzend schleppte ich alle Einzelteile in den Flur. Vor hier aus konnte ich sie mit wenigen Handgriffen in den Aufzug verladen.

Ich sah mich um. Neugier übermannte mich, trieb mich zurück in die Wohnung. Zuerst kontrollierte ich das Innenleben der Spülmaschine. Etwas Besteck, eine Müslischale – eine einzige, Marie! –, eine Tasse und drei Gläser, die ich am Fenster sorgfältigst auf Spuren von Lippenstift untersuchte. Selbst kussfeste Farbe hinterließ nach meiner Erfahrung Abdrücke. Die Gläser waren eindeutig frei davon. Das Bad glich einer keimfreien Zone, und im Schlafzimmer verbrachte mein Süßer die Nächte offensichtlich allein mit seinem Hund. Mein Bett war frisch bezogen und unberührt. Zu meiner Zeit hatte er sich mit Dana ja auch woanders getroffen. Warum sollte er jetzt etwas riskieren?

Mein Blick fiel auf das Gemälde an der Wand hinter dem Bett. Zwei Silhouetten, Mann und Frau, die sich im Feuer aufeinander zubewegten und miteinander verschmolzen, ohne sich selbst aufzulösen. Das Geschenk eines befreundeten Malers an Karsten. Glücksbringer nannte er es.

Draußen hörte ich die Wohnungstür. Flucht in den begehbaren Kleiderschrank. Schritte. Sie kamen näher.

»Herr Goll!«, rief Karstens Perle. »Sind Sie hier, Herr Goll?« Ihre hohe Stimme überschlug sich.

Die Gute ging stramm auf die Sechzig zu. Ich nahm ein Kleid von der Stange und trat aus meinem Versteck hervor. »Ich bin es«, beruhigte ich sie.

»Frau Kerner«, hauchte sie leichenblass, »Sie können einen aber erschrecken.«

Ihr Schreck verschwand rascher, als er gekommen war. Misstrauisch beäugte sie mich. »Wohnen Sie jetzt wieder hier?«

Die Perle und ich hatten uns seit meinem Einzug arrangiert, aber nicht angefreundet.

»Ich wohne noch immer hier«, erklärte ich freundlichkühl. »Zurzeit kümmere ich mich nur um einen Freund.«

Sie schüttelte den Kopf. »Merkwürdige Verhältnisse. Na ja, ich sag besser nichts dazu. Manchmal steckt am Ende eben was ganz anderes dahinter, als man annahm.«

»Und manchmal ist es am Ende so wie am Anfang.«

Frech sah sie mich an. »Würde mich in diesem Fall wundern. Herr Goll ist schließlich nicht auf den Kopf gefallen.«

»Ich weiß, und seine Großzügigkeit ist begrenzt. Das haben Sie mir schon oft gesagt.«

Mein Kleid über dem Arm, rauschte ich an ihr vorbei.

»Genutzt hat es offenbar nichts«, hörte ich sie murmeln.

Ich beeilte mich, meine Utensilien zu verstauen.

In der Agentur gab ein Fotograf laute Anweisungen. Leo bellte hinter verschlossenen Türen.

6

In den folgenden Tagen vergrub ich mich in meinen vier Wänden. Lediglich die notwendigsten Termine nahm ich wahr, die anderen verschob ich.

Von meinem Ex sah ich kaum mehr als einen Jackenzipfel, dafür füllte seine verantwortungsbewusste Sekretärin täglich den Kühlschank mit den raffiniertesten Delikatessen auf. Genauso oft rief meine Mutter an und erkundigte sich nach *unserem* Befinden. Für mein Leben im einsamen Gästezimmer fehlte ihr ein offenes Ohr. Bille bot mir ihr Dachzimmer an, aber vier Kinder der Alterskategorien Klein bis Präpubertierend überstiegen meine Kräfte. Ariane sparte sich jeden Kommentar, wofür ich ihr einfach nur dankbar war.

Isa versuchte mich aus meiner Höhle ins *Chez Doreen* zu locken, unser Stammbistro. Vergeblich. Erst am Wochenende überwand ich mich schweren Herzens und folgte dem Ruf zurück ins wilde Leben. Ausgerechnet eine Hochzeit stand auf dem Programm. Bistrochefin Doreen, deren Stammgast Erika, Isa und ich waren eingeladen. Erinnerungen an Kindheit, Jugend und an tiefschürfende Thekengespräche verbanden uns mit Anne, der glücklichen Braut. Nun verließ sie das vertraute Nest, um fast fünfzig Kilometer entfernt mit dem Getreidebauern Horst zu leben. Ein spätes Glück nach langem Hoffen.

Erika indes hoffte mit ihren achtundvierzig Jahren noch immer auf eine zweite große Liebe, nachdem die erste vor zwei Jahrzehnten das Weite gesucht hatte. Hier und da eine Affäre, aber für mehr hatte es nicht gereicht.

»Eigene Schuld«, bemerkte Isa einmal. »Sie ist ein schwieriger Mensch. Außerdem geht sie völlig verkrampft an die Sache heran.«

Isa machte es sich meiner Meinung nach zu einfach. »Ich bin auch schwierig. Bleibe ich deswegen nun allein?«, fragte ich sie. Damals kannte ich Karsten noch nicht.

»Entschuldige, Marie. Vielleicht habe ich mit Peter wirklich mehr Glück gehabt als ihr mit euren Männern.«

Neuerdings trimmte sich die mollige Erika auf jugendlich. Heute trug sie ein Kinderkleid für Erwachsene, kunterbunt mit Schleifchen, aber wenigstens kniebedeckt. Besonders lächerlich fand ich ihre Miniröcke und ihre knallengen T-Shirts, unter denen sich die Speckröllchen im Rücken abzeichneten. Pink avancierte zu ihrer absoluten Lieblingsfarbe.

Die Hochzeitsfeier war schon in vollem Gange, als wir auf einer Wiese am Dorfeingang parkten. Beim Aussteigen versanken unsere Absätze in der lockeren, feuchten Erde. Doreen und Isa witzelten darüber, Erika kicherte albern, nur meine Stimmung sank gegen null, weil ich ständig an meine eigene verpatzte Hochzeit dachte. Mit Papiertaschentüchern putzten wir uns gegenseitig die Schuhe sauber, bevor wir uns ins Getümmel stürzten.

Das ganze Dorf schien auf den Beinen und eingeladen zu sein. Von allen Seiten reichte man uns Schnaps. Meist lehnten wir ab, ich häufiger als die anderen, weil ich ihn nicht mochte. Die wenigen Gläser, die ich aus Sympathie kippte, reichten allerdings aus, um die Stimmen um mich herum zu verzerren. Pünktlich zum Kaffee erreichten wir den Festsaal. Die Braut strahlte, und während ich sie umarmte und beglückwünschte, fiel mein Blick auf die pompöse Hochzeitstorte. Fünfstöckig, mit weißer Creme, darauf ein Brautpaar ohne jede Ähnlichkeit mit Anne und ihrem Mann. Ich kniff die Augen zu, schwankte einen Schritt zurück.

»Ist dir nicht gut, Marie? Schnell, einen Schnaps!«, rief Anne erschrocken. Isa hielt mich am Arm, folgte meinem Blick und stieß einen leisen Schrei aus.

Mechanisch kippte ich den gereichten Schnaps, schüttelte mich.

Isa zog mich zu einem freien Platz.

»Bringt die Torte den beiden jetzt das Glück, das ich uns gewünscht hatte?«, fragte ich sie tonlos.

»Ich weiß es nicht, Marie. Wenigstens die Figuren hätte man austauschen können. Geschmacklos finde ich das.«

»Würde mich nicht wundern, wenn es abends Lamm und Trüffelpolenta gibt.«

»Hey, was ist mit euch?« Doreen zündete sich eine Zigarette an.

»Der Schnaps haut mich um«, scherzte ich verzweifelt.

»Du machst doch nicht etwa schlapp, bevor die Party richtig begonnen hat, Marie!«

Mit leerem Blick starrte ich in die Menge. Irgendjemand schenkte mir Kaffee ein. Er schmeckte bitter.

»Ich finde, die Braut auf der Torte sieht dir ähnlich«, lallte Erika neben mir. »Aber das kann ja nicht sein, hahaha!« Mit einem Schlag landete ihre Hand auf meiner Schulter. »Übrigens, habe ich dir schon erzählt, dass ich letzte Woche Karsten gesehen habe?«

»Noch nicht«, wehrte ich hilflos ab.

»Mit einer hübschen Blondine, klein und zierlich. Ach ja« – sie verdrehte die Augen –, »so müsste man aussehen.«

Ruckartig kehrte Leben in meinen Körper und Kopf zurück. »Das wünsche ich mir auch manchmal«, murmelte ich und spielte die Gelangweilte.

Wie erwartet stutzte sie. Wäre nur alles so einfach gewesen, wie Erika zum Reden zu motivieren! »Willst du damit sagen, du kennst sie?«, fragte sie mit dümmlicher Miene und schüttelte die feinen Löckchen.

»Vielleicht. Deine Beschreibung passt auf viele Frauen, die ich kenne und die Karsten kennt.« Meine vermeintliche Gleichgültigkeit spornte sie an, mich mit weiteren Infos aus der Reserve zu locken.

»Mitten in der Stadt habe ich sie gesehen. Sie kamen aus dem *Osaka*, du weißt schon, dem neuen japanischen Restaurant in der Fußgängerzone. Wenn du mich fragst, sie wirkten ziemlich heiter und …«

»Und?«

Hingebungsvoll leckte sie sich die Farbe von den Lippen. »Na ja, verliebt. Vielleicht auch nur vertraut. Auf jeden Fall kannten sie sich gut.« Arrogant warf sie den Kopf in den Nacken.

Es kostete mich viel Disziplin, ruhig zu bleiben. »Woraus schließt du das, Erika?«

»Weil *dein* Karsten *seinen* Arm eng um *ihre* Taille gelegt hatte.« Lächelnd klopfte sie mir auf die Schulter. »Du hast einen guten Geschmack, Marie. Richtig sexy, der Mann. An deiner Stelle behielte ich ihn besser im Auge.«

War sie also immer noch scharf auf meinen Beinahe-Ehemann? Genau wie auf meinen Job bei *Fit40*? Dabei dachte Edgar zwar daran, Isa und mich zu entlasten, aber eine dritte Beraterin einzustellen, lehnte er kategorisch ab. Und dass Erika mir Karsten wegschnappte, fürchtete ich ebenso wenig. Sie erregte eher Gleichgültigkeit als Leidenschaft in ihm. »Meinst du wirklich, Erika?«

»Schon vor einem Jahr habe ich dich gewarnt, Marie. In eurer Beziehung besteht die Gefahr, dass du als träumende, häusliche Krebsfrau deinen temperament- und kraftvollen Widder langweilst.«

Das Feingefühl einer Schützefrau sprach aus ihr. Konnte sie mich nicht wenigstens heute mit ihrer Astrologie verschonen?

»Denk an das Trennungsgerücht, Marie!«, mahnte sie mit hochrotem Kopf.

»Eben, Erika, es ist nur ein Gerücht.«

»Wenn du willst, finde ich für dich heraus, wer die Blondine ist.«

O ja, das würde sie tun, ob ich wollte oder nicht. Abwesend nickte ich, während ich Isa neben der Torte erspähte, im ernsten Gespräch mit dem Bräutigam.

»Für tausenddreihundert Euro hat er sie ersteigert und war

ganz begeistert von seiner außergewöhnlichen Bezugsquelle«, berichtete sie später. »Heute Abend gibt es übrigens Festtagssuppe, guten deutschen Braten mit Gemüse und Kartoffeln. Für alle Liebhaber außergewöhnlicher Menüs servieren Anne und Horst Trüffelpolenta als Vorspeise, danach Lammbraten an mediterranem Gemüse.«

»Ich will hier weg, Isa.«

»Verstehe ich gut. Was hältst du von einem Wochenende bei mir?«

Noch am Ende dieses Abends, den wir bei Tee, Keksen und Kerzen verbrachten, stand für mich fest, dass ich Karsten zurückgewinnen wollte. Ein drittes Mal würde ich den Kampf gegen eine Jüngere aufnehmen – mit der festen Absicht zu gewinnen. Zunächst aber musste ich wissen, was zwischen ihm und Dana lief.

Glücklicherweise verfügte ich bereits über die Erfahrung, dass die direkte Konfrontation mit dem Verdacht des Seitensprungs einen Mann zu weiteren Lügen herausforderte. Die Wahrheit fand ich nur bei Dana. Diese Frau ausfindig zu machen und Kontakt zu ihr zu knüpfen, war mein erstes Ziel.

Der Zufall half mir dabei.

Die lästige Lu May bat Karsten und mich um ein Interview für die Klatschspalte der Tagespresse.

»Wenn wir sie endgültig abschütteln wollen, müssen wir mitspielen, Marie«, entschied er. »Bitte, sei morgen Mittag gegen zwölf in der Agentur. Lu kommt um eins. So bleibt uns genug Zeit, die Inhalte zu besprechen. Ach ja, ich halte Freizeitkleidung für angemessen.«

So, so, Freizeitkleidung wünschte Herr Goll. Seine Bestimmtheit ärgerte mich, aber ich hatte keine Wahl.

Isa wunderte sich. »Warum ist der so motiviert, der Öffentlichkeit eine intakte Beziehung vorzugaukeln, wenn doch die Nächste schon auf ihn wartet? Wie würdest du dich fühlen, Marie, wenn dein Lover in einer Millionenausgabe die Liebe zu seiner Lebensgefährtin bekundet, während er *dir* eine gemeinsame Zukunft versprochen hat?«

»Hab ich auch schon drüber nachgedacht. Für mich gibt's nur eine Erklärung: Dana ist verheiratet. Denk mal an Charles und Camilla. Beide waren gebunden. Klare Verhältnisse, bis es Camillas Mann zu bunt wurde und er den Schlussstrich zog.«

»Du traust Karsten wirklich alles zu.«

»Muss ich, Isa, sonst überstehe ich den aktuellen Albtraum nicht. Wie ich das Interview morgen schaffen soll, ist mir momentan ohnehin ein Rätsel.«

Ich sah auf die Uhr. »Ich muss los. Hab einen Society-Termin, der mir hoffentlich den Mindestumsatz für diese Woche sichert.«

»Ich drück dir die Daumen.«

Manu Richter hatte mich wieder einer Freundin empfohlen. Erstaunlich, wie viele Freundinnen die Promifriseurin hatte. Die treffenderen Begriffe Kundinnen und Bekannte hatte ich aus ihrem gepflegten Mund mit den fein aufgespritzten Lippen noch nie gehört. Manu unterschied zwischen Freundinnen, guten und lieben Freundinnen. Vermutlich ordnete sie mich eine der beiden letzten Gruppen zu, je nachdem, ob ich im Abstand von zwei oder drei Wochen meinen Blondschopf von ihr bearbeiten ließ. Aber fachlich war sie unschlagbar und mein Kundenstamm durch sie enorm gewachsen.

Diesmal durfte ich mich den nach der Geburt ihrer Zwillinge erschlafften Brüsten einer jungen Politikergattin widmen. Schnellstmöglich wollte die ihre Abendkleider wieder ohne BH tragen. Noch bevor ich ihr den Brusttrainer und eine Aufbaucreme empfehlen konnte, brach sie in Tränen aus. Sie berichtete, völlig überfordert zu sein. Ihr Ausbruch traf mich unvorbereitet. Manu empfahl eigentlich immer psychisch stabile, kaufkräftige Kundinnen. Geschlagene zwei Stunden hörte ich mir an, wie sie zwischen den Rollen als Mutter, Ehefrau, Repräsentantin und Vorsitzende von Ehrenämtern verschlissen wurde. Ihr Angetrauter hingegen unterstellte ihr, den ganzen Tag auf der durch die Schwangerschaft erschlafften Haut zu liegen. Rigoros verweigerte er ihr Babysitter und Putzfrau. Kein Einzelfall, weshalb *Fit40* spezielle Hefte entwickelt hatte, in denen Frauen die täglich verrichteten Arbeiten inklusive Zeitaufwand dokumentieren konnten. Dies diente einerseits dem Nachweis für den Ehegatten, andererseits dem eigenen Zeitmanagement. Nach einigen Wochen ging es meinen Frauen meist deutlich besser. Beruhigende Kräuterkapseln, verschiedene Tees, eine Typveränderung mit dekorativer Kosmetik unterstützten den Prozess. So würde es auch diesmal sein.

Nach dem Termin fuhr ich zu Manu, im Gepäck eine Zeitschrift mit *»Frisuren, die jünger machen«*.

»Kommst du am Wochenende zur Botox-Party, Schätzchen?«, fragte sie, während sie den obligatorischen Champagner einschenkte.

Ich wünschte, bereits einen Schluck davon getrunken zu haben, denn ich stand sehr lange auf der Leitung.

»Wenn es sich einrichten lässt, komme ich gern, Manu.« Ich hörte meine veränderte Stimme, die prima in eine amerikanische Seifenoper gepasst hätte. Mein Vorbild war Joan Collins, das Biest aus der guten alten Serie *Denver Clan*. Eine feste, klare Stimme mit viel Spielraum für Zwischentöne.

»Heißt das, du hast noch gar nicht in deinen Terminkalender geschaut?« Manu, die mehr wie Ally McBeal sprach, schnitt, was das Zeug hielt, und ich hoffte sehnlichst, dass sie mir mindestens fünf Jahre wegzauberte.

Tatsächlich hatte ich noch nicht nachgesehen. Ich ging auf Risiko und lachte schrill. »War nur ein Scherz. Natürlich bin ich dabei.«

»Und Karsten?« Sie kniff die Augen leicht zusammen, lauerte auf eine verräterische Antwort.

»Du weißt doch, er mag diese Art von Partys nicht. Ansonsten gibt es uns auch zukünftig nur im Doppelpack.« Ich klang so überzeugt, dass ich mir selbst glaubte.

Konzentriert wickelte sie eine bepinselte Haarsträhne in Alufolie. »Ist die Trennung also wirklich nur ein Gerücht?«

»Was sonst, Manu?«, entrüstete sich Joan Collins.

Wie ich die Blamage wegstecken sollte, wenn mein Vorhaben misslang und Karsten demnächst mit der jugendlichen Dana statt mit seiner alternden Beinahe-Ehefrau auf Partys aufkreuzte, darüber konnte ich später noch nachdenken.

7

Ziemlich derangiert hetzte Karsten durch die Agentur.

»Pures Chaos, Marie! Ein guter Kunde hat sein Unternehmen in einer Blitzaktion seinem Sohn übergeben, der sich aufspielt, als sei er Experte auf jedem Gebiet. Den ganzen Vormittag schon macht er uns hier verrückt. Ich muss noch mal mit ihm telefonieren. Am besten wartest du oben.«

Brav tat ich wie empfohlen. Die Klamotten wechselte ich einige Male, bis ich mich für weiße Jeans mit gelbem Shirt entschieden hatte. Hell, freundlich, positiv. Mit zittrigen Händen trug ich eine Schicht Augenfältchengel auf, zog den Lippenstift nach und zupfte meine jugendliche neue Frisur in Form. Schließlich räumte ich noch einen Pulli von der Stuhllehne und eine Zeitschrift zur Seite, nachdem ich vorher einen Blick auf mein Wochenhoroskop geworfen hatte. Glückswoche für Krebse. Gute Geschäfte und eine Chance für große Gefühle. Na bitte, bald lachte die Sonne wieder. Widder schlugen sich etwas schwerer durchs Leben. Emotionale Turbulenzen und Ärger im Job bei leicht angegriffener Gesundheit.

Zehn Minuten vor Lu May platzte mein zukünftiger Mann zur Tür herein, gesundheitlich voll auf der Höhe. »Ich schlage vor, wir sitzen eng nebeneinander auf dem Sofa, Leo liegt vor uns auf dem Boden. Das müsste idyllisch genug sein. Denk dran, offen zu lächeln. Und ich wäre dir dankbar, Marie, wenn du bei meinen Berührungen nicht zusammenzuckst. Lu May beobachtet sehr genau und hat überhaupt keine Hemmungen, ihre Eindrücke öffentlich wiederzugeben.«

Die Klatschreporterin versuchte immer wieder, uns in die Falle zu locken, doch wir blieben souverän. Die Hochzeit sei aufgeschoben, auf keinen Fall aufgehoben, beharrte Karsten.

Als bekäme er Massenzuschlag, schoss Lu Mays begleitender Fotograf in regelmäßigen Abständen aus dem immer gleichen Blickwinkel Bilder von uns. Nach rund zwanzig Minuten war's vorbei.

Hoch erhobenen Hauptes verabschiedete ich mich von meinem Verlobten.

»Sie hat uns nicht geglaubt, Marie«, hielt er mich zurück. »Ich wette, sie wartet an der nächsten Ecke im Hinterhalt. Wenn du jetzt fährst, folgt sie dir. Wir werden nun gemeinsam mit dem vorschriftsmäßig angeleinten Hund ein halbes Stündchen durch den gepflegten Stadtpark spazieren. Lu May, die glaubt, als Einzige auf diesem Globus mit Raffinesse und Intelligenz ausgestattet zu sein, wird im Gebüsch hocken, uns beobachten und genau das veröffentlichen, was wir uns wünschen.«

»Du kennst sie anscheinend bestens.«

»Eine Erfahrung, die ich dir gern ersparen würde.«

Eng umschlungen schlenderten wir über die Wege. Seine Nähe versetzte mich in Verwirrung, mein Puls raste, und der Boden unter mir schien wie Watte nachzugeben. Was würde Dana empfinden, wenn sie das Interview las?

»Wenn du schon nicht über uns reden möchtest, dann lass uns über den neuen *Fit40*-Fernsehspot diskutieren«, unterbrach Karsten meine Gedanken.

Ich sah ihn an, er lächelte, streichelte mir über die Wange. Mir wurde heiß. Ich straffte die Schultern, während ich seiner Stimme lauschte, ohne die Worte wahrzunehmen.

»Jetzt schling deine langen Arme um meinen Hals und küss mich!«, hörte ich ihn plötzlich flüstern.

»Spinnst du?«

»Tu es einfach, Marie! Es ist gerade günstig.«

Ich gab mein Bestes, was leichter war, als ihn wieder loszulassen. Im Gebüsch blitzte es auf. Fest drückte er mich an sich, und ich fragte mich, mit wem er eigentlich spielte, mit Lu May oder mit mir.

»So, jetzt können wir die Show langsam beenden«, entschied er, was praktisch so aussah, dass wir schweigend zurückfuhren. Natürlich musste ich noch mit hinaufkommen, wenigstens für zehn Minuten. Lu May sei dafür bekannt, einige Zeit nach dem Termin unter dem Vorwand, etwas vergessen zu haben, nochmals aufzutauchen.

Karsten schloss auf, ließ mich eintreten und drängte mich mit seinem Körper gegen die Tür, die hinter mir hart ins Schloss fiel. Seine großen Hände drückten sanft, aber fest gegen meine Schultern.

»Warum?«, hauchte er. »Bitte erklär es mir!«

Wenige Zentimeter waren unsere Lippen voneinander entfernt. Sein warmer Atem traf mein Gesicht. Mit jedem Herzschlag bröckelte mein Widerstand.

»Was immer passiert ist, Marie, lass uns darüber reden. Schweigen zerstört oft mehr als die Wahrheit.« Ich schloss die Augen, spürte seine Fingerspitzen über meine Wangen streicheln. »Glaub mir, das Leben hält zu wenig Chancen für uns bereit, als dass wir es uns leisten könnten, nur eine einzige davon zu verspielen.« Seine Finger kämmten durch meine Haare. »Und mit dem Alter werden es immer weniger«, fügte er leise hinzu.

Frauen sind am interessantesten, wenn man sie erobern muss, hatte ich kürzlich in einer Männerzeitschrift gelesen. »Wir«, krächzte ich, »ich meine, ich … hm, nein, du …«

Mit hochgezogenen Brauen schaute er mich an. »Was denn? Sag es doch einfach!«

Ich atmete durch. »Also, ich habe …«

Sein Handy unterbrach mich. Er reagierte nicht, wartete. Ich schwieg, das Klingeln drängte sich immer aufdringlicher zwischen uns.

»Entschuldige bitte, auf den Anruf habe ich den ganzen Morgen gewartet«, murmelte er mit Blick aufs Display. Er drehte mir den Rücken zu, sprach sehr leise, aber nicht leise genug.

»Das musst du nicht allein entscheiden«, sagte er zärtlich. »Jetzt beruhige dich bitte, Dana, in einer guten halben Stunde bin ich da.«

Dana. Genug gehört, zum Glück noch nichts gesagt, mich noch nicht zur Idiotin gestempelt. Ich riss die Tür auf und verschwand durch dieselbe mit dem festen Vorsatz, mich nie wieder vom ihm bezirzen zu lassen, bevor das Thema Dana endgültig beendet war.

Mit quietschenden Reifen bretterte ich aus der Tiefgarage hinaus. Bis zum nahegelegenen Einkaufszentrum brauchte ich, um *die* Gelegenheit zu erkennen. Ich wartete auf dem Parkplatz.

Wenig später raste er daran vorbei. Sofort nahm ich die Verfolgung auf, sorgfältig darauf bedacht, einige Autos zwischen uns zu lassen. Er bog in die Landstraße Richtung Osten ein. Eine wenig befahrene Straße.

Ich entschied mich für die Alternativroute, etwa gleich schnell. Gassen, Industriegebiet, Wohnsiedlung hinter mir lassend, erreichte ich schließlich die Kreuzung, in die die Landstraße einmündete. Von seinem Wagen keine Spur. Nach einigen Minuten Wartezeit kippte meine gute Laune. Er war schneller gewesen.

Ich schoss die Straße entlang bis zum Ende der Ortschaft. Im Nachbardorf wohnte eine Kundin, winziges Kaff mit mehr Kühen als Menschen und natürlich einem Bürgermeister, dessen Frau sie war. Und einem wachsenden Technologiepark. Den Versuch musste ich noch starten – und hatte Glück.

Direkt vor dem Park entstand auf riesigem Areal ein zweistöckiges Gebäude mit Glasfronten, vor dem sich Karsten mit einer Blondine in vertrautem Gespräch tummelte. Ihre taillenlange Mähne flatterte im Wind. Lässig fiel ihr schwarzer Lederkurzmantel über eine elegante weiße Hose. Obwohl ihre Füße in ultrahohen Pumps steckten, reichte sie ihm gerade bis zur Schulter. Typ Lolita, Mitte zwanzig, entschied ich, von altersbedingtem Bauchfett und präklimakterischem Haarausfall so weit entfernt wie ich von einer Hochzeitsreise nach Neuseeland. Wusste gar nicht, dass er auf Unschuld stand. Charmant lächelte er auf sie hinab. Sogar umgezogen hatte er sich für Dana-Schatz. Schwarzes Hemd mit offenem Kragen und schwarze Jeans.

Niemand beachtete mich. Gezielt postierte ich mich auf dem gegenüberliegenden Parkstreifen.

Eine Frau mit dunkler Kurzhaarfrisur und einigen Pfunden zu viel trat aus dem Gebäude, begrüßte die Blondine und Karsten mit Handschlag. Zusammen gingen sie hinein.

Nach über einer Stunde in der Parklücke beschloss ich, meinen Nachmittagstermin abzusagen. Ungern, denn ich langweilte mich allmählich und fühlte tiefstes Mitleid mit allen Privatdetektiven, die sich hinter dem Steuer wartend die Nächte um die Ohren schlugen.

Irgendwann bewegte sich ein Schatten am Fenster im Erdgeschoss, kurze Zeit später traten die Blondine und Karsten ins Freie. Er lächelte sie an. Zum Abschied Bussi rechts und links, die Hände fest ineinander verschlungen. Dann stieg jeder in seine Edelkarosse.

Ich heftete mich an Dana-Schatz, bis sie in der Tiefgarage eines Mehrfamilienhauses am Stadtrand verschwand.

Aus müden Augen observierte ich Hauseingang und Tiefgarage. Ich sehnte mich nach einem starken Kaffee mit Milch und Zucker. Stattdessen summte mein Firmenhandy.

»Was gibt's denn so früh, Isa?«, brummte ich über die Freisprechanlage.

»Guten Morgen, Marie«, vernahm ich die Stimme meines Chefs. »Ich möchte mit Ihnen sprechen. Wann können Sie hier sein?«

Na, hervorragend. Da fuhr ich eine Woche mal etwas weniger Umsatz ein als vier meiner Durchschnittskolleginnen zusammen in zwei Wochen, und er wollte mit mir sprechen. Ausreden sinnlos, Edgar bestand darauf.

Manchmal hasste ich es, dass wir bei *Fit40* uns mit Vornamen anredeten. Es förderte eine gewisse Kumpelhaftigkeit, die das Neinsagen erschwerte.

»Wie viel Zeit geben Sie mir, Edgar?«, fragte ich zurück.

»Eine Stunde.«

Mit der Zeit im Nacken misslang Operation Dana garantiert. »Okay, bin gleich da.«

Unterwegs stärkte ich mich im vollen Bewusstsein, nach der letzten Schlemmerwoche meine Taille weiter aufs Spiel zu setzen, mit einem starken Kaffee und einem fetten Schoko-Croissant.

Edgar beobachtete mich mit seinem Analytikerblick. »Sie sehen angespannt aus, Marie.«

Das, lieber Edgar, weiß niemand besser als ich. »Tut mir leid«, sagte ich deutlich, mein Chef verabscheute nuschelnde Menschen. »Ich habe wenig geschlafen.«

»An der vielen Arbeit kann es zurzeit ja nicht liegen.« Betont geschäftig raschelte er mit meinen Besuchsprotokollen. »Zwei, drei, höchstens vier Termine am Tag.«

Ich richtete meine Wirbelsäule auf und schaute ihn an. »Hören Sie, Edgar, ich weiß, dass ich selbst bei den wenigen Terminen in einer Woche mehr Umsatz bringe als die meisten Kolleginnen im ganzen Monat.«

»Darum geht es nicht, Marie.« Er beugte sich vor. »Sie gehören zu den Top-Drei der *Fit40*-Mitarbeiterinnen, in manchen Monaten stehen Sie auf Platz eins. Mich interessiert nicht der Umsatz der letzten Tage, mich interessiert der Grund für den plötzlichen Rückgang. Vielleicht haben Sie keine Freude mehr an der Arbeit. Vielleicht ist es nur eine vorübergehende Flaute. Wie dem auch sei, *Fit40* kann und will es sich nicht leisten, Mitarbeiterinnen wie Sie zu verlieren.«

»Keine Sorge, ich habe die feste Absicht, dem Unternehmen weiterhin treu zu bleiben.«

»Bei weniger Engagement?«

Wie oft hatte Isa mich gewarnt. »Wenn du dir eines Tages

mehr Privatleben gönnst, musst du deine Umsatzrückgänge erklären. Dein Tempo hält keine Frau in unserem Alter lange durch. Unsere Klientinnen erwarten ausgeruhte Beraterinnen, die sich wohlfühlen. Wellness lautet das Zauberwort, kreiert aus Fitness und Wellbeing, Marie. Wohlsein, mit sich im Reinen sein, seine Balance gefunden zu haben, all das verkörpern wir und geben es an die Frauen weiter. Bei dir gewinne ich zunehmend den Eindruck, dass dein Gehalt das Einzige ist, was du dir an Wohlbefinden gönnst. Ansonsten gestehst du Wellness nur anderen zu.«

»Keinesfalls habe ich vor, mich zukünftig weniger zu engagieren.« Ich zögerte. »Ich habe zurzeit private Probleme. Bis die behoben sind, möchte ich meine Termine mit schwierigen Kundinnen gern reduzieren.«

»*Fit40*-Beraterinnen sind psychisch stark gefordert. Ich wage zu behaupten, dass manche Gespräche auch überfordern, besonders dann, wenn die Identifizierung mit dem Problem der Kundin groß ist. Ich weiß, welches Unglück Ihnen mit dem Cocktail passiert ist. Also vermute ich bei Ihnen Beziehungsschwierigkeiten. Das bedaure ich sehr, und ich wünsche Ihnen, dass Sie sie lösen.«

Ich starrte ihn mit offenem Mund an. Nichts ging ihn das an, überhaupt nichts.

»Bitte, Marie, Sie müssen nichts dazu sagen, außer Sie wollen es. Wer so intensiv arbeitet wie Sie, muss Methoden entwickeln, mit denen er sich davor schützt, die Lebenskrisen anderer in sein Haus, sein Wohnzimmer, sein Schlafzimmer zu lassen. Ich möchte, dass Sie unser Intensivseminar besuchen. Sagen Sie für diese Woche bitte sofort alle Termine ab, fahren nach Hause, packen und machen sich auf den Weg an die Nordsee.«

8

Mit jedem Kilometer, den ich hinter mir ließ, schwand meine Sorge, wertvolle Zeit zur Rettung meiner Beziehung zu verlieren. Vier Tage Wellness, Anti-Aging-Anwendungen, Gespräche. Vier Tage, auf deren Beginn ich leider noch etwas warten musste. Kurz vor Bremerhaven spürte ich ein Schlackern in der Lenkung. Auf dem nächsten Parkplatz durfte ich dann hinten rechts einen herrlich platten Reifen bewundern.

Etliche Male hatte ich in der zu Lutz' Autohaus angeschlossenen Werkstatt beim Reifenwechsel zugesehen. Eine Kleinigkeit. Ersatzrad, Wagenheber und Schraubenschlüssel waren schnell gefunden. Sofort klebte die Belohnung für meine Tatkraft als schmieriger Film auf Kleidung, Händen und Armen. Gezielt setzte ich den schweren Schraubenschlüssel an und drehte, was die Muskeln hergaben. Auf meiner Stirn perlte der Schweiß, doch die fettigen Schräubchen bewegten sich keinen Millimeter.

»Darf ich das für Sie machen?«, hörte ich eine Stimme hinter mir.

Ich drehte mich um. Ein geschniegelter Kerl Marke Manager feixte mich an.

»Danke, das schaff ich schon«, knurrte ich.

»Davon bin ich überzeugt. Es fragt sich nur, wann und ob der ADAC nicht doch noch eingreifen muss, sei es auch nur, um Sie wegen Überanstrengung bei Mittagshitze per Hubschrauber ins Bremer Klinikum zu transportieren.«

Der Schraubenschlüssel schepperte zu Boden. Ich richtete mich auf, stemmte die Hände in die Hüften und sah dem arroganten Pinsel unverwandt in die blauen Augen.

»O je, jetzt ist die Hose an der Seite auch schmutzig!«, spottete er.

»Sie haben mich überzeugt«, murmelte ich und hob das Eisenkreuz auf, um es ihm zu reichen.

»Augenblick.« Er entledigte sich seines feinen grauen Jacketts und warf es auf den Fahrersitz seines Cabrios. Das gleiche Modell wie meins, das bei Karsten in der Tiefgarage auf mich wartete. Ich hätte schwören können, dem Kerl schon einmal begegnet zu sein, aber das Bremer Kennzeichen sprach dagegen.

Elegant setzte er den Schlüssel auf, drehte – mit dem gleichen Ergebnis wie bei mir. Bald trug sein hübsches rosafarbenes Hemd Spuren seiner Arbeit in Gestalt diverser Öl- und Schweißflecken. Sein Grinsen wich einem verbissenen Zug um den Mund. Mehrmals schlug ich vor, die Gelben Engel zu rufen.

»Nicht nötig, Lady.«

Langsam allerdings schwand meine Geduld. Die letzten fünfzig Kilometer bis zum Ziel wollte ich unbedingt heute noch zurücklegen.

Dann ein Schrei. Die erste Schraube bewegte sich so unerwartet, dass er auf den Hosenboden prallte.

»Ich hab's gewusst. Das musste doch klappen!«

Heimlich zählte ich die Schrauben und rechnete mir aus, wie viele Stunden ich hier verbringen würde, wenn die anderen sich in gleicher Geschwindigkeit lösten.

»Wenn Sie Termine haben …«

»Was ich angefangen habe, bringe ich zu Ende«, unterbrach er mich entschlossen und strahlte mich siegessicher an. Inzwischen kräuselte sich seine Stirn, und die Haare glänzten feucht. Er wirkte jetzt älter. Anfangs hätte ich ihn auf Ende zwanzig geschätzt, nun auf mindestens fünfunddreißig. Wie alt mochte er aussehen, wenn er alle Schrauben gelöst hatte? Dazu der Alterungsprozess beim Wechseln des Rads …

Dann ging alles ziemlich flott. Seine Arroganz war im

Schweiß ertränkt worden. Ehrlich bedankte ich mich für seine Mühe und fragte schusseligerweise, wie ich mich revanchieren könne.

»Mit einer Fahrt nach Helgoland«, antwortete er prompt. »Ein alter Wunsch von mir, mit einer attraktiven Frau vor dem Hafen von Helgoland ausgebootet zu werden.«

Ohne Zweifel hatte der Typ viel zu lange in der Sonne gestanden. Oder er ratterte die Floskel bei jeder Frau herunter. Dem Aussehen nach zu urteilen, mangelte es ihm nicht an jungen Begleiterinnen für geplante Ausflüge. Auf eine ältere konnte er garantiert verzichten.

»Also, wann?«, drängte er.

»Geht leider nicht. Ich bin dienstlich hier. Seminar von morgens bis abends.«

»Schade. Ich gebe Ihnen einfach meine Karte und hoffe, dass Sie sich's anders überlegen.«

Mit einem Schlag und in voller Absicht brach ich alle Regeln des guten Stils, indem ich mir seine Karte ungesehen in die Hosentasche stopfte und mich stumm weigerte, ihm meine zu überreichen.

»Wir sehen uns wieder, Lady.« Mit einem Satz sprang er über die Tür in sein Cabrio, winkte und brauste von dannen.

Jeden Vormittag standen Seminare auf dem Programm, dazu Einzelgespräche. Ruth, die Leiterin, riet uns, viel freie Zeit draußen zu verbringen. »Setzen Sie sich an den Strand und genießen Sie den Wechsel der Gezeiten. Betrachten Sie bei Ebbe das Wellenmuster, das die Flut zuvor in den Sand geprägt hat. Lauschen Sie dem Rauschen des Meeres und dem Kreischen der Möwen.«

Ich bekam zwar Lust auf Natur, organisierte Freizeit wäre mir allerdings lieber gewesen. Gesellschaft lenkte mich ab, allein grübelte ich zu viel.

»Du kannst nicht allein sein, Marie«, hatte mir Karsten

kürzlich vorgeworfen. »Mir scheint, du erträgst dich selbst nicht.«

Nach einem anstrengenden Arbeitstag hatte ich noch eine Vernissage besuchen wollen, statt zu Hause auf ihn zu warten, bis er die Arbeit bei seinen Kunden beendet hatte. Frühestens Mitternacht sollte das werden. Tja, Arbeit namens Dana brauchte eben seine Zeit. Und mit der Geliebten auf der Matratze erwarb sich Mann vermutlich stillschweigend das Recht, die Erstfrau mit Seitenhieben zu attackieren.

Ich hatte es immerhin zwei Jahre in meiner eigenen Gesellschaft ausgehalten, ohne Arbeit, ohne Hobby, ohne Hund. Er würde vermutlich schon am zweiten Tag nach Unterhaltung schmachten, egal, ob männlich, weiblich oder vierbeinig.

Vielleicht lag er gerade in diesem Moment neben ihr, während ich einsam durchs Watt stapfte. Genoss ihre jugendliche Frische, ihren festen, schmalen Körper. Und dachte keine Sekunde lang an die Verlobte, deren Reifegrad einem Diätquark kurz vor dem Verfallsdatum entsprach.

Meine Gedanken fuhren Achterbahn, Emotionen wechselten im Minutentakt. Ich spürte, wie viel Energie sinnlos verpuffte. Wahrscheinlich wäre es besser gewesen, ihm die Wahrheit ins Gesicht zu schleudern, statt mich allein zu quälen. Falsch. Viel zu riskant.

»Tut mir leid, Marie, dass du auf diese Weise von Dana erfahren hast«, hörte ich ihn sagen. »Meine Entscheidung war noch offen, aber wenn du mir jetzt die Pistole auf die Brust setzt, ist sie gefallen.«

Nein, das war nicht Karstens Stil. Oder doch? Wusste ich Einundvierzigjährige überhaupt, was schöne junge Frauen in ihm auslösten?

»Du bist ein hübsches Mädchen, Marie, aber keine Schönheit«, hatte meine Mutter an meinem achtzehnten Geburtstag festgestellt und mir ein gefülltes ledernes Beautycase überreicht. »Ärgere dich nicht darüber. Pfleg dich gut und schmink dich sorgfältig, dann liegen dir die Männer zu Füßen.«

Sie hatte leicht reden. Fein geschnittenes Gesicht, schmale Nase, ausdrucksvoller Mund und Augen mit Lidern, die für Lidschatten wie geschaffen waren. Achtundsechzig Jahre alt war meine Mutter und trotz einiger Runzeln noch immer schön. In ihrer Jugend hatte sie gelegentlich für ein Modehaus auf dem Laufsteg gejobbt. Noch heute erzählte sie voller Stolz davon.

Schöne Mütter hatten selbstverständlich schöne Töchter. Regelmäßig schickte sie Bille und mich zum besten Friseur der Stadt, und manchmal lieferte sie uns bei der Kosmetikerin ab. Dann lagen Bille und ich mit grün beschmierten Gesichtern nebeneinander auf zwei Liegen. Wir langweilten uns, erzählten uns Witze, schnitten Grimassen, was die Kosmetikerin wütend stimmte. So verfehle jede Maske ihre Wirkung. Unsere Mutter verbrachte diese Zeit in der Stadt. Manchmal einen ganzen Nachmittag.

Ich konzentrierte mich auf das Wellenmuster des Watts, betrachtete die wenigen Muscheln im Sand. Wie sähe ich heute ohne das Engagement meiner Mutter aus? Womöglich wäre ich für *Fit40* ungeeignet. Eine andere Frau beriete dann meine Kundinnen. Meine Kundinnen! Viele hatte ich gedanklich mit an die Nordsee genommen, sogar die Politikergattin. Wenn ich nicht an Karsten dachte, rückten die Frauen in den Mittelpunkt meines Denkens.

»Ich finde, du übertreibst mit der Arbeit«, hatte mein Nochverlobter vor langer Zeit kritisiert.

»Genau wie du«, hatte ich trotzig gekontert, obwohl es nicht stimmte. Er ließ seine Arbeit im Büro, schaltete schnell ab, während ich *Fit40* durch Feierabend und Wochenende schleppte.

Plötzlich empfand ich dies alles als Last. Ich sprach es in der Gruppe an und erkannte bald meinen Fehler. Mit naiver Selbstverständlichkeit traf *ich* die Entscheidungen für meine Kundinnen und übernahm damit unbewusst die Verantwortung für das Ge- oder Misslingen des Wellnessprogramms.

Eine Verantwortung, die sich automatisch in mein Privatleben drängte, es manchmal sogar verdrängte.

»Das bekommen wir hin«, hatte ich der Politikergattin versprochen. »Bald sieht Ihr Mann Sie mit völlig anderen Augen.«

Marie Kerner, eine Wellnessberaterin mit hellseherischen Fähigkeiten. Sie musste den Macho-Gatten nicht persönlich kennen, um zu wissen, dass er seiner *Fit40*-Produkte konsumierenden Gattin demnächst aus den einst abgearbeiteten Händen fraß. Apropos: Die Gute war mindestens zehn Jahre von der magischen Vierzig entfernt.

Während sie sich nach meinen Prophezeiungen entspannte, bangte ich darum, dass sich diese tatsächlich erfüllten. Ich erinnerte mich an viele solcher Fälle. Im Kolleginnenkreis oder mit Ruth reflektierte ich meine Beratungen.

Nach einer dieser anstrengenden Prozeduren suchte ich Zerstreuung in der Bremer City. Menschen hasteten an mir vorbei, es duftete nach Döner und Donuts. Ich atmete auf, fühlte mich frei. Probleme lösten sich im Rausch des Trubels auf. Plötzlich spürte ich Lust, mir ein Kleid für die bevorstehende Botox-Party zu kaufen. In einem Designerladen fand ich ein petrolfarbenes Modell, elastisch dünne Träger, knielang, körperbetont, aber nicht zu eng. Dazu passende Schuhe und die unverzichtbare Handtasche. Limitierte Auflage von Louis Vuitton. Ein Vermögen blätterte ich für das gute Stück hin, nachdem mir die Verkäuferin versichert hatte, dass die zwei anderen Exemplare in Süddeutschland verkauft worden seien. Bereits zurück am Ausgang, stach mir ein schwarzer Lederkurzmantel ins Auge. Auf dem Absatz machte ich kehrt und kaufte ihn. Selbstverständlich nur, weil er mir so gut gefiel. Ich behielt ihn gleich an. Wirklich lässig – vor allem aber jugendlich.

Am letzten Tag traf ich Ruth auf meiner Wanderung. Beide überrascht, quälten wir uns einige Minuten lang gegenseitig mit Small Talk, bis sie rundheraus fragte, was mir die Arbeit bei *Fit40* bedeute. Umständlich berichtete ich von meinem arbeitsfreien Vorleben und davon, wie ich mit den Produkten an Attraktivität gewonnen hatte. Hoch lobte ich so raffinierte Erfindungen wie das Notfallset, die Falten verschlingenden Quick-Masken und die straffenden Körpercremes.

»Attraktivität ist Ihnen sehr wichtig, nicht wahr?«

»Ihnen nicht?«

»Schon, aber ich glaube, ich definiere sie etwas anders. Attraktivität assoziiere ich vor allem mit Gesundheit und innerer Zufriedenheit. Sein Denken, Fühlen, Handeln macht den Menschen schön, nicht nur seine perfekte Fassade. Und mit der *Fit40*-These, Schönheit ist keine Frage des Alters, identifiziere ich mich sowieso.«

Peinlich berührt schaute ich sie an. Um ihre Augen zogen sich Fältchen, unter ihrem Kinn zeigte sich der Ansatz eines zweiten. Sicher ging sie auf die Fünfzig zu.

Ruth machte eine nachdenkliche Pause, bevor sie weitersprach.

»Wissen Sie, Marie, in fast jedem Seminar treffe ich Beraterinnen, die glauben, jugendlicher, schöner, sportlicher sein zu müssen als ihre Kundinnen. Sie quälen sich damit, optisch Jahre zu vertuschen, statt zu ihrem Alter zu stehen. Dabei erwartet *Fit40* genau das Gegenteil von seinen Beraterinnen. Das Unternehmen plädiert für Natürlichkeit in jedem Alter.«

Verkrampft lächelte ich, während ich stumm beschloss, noch am gleichen Abend zusätzlich zur Anti-Aging-Behandlung eine Stilberatung zu buchen. »Anscheinend sehen Männer das etwas anders.«

Sie musterte mich. »Tatsächlich?«

Ich wurde rot. »Ich glaube schon«, ergänzte ich hilflos.

»Ist Ihr Mann jünger als Sie?«

Dass ich zurzeit gar nicht genau wusste, ob ich überhaupt liiert war, wollte ich ihr geschickt verschweigen, doch wie von selbst stolperte mir die Kurzversion meiner Ehe- und Verlobungsgeschichten über die Lippen.

»Es tut mir sehr leid, dass Sie diese Erfahrungen machen mussten, Marie. Aber Sie dürfen sicher sein, viele Männer wünschen sich von einer Frau mehr als eine jugendliche Hülle.« Sie zögerte. »Wäre es nicht möglich, dass das Alter Ihrer Nachfolgerinnen purer Zufall war?«

»Zufall?«

»Ja, könnten andere Gründe zum Scheitern geführt haben?«

Mir wurde flau. »Nein, ich habe einfach die falschen Männer erwischt.«

»Dreimal? «

Ich schnaufte, war drauf und dran, aufzuspringen und wegzurennen. Was unterstellte Ruth mir da? Natürlich hatte ich dreimal beherzt danebengegriffen.

»Ein Symptom kann verschiedene Ursachen haben«, hörte ich sie sagen.

Warum hatte ich ihr überhaupt davon erzählt? »Ach, und Sie kennen sich bestens damit aus, Ruth?«

Sie überhörte meinen Zynismus. »Es liegt mir fern, mich als Besserwisserin aufzuspielen oder Sie mit ungebetenen Ratschlägen zu belästigen. Aber ich würde Ihnen gern noch sagen, dass ich in einer ähnlichen Situation eine Erfahrung gemacht habe: Die Wahrheit verbirgt sich manchmal unter einer Kruste, und es lohnt sich, diese aufzubrechen.«

Aus Lutz' Arbeitszimmer drangen Geräusche auf den Flur heraus.

»Ich bin wieder da!«, rief ich.

»Willkommen, Marie.« Mein Ex musterte mich. »Du siehst gut aus.«

»Danke«, lachte ich und warf einen Blick in den Spiegel.

Unglaublich. Mit nur einem Hauch von Schminke wirkte mein Gesicht jünger und frischer. Täglich predigte ich meinen Kundinnen, Farben sparsam zu verwenden. Ich selbst aber hatte begeistert jedes Fältchen zugekleistert. Schluss damit, zumindest im Alltag.

»Du bist früh zu Hause, Lutz«, stellte ich fest.

»Weil ich wusste, dass du kommst.«

Verwirrt sah ich ihn an.

»Kleiner Scherz, Marie!«, lachte er laut. »Nein, nach der Hektik der letzten Wochen muss ich wieder etwas kürzer treten. Schließlich bin ich keine zwanzig mehr.«

»Hast du getrunken?«

»Ja. Jede Menge Wasser. Macht straffe Haut.«

Ich fühlte mich total veralbert. »Du machst dich über mich lustig. Genau das brauche ich jetzt unbedingt.«

Idiot. Wütend schleppte ich meinen Koffer ins Gästezimmer. Acht Jahre Ehe, und ich wurde immer noch nicht schlau aus ihm.

Er folgte mir. »War nicht böse gemeint, Marie. Darf ich es mit einem Abendessen wiedergutmachen?«

Nach einer Woche Frustfressen und einer Woche regelmäßiger Mahlzeiten bei appetitsteigernder Seeluft folgte nun also das Essen in Gesellschaft, um mir die letzten beiden der sechs vorhochzeitlich abgeschmachteten Kilo wieder aufzuladen. In dem Apartment müsste ich als Erstes eine magische Kohlsuppendiät oder eine Traubenkur machen.

Wie früher setzten wir uns bei unserem Lieblingschinesen in eine Nische am Fenster.

»Seit unserer Trennung war ich nicht mehr hier«, gab Lutz zu.

»Ich auch nicht.«

»Schade, denn der Laden ist wirklich hervorragend. Vielleicht sollten wir uns zukünftig alle sechs oder acht Wochen hier treffen.«

»Um Erinnerungen aufzufrischen?«

»Erinnerst du dich denn gern an unsere Ehe, Marie?«

»An die Ehe schon, an das Ende nicht.« Ich träufelte etwas Sojasoße über meinen Sprossensalat. »Und du?«

»Mal so, mal so.«

»Wie darf ich das verstehen, Lutz?« Ich spürte, dass er zutiefst bereute, das Thema angeschnitten zu haben, und plötzlich wurde mir bewusst, dass wir noch nie darüber gesprochen hatten.

Er kämpfte mit sich. »Das heißt, es gibt schöne und weniger schöne Erinnerungen.«

»Fangen wir mit den schönen an. Woran denkst du gern zurück?«

Hastig leerte er sein Wasserglas. »Lass uns das Thema wechseln, Marie!« Seine Augen blitzten auf, sein Blick huschte hin und her. Verschmitzt zwinkerte er mir zu. »Erzähl mir lieber von deinem Seminar, zu dem du so überstürzt abgereist bist.«

Typisch Lutz. Wenn's zu eng wurde, zog er sich zurück. Oft brauchte er nur wenige Sekunden, um seine Mimik und Gestik zu verändern. Anfangs glaubte ich, einen völlig anderen Menschen vor mir zu haben, bis mir sein Tennispartner erklärte, er sei eben ein Zwilling, ein Mann mit zwei Gesichtern. Laut Erika harmonierten diese geselligen Verwandlungskünstler gar nicht mit den anhänglichen Krebsen. Ihr zufolge harmonierte kaum jemand mit dem Krebs, dafür fast jeder mit dem Schützen.

Lutz' Bekanntenkreis war unüberschaubar, seine Vorliebe für neue Sportarten wechselte so oft wie die Anzahl seiner Vorführwagen, und seine Neugier auf Menschen, Autos, Technik schien grenzenlos. Kraft dafür tankte er an der stabilen Basis in Gestalt seines Autohauses. Sein Personal blieb ihm oft dauerhaft treu. Als Chef setzte er auf klar definierte Aufgaben, Eigenverantwortlichkeit und ein gutes Betriebsklima. Neue Mitarbeiter mussten sich in allen Punkten bewähren. Hetzer, Mobber oder ähnliche Fehlgriffe entließ er schon während der Probezeit.

»Bereits eine einzige Zecke saugt dem gesamten Personal den Lebenssaft ab, infiziert es und hinterlässt unheilbare Krankheiten.«

In der Firma teilte er fleißig Lob und Kritik aus, als Ehemann nur Lob und Komplimente.

Meine Tenniserfolge, meine Kleidung, meine Mahlzeiten, mein Engagement als Hausfrau und Mutter, immer hatte er sich positiv geäußert. Alles war perfekt gewesen, bis zu dem Tag, an dem er ging. Ohne Streit, ohne Vorwürfe packte er seine Koffer und zog aus – und ich stürzte ab, weil ich das alles nicht verstand.

Bis heute rätselte ich, warum er mich Hals über Kopf verlassen hatte. Zwei Jahre meines Lebens hatte ich zu Hause gegrübelt und schließlich seine Entscheidung akzeptiert. Jeder Gesprächsversuch hatte geendet wie der heutige.

Gerade erzählte Lutz gestenreich von seinem Tauchkurs in Ägypten, wo er ein Bündel Seetang mit Fisch verwechselt hatte, weil er sich trotz fortgeschrittener Kurzsichtigkeit weigerte, eine Brille oder Kontaktlinsen zu tragen. Zwei Frauen am Nachbartisch lachten Tränen.

Schon früher kokettierte er gern offen mit seinen Schwächen. Kam an bei den Frauen. Ein Mann, der nicht nur stark ist, sondern Fehler zugibt, ist sensibel – und in seinem Fall vor allem humorvoll. Jede Frau wünschte sich einen Mann mit Humor. O ja, wir hatten viel gelacht! Das Leben mit Lutz war einfach gewesen.

Für ein Symptom gibt es verschiedene Ursachen, hörte ich Ruth sagen.

Schon servierte er die nächste Geschichte. Ohne Zweifel besaß mein Ex neben seinem Humor jede Menge Phantasie. Die Damen schmolzen dahin, ich lachte. Nachdem er sich sicher sein konnte, das triste Eingangsthema komplett unter den Tisch gescherzt zu haben, fragte er mich erneut nach meiner letzen Woche.

In acht Jahren Ehe lernt man viel voneinander. Lapidar berichtete ich vom Erfahrungsaustausch, um dann nicht minder gestenreich und amüsant die harmlose Reifenpanne sowie die schweißtreibenden Bemühungen meines Retters auszubreiten.

Sofort versprach Lutz, mich mit einem Spezialschlüssel auszustatten, der es selbst einem Kind ermögliche, die Schrauben zu lösen. Die Damen am Nebentisch waren völlig verrückt nach diesem Werkzeug und kündigten an, am nächsten Tag sofort bei ihm vorbeizuschauen.

Nach der Märchenstunde bummelten wir Hand in Hand durch die kleine Fußgängerzone. Ein Hauch Nostalgie. Früher waren wir danach im Bett gelandet – und heute? Ich beobachtete ihn, stellte mir vor, wie es wäre, unter seine Decke zu kriechen. Unmöglich. Es war vorbei, die Liebe tot. Stattdessen ein Hoch auf die Freundschaft!

Er drückte meine Hand. »Was ist los, Marie?«

»Alles okay, Lutz.«

Noch immer erzählte er, diesmal über Mittelklasse- und Kleinwagen. Kurz vor Mitternacht stellte er mir auf dem Parkplatz sein neuestes Schätzchen mit Hybridantrieb vor. Passanten blieben stehen.

»Bei nur drei Litern Sprit im Stadtverkehr verkauft sich der Wagen wie knusprige Brötchen. Sogar Kunden, die sich noch nie für japanische Modelle interessierten, sind begeistert.«

Nebenbei kramte er einige Prospekte aus dem Handschuhfach und verteilte sie, errechnete die jährliche Ersparnis beim Tanken, beantwortete Fragen – bis die Leute nur noch eines wollten, und das sofort: sein neues Hybridauto.

Ich stand im Hintergrund und erkannte, dass er kein Auto, sondern sich verkaufte. Sein Erfolgsrezept, genau wie meines bei *Fit40*.

»Ich sollte ein Praktikum bei dir machen, Lutz«, sagte ich nach dieser Show.

»Die Technik ist wirklich klasse. Sogar *KarGo* hat etliche Fahrzeuge für seine Mitarbeiter geordert.«

Ich zuckte zusammen. »*KarGo*?«

»Ja, Karsten war gestern bei mir und hat zehn Wagen mit Sonderlackierung bestellt.«

Was wollte der mit zehn Autos? Die passten noch nicht einmal auf sein Grundstück.

»Deine Post hat er mir auch gegeben.« Wieder zu Hause, drückte mein Ex mir einen Stapel Briefe in die Hand. »Schau, ich habe dir die Klatschseite im Wochenmagazin aufgehoben.« Lutz blätterte konzentriert. »Hab mich natürlich gefragt, warum du bei mir statt bei ihm wohnst.«

Neben einem einschläfernden kurzen Text prangte ein Foto aus dem Park. Karsten hatte uns gut positioniert, und dank seiner schützenden Hand vor meinem Gesicht sah der Kuss nicht annähernd so heiß aus, wie er gewesen war.

9

Sorgfältig brezelte ich mich für die Botox-Party auf. Nachdem ich vor einem guten Jahr als Karstens Begleiterin die erste Party dieser Art erlebt hatte, beschloss ich, alle zukünftigen als Arbeit zu verbuchen. Viele schönheitshungrige Frauen mit dickem Konto oder zumindest einer Vollmacht für selbiges, viele Möglichkeiten, den Appetit auf *Fit40*-Produkte richtig anzuregen. Nur allzu gern ließ Karsten mich fortan allein ziehen. Heute hatte Manus Freundin Lola dazu eingeladen.

Bussi links, Bussi rechts, meine Nasenmuscheln vibrierten. Die Kosmetikerin Lola ließ sich ihr individuelles Parfüm in Paris kreieren. Diesmal war der Meister wohl verschnupft gewesen.

»Wie du wieder duftest, Lola!«, hörte ich Joan Collins meine Stimmbänder schwingen.

»Meine neueste Kreation. Heute erst eingetroffen.« Sie taxierte mich. »Schön, dass du kommen konntest, Marie. Nach dem Klatsch der letzten Woche haben wir alle gebangt.«

Mechanisch legten sich meine Finger um ein Glas Champagner, das mir jemand reichte.

»Wie du richtig bemerkst, Lola – alles Klatsch.« Mein Blick aus stark geschminkten Augen glitt routiniert über die Gäste. Ungefähr fünfzig Frauen zählte ich, dazwischen etwa zwanzig Männer.

»Bitte entschuldige, Marie, da kommen die nächsten Gäste.« Mit wiegenden Hüften stelzte Lola lächelnd davon.

Niemand, der es nicht wusste, hätte vermutet, dass ihre schlichten Eltern sie einst mit dem Namen Hannelore Lahme gestraft hatten. Während der Schulzeit wurde aus Hannelore das Mathegenie Lore. Ob Multiplizieren, Potenzieren oder

Wurzelziehen, Lore Lahme schüttelte sich das – richtige – Ergebnis aus dem frisierten Köpfchen, noch bevor andere die Zahlen in den Taschenrechner eingegeben hatten. Leider klappte es bei ihr mit dem Rechtschreiben nicht so gut, so wenig wie mit der Grammatik und mit den Fremdsprachen. Lore nahm es gelassen. Geschäftsfrau wollte sie werden, und dafür trug sie alles Erforderliche in sich.

Den passenden Mann fand sie in Dr. Arndt Lange, der sie aus dem Dorf in die Stadt holte, sie mit den unverzichtbaren Kontakten versorgte, ihr eine Kreditkarte und seinen Namen schenkte, den Lore fast so furchtbar fand wie ihren Mädchennamen. Kurz nach der Heirat richtete sie sich einen anspruchsvollen Kosmetiksalon ein, legte sich das Pseudonym Lola zu und drückte nun mit wachsendem Erfolg den Damen der Gesellschaft die Mitesser aus.

Seinen Namen abzukürzen oder ihn mit einem Pseudonym zu kaschieren, war der letzte Schrei. Als ich Lola und Manu kennenlernte, wollten sie auch mich dazu überreden. Nur leider gab es an meinem Vornamen nichts zu kürzen. Wer wollte schon Ma oder Rie heißen. Lola schlug vor wie sie jeweils die erste Silbe aus Vor- und Nachnamen zu verbinden. Entschlossen lehnte ich ab. Ich wollte nicht Maker heißen. Wie schnell wurde daraus Macker. Make fand ich mindestens genauso schrecklich. Der eine rief mich vielleicht englisch Mäjk oder berlinerisch Macke. Schließlich nahmen es beide wegen der disharmonischen Vorsilben hin, dass ich meinen Namen behielt.

»Ich hoffe, du traust dich heute, Marie!« Bussi links, Bussi rechts. Manu strahlte wie immer wild entschlossen, die Gelegenheit beim Schopf zu packen und sich zu fortgeschrittener Stunde ein Tröpfchen Nervengift in die glatte Haut injizieren zu lassen.

Einmal war ich drauf und dran, mich der Prozedur zu unterziehen. Da hörte ich, wie die Frau des Fleischfabrikanten scherzhaft einigen anderen Partygästen zurief: »Ich brauche keine Spritze. Ich bitte einfach meinen Mann, ein Stück Fleisch so lange zu lagern, bis jeder Millimeter mit Clostridium Botulinum, kurz Botox, infiziert ist. Das lege ich mir dann als Maske auf die Stirn.«

Niemand außer ihr lachte. Ich ertränkte meine beginnende Übelkeit in einem Gläschen Schampus. Botox-Partys vertrugen nur Schampus. Übrigens war es die letzte Party, die der Großfleischer mit seinen Spezialitäten beliefert hatte.

»Warten wir ab, was der Abend bringt, Manu. *Fit40* bietet übrigens eine neue Olivenölmaske für trockene Haare an.«

»Oh, das ist ja ganz wunderbar«, freute sie sich schrill. »Olivenölkosmetik ist der Renner.«

»Du wirst begeistert sein, meine Liebe«, plärrte Joan Collins und zog mit spitzen Fingern ein winziges Pröbchen aus ihrem Designertäschchen, um es der Friseurin zu überreichen.

»So eine Tasche *muss* ich haben«, kreischte eine elegante Brünette neben mir. Sie sah der neuen Sopranistin ähnlich, die kürzlich im Feuilleton vorgestellt worden war. Hektisch zerrte sie an einem Mann herum.

»Bitte«, stotterte er, »wo gibt es solche Taschen?«

»Leider gar nicht mehr«, erklärte ich höflich. »Ist ein Einzelstück.«

»Ich kaufe sie Ihnen ab«, sopranierte die Frau. »Nennen Sie einfach Ihren Preis.«

»Das geht doch nicht«, versuchte der Mann sie zu bremsen.

»Ha, das geht nicht? Es muss gehen, sonst schlafe ich nicht mehr. Ich will die Tasche.« Jetzt wurde sie richtig bockig.

Innerlich grinsend krallten sich meine Finger fester um die Riemen des Objekts der Begierde. Hätten wir uns nicht auf einer niveauvollen Party befunden, sondern an einem Imbissstand, hätte ich um mein Leben gebangt. Ich kümmerte mich gar nicht mehr um die Frau, wollte mich abwenden.

»Fünftausend!«, kreischte sie.

Ich schüttelte den Kopf. »Sparen Sie sich die Mühe. Ich verkaufe die Tasche nicht, egal, wie viel Sie bieten.«

»Fünfzigtausend«, bot sie laut. Einige Gäste horchten auf.

Peinlich berührt zog der Mann sie zur Seite. »Wir finden eine andere Tasche, Liebling.«

Sie riss sich los. »Ich will die und keine andere.«

»Sie ist wirklich phantastisch!« Mit diesen Worten goss Manu noch Öl ins Feuer.

Die Sopranistin witterte Mitbewerber. »Hunderttausend«, schrie sie hysterisch, »und keinen Cent mehr!«

Ich fühlte mich wie im Irrenhaus und fragte mich, ob es wohl auf jeder Party so zuging, ich es bisher nur nicht bemerkt hatte.

»Wie gesagt, sie ist unverkäuflich«, wiederholte ich entschieden.

Meine Kehle brannte. Heimlich versorgte ich mich an der Bar mit Wasser.

»Wassertrinker gelten als langweilig«, hatte Karsten mich gelehrt. »Du musst immer ein Glas Schampus in der Hand halten. Ob du wirklich trinkst, kontrolliert niemand.«

»Na, alle Reifen in Ordnung?«, bellte mich ein männliches Wesen von der Seite an.

Erschrocken drehte ich mich um. Neben mir an der Theke lehnte lässig mein Helfer von der Autobahn, in Freizeitkleidung und mit Sportschuhen. Eindeutig besaß er überdurchschnittliches Talent für unpassende Kleidung.

»Habe ich nicht prophezeit, dass wir uns wiedersehen?«

Ich hob den Kopf und warf die Haare in den Nacken. »Wie konnten Sie das wissen? Was tun Sie überhaupt hier?«

»Mir gehört die Security-Firma, die Sie auf den meisten Partys vor Eindringlingen aller Art schützt. Auf der Autobahn habe ich Sie gleich erkannt. Sie waren mir schon früher aufgefallen. Das Cabrio hatte mir ein Freund geliehen.«

»Hätten Sie das beim Reifenwechsel nicht erwähnen können?«

»Natürlich, aber so hatte ich die Chance auf ein Treffen mit Ihnen, was normalerweise unmöglich ist.« Er lachte spöttisch. »Die Luxuslady und der Wachmann beim Candle-Light-Dinner. Sie müssen zugeben, das wäre eine kleine Sensation.«

»Danke. Im Moment ist mein Bedarf daran gedeckt.«

»Ich weiß.«

Er hieß Uwe, war fünfunddreißig und ehemaliger Polizist. Drogenfahndung. Da der Stoff aber nicht während der Ladenöffnungszeiten bei Aldi verscherbelt wurde, schlug er sich die Nächte in verruchten Bars, Kneipen und Diskotheken um die Ohren. Wenn er nach seinen Expeditionen zu Hause ins Bett fiel, saß seine Frau im Büro. Wenn sie ihren Arbeitstag hinter sich gebracht hatte, war Uwe schon wieder den Dealern auf der Spur. Sie verließ ihn. Er merkte es erst vier Tage später, als er Post von ihrem Anwalt bekam.

Uwe versuchte sein Glück als Chauffeur und Bodyguard eines Unternehmers. Fortan befand er sich vierundzwanzig Stunden täglich in Bereitschaft. Nun fehlte ihm sogar die Zeit, sein sauer verdientes Geld auszugeben. Ein volles Jahr spielte er die Marionette, dann besaß er genügend Kapital, um eine eigene Firma zu gründen.

»Tja, und jetzt arbeite ich wieder nachts«, resümierte er, »als erfolgreicher Unternehmer. Die Partys sind edler, die Drogen auch.«

»Drogen?«

»Feinstes Koks ist weit verbreitet.«

»Hier?«

»Sorry, Lady, auf dem Auge bin ich blind und auf dem Ohr taub.«

Ich sah mich um. Wer bitte sollte hier koksen?

»Uwe, kommst du mal?«, rief ein Mann in gleicher Kleidung. »Eine Pressefrau ohne Einladung besteht auf Einlass.«

Unwillkürlich hielt ich ihn am Ärmel zurück. »Wenn es Lu May ist, lassen Sie sie bitte nicht herein.«

Er tätschelte mir den Arm. »Keine Sorge, Lady, die steht in meinem Revier auf der Abschussliste.«

Erleichtert atmete ich auf. Weiter vorn eröffnete Lola das Büfett. »Alles ohne Zucker, ohne Fett und nur Bio. Hungern war gestern, liebe Gäste, heute steht Schlemmen auf dem Programm.«

Zielstrebig schritt ich zur Futterquelle. Gemüsesuppe, Salate, Dips, Brot, gegrillte Edelfische, Roastbeef, gefüllte Hähnchenbrust, Sushi, Teigtaschen, Käseplatte, Obst.

Alles sah lecker aus, zuckerfrei ließ ich gelten, aber das Attribut fettfrei passte auf die wenigsten Delikatessen. Seeteufel, Lachs und Limande waren eindeutig vor dem Grillen eingeölt worden, die Füllung der Hähnchenbrust enthielt reichlich Mandeln, die Teigtaschen Hackfleisch, und von fettfreiem Käse hatte ich noch nie gehört.

Um nur einige Beispiele zu nennen, aber ich wollte ja nicht kleinlich sein. Selten hatte ich die Damen der Society so zuschlagen sehen.

»Da muss man erst auf eine Party gehen, um sich mal wieder richtig satt zu essen«, freute sich eine Frau. »Ich besorge mir alle Rezepte, koste es, was es wolle.« Heißhungrig stopfte sie sich eine Teigtasche zwischen die knallroten Lippen.

Ich erkannte die Gelegenheit. »Das Essen ist oft nicht das Problem, sondern die fehlende Bewegung.«

»Wem sagen Sie das! Es bleibt ja im Alltag kaum Zeit für Sport.«

»Ich trainiere zu Hause.«

»Ach, und das funktioniert?«

»Sehr gut sogar. Ich habe mir einige Geräte zugelegt, die ich regelmäßig benutze. Dazu sehe ich fern oder höre Musik. Hier, sehen Sie!« Ich kramte einen *Fit40*-Folder aus meinem begehrten Handtäschchen und zeigte ihr einige Geräte. Manu unterstützte mich mit der blumigen Schilderung eigener Erfahrungen.

Die Damen rissen mir die Folder förmlich aus den Händen. Bis Mitternacht sprengten die Termine meinen Kalender für einige Wochen. Dies verdankte ich allerdings nicht nur meinem rhetorischen Talent, sondern einem Missgeschick, das sich zwischendurch ereignete.

Der fast allen bekannte Doktor Collande betrat die Bildfläche. In der Hand sein schwarzes Köfferchen mit dem Zaubermittel. Laut Lola sprach vieles dafür, immer wieder den gleichen Arzt zu engagieren. Wäre ich am Umsatz beteiligt gewesen, hätte ich auch so argumentiert.

Kurz erklärte der Arzt die Wirkungen des Nervengifts Botox, zeigte auf einem Plakat die Stellen, wo es injiziert werden konnte, und hatte diesmal auf allgemeinen Wunsch einige Vorher-Nachher-Fotos dabei.

»Na, Marie, mutig genug?«, flüsterte Manu neben mir.

»Auf jeden Fall, aber heute fühle ich mich so gut, dass ich es meiner Meinung nach gar nicht brauche.«

Ihr bebte die geschminkte Unterlippe. »Kannst du dir das leisten?«

»Wie meinst du das?«, fragte ich zurück, obwohl ich genau wusste, worauf sie anspielte.

»Na ja, du bist noch nicht verheiratet.«

»Ja, was ist denn überhaupt mit ihm?« Lola kroch dicht an uns heran. »Hat er etwa eine andere?«

Einige Gäste stellten die Ohren auf Empfang.

»Bei einem Mann wie Karsten Goll wäre ich mir nie sicher«, kreischte die Sopranistin.

»Alle Gerüchte enthalten ein Fünkchen Wahrheit«, ergänzte eine dicke ältere Frau.

Sie musste es ja wissen.

»Seid ihr eigentlich noch zusammen oder nicht?«, fragte eine von Lolas Kosmetikerinnen.

»Es kann beginnen, meine Damen!«, hallte es zu meiner Erleichterung aus dem Nebenraum. Durch die offene Tür sah ich Doktor Collande mit Einmalhandschuhen neben Lolas mit Papierstreifen präparierter Kosmetikliege stehen. Sein Werkzeug lag ausgebreitet auf einem Tischchen. »Wer traut sich als Erste?«

Manu ließ sich nicht zweimal bitten. Routiniert unterschrieb sie einen der Zettel, die sich auf der Fensterbank stapelten. Das Lesen schenkte sie sich. Der Arzt hatte sie aufgeklärt und sie sich verpflichtet, die Kosten für das Spritzchen zu zahlen. Immer das Gleiche.

Siegessicher legte sie sich auf die Liege, während sich die Schlange der Mutigen drastisch verlängerte. Manu wünschte sich weniger Fältchen um die Augen. Die Sopranistin schien noch unentschlossen. Dicht drängte sie sich an die Liege, beobachtete jede Handbewegung des Arztes.

Konzentriert zog Doktor Collande die Einmalspritze auf, drehte sie um, spritzte die Luft und einige Tröpfchen heraus und setzte die Nadel an.

Plötzlich ein Schrei. »Nein!« Die Sopranistin ließ ihr Glas fallen, das auf dem Boden zersplitterte.

Doktor Collande zuckte zusammen, rutschte mit der Nadel ab, stach in Manus Wange.

Kalkweiß sank die Sopranistin gegen die Wand, dann auf den Boden. Einige Frauen drängten sich an der Liege vorbei zu der ohnmächtigen Opernsängerin.

Langsam zog Doktor Collande die Nadel aus Manus Wange, ließ die Friseurin liegen und beatmete die Sopranistin, die langsam wieder zu sich kam.

Ich trat zu Manu. »Alles klar?«, fragte ich hilflos.

Sie rieb sich die Wange, versuchte zu lächeln. Ein schiefes Lächeln. »Sieht man was, Marie? Es fühlt sich so taub an.«

»Mein Gott, Manu!«, schrie Lola in diesem Augenblick. Manu riss den Spiegel von der Wand und heulte los.

Die Damen zerfetzten ihre Zettel und belagerten mich. Welche Cremes, Masken, Gels *Fit40* vertrieb und was ich sonst noch für frisches Aussehen empfehlen könne.

Doktor Collande packte ein. »Höchstens einige Wochen bleibt die Wange gefühllos«, tröstete er Manu. »Glücklicherweise hat sich ja nur ein winziges Tröpfchen verirrt und nicht die ganze Dosis. Zahlen müssen Sie in diesem Fall natürlich nichts.«

Äußerst großzügig, der gute Doktor. Ich fragte mich, ob *er* nicht zahlen musste.

»Wir kaschieren das mit Schminke«, bot Lola an und griff zum Tiegel.

»Ich hab ja gleich gewusst, dass es viel zu gefährlich ist«, trällerte die vorbeischwankende Sopranistin. »Mit mir nicht! Nie und nimmer.«

»Und wir zukünftig nicht mehr mit ihr«, beschloss Lola.

»Der Krankenwagen ist da!«, brüllte Uwe und zwinkerte mir zu.

»Den brauchen wir nicht mehr«, entschied Doktor Collande.

Feigling. Wie mochte die Ärztekammer wohl zu Botox-Partys stehen?

10

Montagmorgen. Grauer Himmel. Die dritte Woche ohne Karsten – und hoffentlich die letzte. Ich sehnte mich nach ihm, fühlte mich schrecklich allein.

Arm in Arm hatten meine Eltern vor mir gesessen. Wie ein frisch verliebtes Paar. Ich sei zu empfindlich, ich laufe Problemen davon, statt sie zu lösen, hatte mein Vater mir beim harmonischen Sonntagskaffee vorgeworfen. Eine Partnerschaft brauche außer Liebe vor allem Kompromissbereitschaft.

Was wusste er schon über Kompromisse, nachdem er und meine Mutter grundsätzlich eine Meinung vertraten?

Dass mein Kompromiss auf keinen Fall darin bestehen konnte, meinen Zukünftigen mit einer anderen Frau zu teilen, behielt ich für mich. Für meine Eltern bräche ohnehin eine Welt zusammen, wenn ich wieder zu Karsten zöge. Seit ich bei Lutz wohnte, fieberten sie heimlich unserem zweiten Eheversuch entgegen.

Weil meine Dementis stets auf taube Ohren stießen, schwieg ich mittlerweile zu diesem Thema. Ebenso wie über die Tatsache, dass der hoch angesehene Exschwiegersohn seine Nächte gelegentlich in fremden Betten verbrachte. Vermutlich in denen junger Frauen, temperamentvoll und hungrig. Genauso, wie er es war.

Nur dass seine Jugend langsam schwand.

»Du kümmerst dich zu viel um deinen Körper, Marie, aber zu wenig um deine Seele«, hatte mein Vater die Reihe seiner guten Ratschläge gekrönt. »Die Seele bleibt jung, auch wenn die Knochen knirschen und die Muskeln steif werden.«

Davon war ich glücklicherweise noch weit entfernt. Dank Manus Talent und der *Fit40*-Anti-Aging-Kur an der See hatte ich etwas von meiner Jugend zurückgewonnen. Nun fühlte ich mich bestens gerüstet für den Kampf gegen Dana. Heute würde ich sie endlich kennenlernen. Erika hatte meiner Mailbox die Adresse des Maklers anvertraut, bei dem sie arbeitete.

Nur noch wenige Tage, bis die Wahrheit über sie und Karsten wie ein komplettes Mosaik vor mir läge. Wissen, mit dem ich sie verdrängen und meine Rückkehr perfekt einfädeln würde.

Wie hätte ich in diesem Moment ahnen sollen, dass das Schicksal etwas anderes vorhatte? Noch roch ich das Feuer nicht, das bereits im Verborgenen schwelte, um schon bald meine Pläne in Schutt und Asche zu legen.

Zuversichtlich parkte ich vor der *Fit40*-Filiale. Gewöhnlich lud ich morgens die gesamte Tagesausstattung für meine Kundenberatungen in den Kombi, weil mir dies maximale zeitliche Flexibilität verschaffte. So auch heute. Doch schon beim Betreten des Büros spürte ich eine Veränderung. Drinnen brannte Licht, waren Stimmen zu hören. Ein Blick auf meinen Schreibtisch. Akten türmten sich darauf, daneben eine *Punkt acht,* die Tageszeitung für regionalen Klatsch. Zielgruppe: Frauen, deren eigenes Leben derart langweilig verlief, dass nur der Blick in die Privatsphäre anderer Leute sie unterhielt.

Hinter meinem Schreibtisch thronte Erika, an dem gegenüberliegenden Edgar statt Isa.

»Guten Morgen, Marie«, strahlte er mich an. »Sie sehen phantastisch aus.«

Tja, Seeluft wirkt manchmal wahre Wunder. Etwas benommen blinzelte ich zu Erika hinüber.

»Darf ich Ihnen Ihre neue Kollegin vorstellen …«

Kollegin? »Nicht nötig, Edgar, wir kennen uns.« Ich reichte Erika die Hand. »Warum hast du mir nicht früher erzählt, dass du zu *Fit* 40 wechselst?«

»Hat sich kurzfristig entschieden«, antwortete Edgar schnell. »Erst gestern habe ich mit einigen Freunden umgeräumt. Isas und Ihr Büro befindet sich jetzt drüben.« Er deutete auf die Kammer, die er bisher belegt hatte. »Wie ich bereits öfter betonte, sollen Sie und Isa entlastet werden. Erika wird zukünftig Ihre Briefe, Berichte und Rechnungen schreiben sowie das Lager verwalten.«

Vorbei mit dem ruhigen Start in den Tag, vorbei die ungestörten Unterhaltungen mit meiner Freundin. »Weiß Isa schon Bescheid?«

»Bis jetzt noch nicht«, flötete Erika. Zu ihrem Jeans-Minirock trug sie eine knallrote Bluse und eine rote Strumpfhose.

»Ab nächste Woche, wenn Erika sich hier eingearbeitet hat«, kommandierte mein Chef, »nehmen Sie sie bitte ab und zu mit zu Ihren Kunden, damit sie auch die Arbeit an der Front kennenlernt.«

Nur mit Gewalt oder über meine Leiche. »Aber sicher, Edgar.« Lässig reichte ich Erika meine letzten Besuchsprotokolle. »Zu tun gibt es hier immer genug. Ich fange gleich damit an. Kommst du bitte, Erika, dann zeige ich dir, wie wir die Produktentnahmen dokumentieren.«

Eifrig watschelte sie hinter mir her, bearbeitete Formulare, half mir, Cremes und Trainer zu verstauen. »Ach, Marie, ich freue mich schon so auf die Beratungen und darauf, die oberen Zehntausend der Region zu treffen!«

Gab es einen anderen Grund für sie, bei *Fit40* zu arbeiten? »Das glaube ich dir gern, Erika. Aber jetzt muss ich los.«

Vor dem Maklerbüro parkte Danas Wagen. Drinnen brannte Licht, und durch die Glasscheibe erkannte ich sie im Gespräch mit einem Paar. Geduldig wartete ich im Schutz meines Kombis auf der anderen Straßenseite. Es begann zu regnen. Immer wieder aktivierte ich den Scheibenwischer. Endlich verließen die Kunden das Büro. Inzwischen schüttete es wie aus Kübeln.

Ich stieß die Tür auf und stieg in meinem Lederkurzmantel lässig aus, wobei ich die dunkle Pfütze neben der Fahrertür übersah und den Saum meiner weißen Hose darin badete. Widerwillig ignorierte ich das Missgeschick. Die Zeit drängte.

Dana schaute kurz auf, grüßte knapp die offensichtlich fremde Verlobte ihres Lovers. Frau Collani, las ich auf dem Namensschild.

Ihr Kollege sprach mich an. Neue Situation, Suche nach Worten.

Der Makler wiederholte seine Frage, die Augen streng auf meinen schmutzigen Hosensaum gerichtet. Ich schaute zu Dana hinüber, unsere Blicke trafen sich. Wie zierlich sie war, und so jung! Einige Sommersprossen auf der Nase, volle Lippen. Karstens Lippen auf ihrem Mund. Nein. Ich schaute den Makler an. Dana verschwand in einem Nebenraum. So war es sinnlos.

»Bitte entschuldigen Sie«, stotterte ich, »ich habe etwas Wichtiges vergessen. Ich komme später noch einmal vorbei.«

So schnell ich konnte, rannte ich zum Auto, drückte die kalten Hände fest auf die heißen Wangen.

Wie klug, Marie! Weglaufen bringt dich garantiert ans Ziel.

Dana Collani. Sicher aß sie täglich in einem schicken Restaurant eine Kleinigkeit zu Mittag. Ich würde ihr einfach folgen, mich an den Nebentisch setzen und sie in ein Gespräch verwickeln.

Bis dahin dauerte es jedoch noch eine Weile. Wie gut, dass Ariane in der Nähe wohnte – und gern frühstückte. Kurzerhand kaufte ich beim Bäcker frische Brötchen.

Anders als erwartet freute sich mein Töchterchen wenig über den spontanen Besuch der Mutter. Erst nach minutenlangem Klingeln öffnete sie. Mit zerzaustem Haar stand sie im Türrahmen und schielte mich aus schlitzförmigen Augen an.

»Ma! So früh? Ist was passiert?«

Nein, mein Kind. Deine Mutter hat nur eine schmutzige Hose, einen Bärenhunger, und hinter ihr liegt die missglückte Kontaktaufnahme zu ihrer Rivalin.

»Frühstückszeit«, strahlte ich ihr künstlich entgegen, bevor ich die Hand theatralisch vor den Mund schlug. »O je, ich habe dich geweckt!«

Mürrisch tappte sie in die Wohnung voran. »Sprich nicht so affektiert«, maulte sie. »Du weißt, wie ich dieses American-Soap-Verhalten hasse. Konntest du nicht vorher anrufen?«

»Meine Güte, Ariane, ich bin deine Mutter, und ich war gerade in der Nähe! Wir haben halb zehn. Wie hätte ich ahnen können, dass du noch schläfst?«

»Zwei Wochen Semesterferien, Ma, den Rest der Zeit mache ich Praktika oder arbeite. Da ist es doch völlig normal, um diese Zeit noch zu schlafen. Aber für heute hat sich das ja erledigt.« Sie sah an mir hinunter. »Übrigens, deine Hose ist schmutzig.«

»Ich weiß. Darum kümmere ich mich sofort. Und dann koche ich Kaffee.«

»Mach das.« Versöhnlich klopfte sie mir auf die Schulter.

Die dunklen Spritzer ließen sich leicht auswaschen, und der dünne Stoff war nach kurzem Bügeln rasch wieder trocken. In einem Korb neben dem Brett türmte sich die knittrige Wäsche meiner Tochter, die noch im Bad weilte. Mechanisch glättete ich den Stapel, doch statt sich zu freuen, sprang sie mir fast ins Gesicht.

»Lass das, Ma!«, befahl sie und riss mir das Bügeleisen aus der Hand. »Ich will nicht, dass du meine Wäsche bügelst, für mich putzt oder sonst was im Haushalt erledigst, verstehst du das?«

Erschrocken starrte ich sie an, versuchte mich zu erinnern, wann ich sie das letzte Mal so wütend erlebt hatte. Lange musste es her sein, sehr lange. Als kleines Mädchen vielleicht. Jetzt war sie eine erwachsene Frau – mit der ich viel zu wenig Zeit verbrachte und die mir allmählich fremd wurde. »Offen gestanden, nein.«

»Nein?«, zischte sie. »Dann hast du immer noch nichts begriffen.«

Ich fror unter meinem dünnen T-Shirt. »*Was* hätte ich begreifen sollen, Ariane?«

Sie stützte die Hände aufs Bügelbrett, atmete tief ein. Ich suchte Halt in den Taschen meiner Hose und wartete auf die Erklärung, die meine Tochter schließlich nach kurzem Zögern mit der Hand beiseite fegte. Eine Geste, die mich sehr an ihren Vater erinnerte.

»Lass uns lieber frühstücken, Ma.«

Mir war der Appetit vergangen. Das Brötchen schmeckte fade und trocken, der Kaffee bitter, und plötzlich wusste ich, der Tag würde anders verlaufen als geplant. Ich hätte gehen, der Situation den Rücken kehren können, aber etwas Unbekanntes tief in mir fesselte mich.

»Ich wollte dir nur helfen«, sagte ich nach einer halben Ewigkeit und legte den Finger absichtlich erneut in die Wunde.

»Sicher, du willst immer nur helfen«, erwiderte sie mühsam beherrscht. »Hast du dir eigentlich mal überlegt, dass nicht jeder diese Art von Hilfe will?«

Ich schluckte trocken. »Diese Art von Hilfe? Was meinst du damit?«

»Schon gut«, murmelte sie und massierte sich die Schläfen. »Tut mir leid. Ich habe falsch reagiert.«

So nicht, mein Kind! »Du weichst mir aus«, hörte ich mich sagen. »Bitte erzähl mir, was dich ärgert. Wir haben doch immer offen und ehrlich über alles gesprochen.«

Ihr Messer fiel klirrend auf den Teller. »So? Haben wir das? Hast du dich jemals dafür interessiert, ob ich so leben möchte, wie ich lebe? Warum redest du nicht mit mir darüber, wie ich mir meine Zukunft vorstelle? Wann hast du mich das letzte Mal nach meinem Liebesleben gefragt? Brav streifen wir gelegentlich alle Themen, kratzen ein wenig an der Oberfläche, um diese anschließend wieder aufzupolieren. Weißt du, wie oft ich mir gewünscht habe, offen mit dir darüber zu reden? Mit Daddy und seiner Frau klappt das, aber nicht mit dir.«

Ich kämpfte mit den Tränen, konnte ihren Vorwürfen nicht mehr folgen. »Aber ich war doch immer für dich da, Ariane!«

Sie lehnte sich zurück, warf den Kopf in den Nacken, dachte nach. »Stimmt, rund um die Uhr. Du hast mir das Essen serviert, meinen Dreck weggeputzt, mich zu meinen Freundinnen gefahren, die Hausaufgaben beaufsichtigt. Ob Musikschule oder Ballett, du hast auf der Zuschauerbank gesessen. Wir haben zusammen gelacht, bei Kummer hast du mich getröstet. Ja, Mama, ich war wohlbehütet. So wohl, dass ich manchmal kaum noch Luft bekam.«

Mama. Das war ihr seit Jahren nicht über die Lippen gerutscht. Fragend sah ich sie an.

»Andere Mütter gingen arbeiten. Manche mussten sich um mehrere Kinder kümmern. Ich hatte dich ganz für mich – und du mich für dich. Ich konnte nicht nachmittags allein mit meinen Freundinnen spielen. Überall warst du dabei. Herausgeputzt wie eine Diva saß meine Mutter mit anderen Müttern auf der Terrasse, trank Kaffee und beaufsichtigte ihr im Garten herumtollendes Porzellanpüppchen.«

Der Boden unter meinem Stuhl schlug Wellen, ich krallte mich an der Sitzfläche fest, versuchte zu begreifen, was schiefgelaufen war. Ariane wippte mit den Füßen, die Arme vor der Brust verschränkt. Sie war ein aufgeschlossenes, fröhliches Kind gewesen. Jedem hätte ich unser Verhältnis als sehr vertraut beschrieben.

»Bitte entschuldige«, hauchte sie. »Eigentlich wollte ich dieses Gespräch nie mir dir führen. Ist einfach über mich gekommen, als ich dich bügeln sah. Wohnst du immer noch bei Lutz?«, lenkte sie ab.

Ich stand auf, lehnte mich gegen den Kühlschrank. »Vielleicht habe ich dich wirklich zu sehr behütet, Ariane, aber ich hab's gut gemeint. Ich wollte, dass du dich zu Hause wohlfühlst.«

Sie stöhnte. »Das bestreitet niemand. Im Gegenteil. Du hättest noch mehr gewaschen, gebügelt, gekocht, wenn ich es verlangt hätte, alles nur, damit ich bei dir bleibe. Es war zu viel, Ma, viel zu viel. Mit jedem Jahr wurde es mehr. Und je mehr du mich bedientest, umso weniger redeten wir miteinander. Nachdem Lutz weg war, eskalierte die Situation.«

Mutter ersäuft Tochter in egoistischer Liebe und Fürsorge. Hervorragende Leistung, Marie.

»Wir waren ein tolles Duo, immer nett, hübsch, vorzeigefähig«, erinnerte sich Ariane. »Auf Letzteres legtest du gesteigerten Wert. Was die Leute dachten, schien dir oft wichtiger zu sein als meine Bedürfnisse. Als ich dreizehn oder vierzehn war, habe ich deswegen oft mit Daddy telefoniert. Einmal erreichte die Telefonrechnung eine angeblich astronomische Höhe. Lutz, der die Summe ja begleichen musste, lächelte verständnisvoll. Du hingegen hast mir einfach verboten, meinen Vater weiterhin anzurufen.«

An die Szene erinnerte ich mich nur allzu gut – und ungern. Sie hatte über die Stränge geschlagen und ich autoritär reagiert. Lutz interpretierte mein Verhalten als Eifersucht und meinte, ich müsse akzeptieren, dass Ariane den Kontakt zu ihrem Vater nicht nur aufrechterhalten, sondern vielleicht sogar intensivieren wolle.

»Sie braucht ihren Vater, Marie«, beschwor er mich.

»Sie hat doch mich und dich. Du bist jetzt ihr Vater, Lutz«, hatte ich gesagt.

»Ich hoffe, ich bin für sie ein väterlicher Freund, aber sie ist und bleibt deine und Karls Tochter.«

Damals glaubte ich, er drücke sich vor der Verantwortung. Fester zog sich die unsichtbare Schlinge um meinen Hals.

Stümperhaft versuchte ich mich zu befreien. »Man könnte meinen, ich war eine grässliche Rabenmutter.« Schrill lachte ich auf, während ich meine Worte schon bereute.

Sie blickte mich leer an. »Am besten streichst du die letzte Stunde aus deinem Gedächtnis, und wir machen da weiter, wo wir vor einigen Tagen aufgehört haben.«

Welch bequeme Lösung für uns beide! »Du schätzt mich falsch ein, Ariane. Dafür ist es nun zu spät.«

In meinem Kopf herrschte Krieg, durch meinen Körper wanderten Ameisenkolonnen. Entschlossen blickte ich auf meine Armbanduhr, ein Geschenk von Karsten. »Tut mir leid, die Arbeit ruft.« An der Tür wandte ich mich langsam um. »Danke für deine Offenheit, Ariane. Nur eins verstehe ich nicht: Warum sagst du mir das alles erst jetzt?«

Kilometer um Kilometer ließ ich zwischen uns. Sätze und Satzfetzen hallten mir in den Ohren. Stolz war ich gewesen, so viel Zeit mit meinem Kind zu verbringen. Nun erfuhr ich: Es war zu viel gewesen.

Mein Körper vibrierte, verlangte nach Bewegung und Frischluft. An einem Waldstück hielt ich an. Mechanisch stapfte ich über die feuchten Wege, atmete tief und gleichmäßig ein. Hin und wieder fielen mir Wassertropfen von den noch nassen Bäumen aufs Haar. Mit jedem Schritt, den ich mich von der Straße entfernte, umfing mich größere Stille. Nur das Rascheln der Blätter im Wind und das Gezwitscher der Vögel streichelten noch mein Trommelfell.

Alles hatte ich falsch gemacht, bei Ariane, bei Lutz, bei Karsten. Drei Menschen, die sich einfach von mir abgewandt hatten, ohne aus meinem Leben zu verschwinden.

Es stimmte nicht, dass mir die Meinungen anderer Leute wichtiger waren als die Gefühle meiner Tochter. Eine gewisse Anpassung an die gesellschaftlichen Regeln, so hätte ich es beschrieben. Selbstverständlich trugen Kinder aus angesehenen Familien auch beim Spielen adrette Kleidung. Außerdem hatte Ariane ihre Freundinnen und Freunde alle selbst ausgesucht. Ich hatte sie lediglich begleitet und beschützt.

Eine gute Mutter wollte ich sein, ihr die Geborgenheit und Wärme vermitteln, die ich selbst erfahren hatte. Ihr den Vater ersetzen. Ihr jeden Wunsch von den Augen ablesen. Ihr ein gemütliches Zuhause bieten, schicke Kleidung, gutes Essen.

Ihr den Weg in die Gesellschaft bahnen, in der Karl aufgewachsen war.

Projekt misslungen. Als Mutter versagt. Ein Krebs, der seine Zangen in das Fleisch der Tochter drückt und sich festkrallt. Damit sie bleibt. Damit sie nicht zu ihrem Vater zieht.

Schieb den Gedanken weg, Marie. Blende deine Angst aus. Vor allem rede nicht mir ihr darüber. Lass sie immer schön allein mit ihren Wünschen und Träumen, und bleib in deiner Welt.

Statt zu Dana fuhr ich nach Hause. Falsche Stimmung für das Kennenlernen der Nebenbuhlerin.

Nachmittags besuchte ich die Politikergattin. Weiß und grell stach die Sonne vom leicht bewölkten Himmel. Sie machte die Luft noch schwüler, und auf meiner Haut bildete sich ein klebriger Film.

Die Kundin bat mich auf die Terrasse, wo sie stumm den Kaffeetisch deckte. Ihre Bewegungen verrieten Anspannung. Verkrampft schlug ich die Beine übereinander. Bitte, bitte, kein anstrengendes Gespräch!

Ruth, die Seminarleiterin, hatte alle Beratungen als anstrengend bezeichnet. Schließlich ging es um das Wohlbefinden unserer Kundinnen, und das hatte immer etwas mit ihnen selbst zu tun. Anonym eine Creme für die Fassade verkaufen, dafür sei der Drogeriemarkt zuständig. Wir bei *Fit40* kümmerten uns auch um das innere Gleichgewicht.

Die Gattin des Politikers legte mir ein Stück Mandarinenkuchen auf den Teller. »Kalorienarm«, entschuldigte sie sich. »Einfacher Biskuitteig mit Früchten.«

Höflich lächelte ich sie an. »Das hört sich lecker an. Obstkuchen esse ich gern.« Ich fühlte mich voll. Vollgestopft mit eigenen Problemen, es passten keine fremden mehr hinein.

»Mein Mann meint, ich solle wegen meines Gewichts darauf verzichten.« Sie schnaubte verächtlich und setzte sich. »Seit Ihrem letzten Besuch habe ich viel nachgedacht. Täglich habe ich meine Arbeiten protokolliert. Sie nahmen kein Ende.«

Nachdenklich löste sie eine Süßstofftablette im schwarzen Kaffee auf. Ich nutzte den Augenblick. »Zeigen Sie mir Ihre Unterlagen?«

Sie überhörte meine Bitte und berichtete weiter. »Mit jeder neuen Zeile begriff ich, dass ich fast den ganzen Tag Aufgaben erledige, zu denen ich mich überwinden muss. In einem Verein ehrenamtliche Vorsitzende zu sein, das ist ja noch in Ordnung, aber gleich in fünf oder sechs? Nur um Stimmen für meinen Mann zu sammeln? Wo bleibe ich dabei?« Endlich schaute sie mich an.

Ich räusperte mich. »Was möchten Sie lieber tun?«

»Mich mit meinen Freundinnen und Freunden treffen, besser gesagt, mit denen, die noch übrig geblieben sind. Ich möchte durch den Wald joggen, schwimmen gehen, lachen. Stellen Sie sich vor, ich lache kaum noch.«

Ich lachte auch nicht mehr, aber das zählte im Moment nicht. Vielleicht hätte ich einen Lachsack verschlucken sollen, um Stimmung in den Garten zu bringen. Allerdings stellte ich mir das Leben an der Seite ihres Mannes alles andere als lustig vor. Zurzeit geisterte sein Foto durch die regionalen Medien, weil er für einen Mütterbonus in Form einer monatlichen Sonderzahlung plädierte. Der sollte Frauen mit mehr als drei Kindern zustehen, die sich ganztägig dem Nachwuchs widmeten. Anders gesagt, wenn gebärfreudige Frauen am Herd versauerten, statt den Männern ihre Arbeitsplätze wegzunehmen, honorierte er das mit einem kleinen Taschengeld. Dass viele begeisterte Frauen dem schmallippigen Männchen mit den harten Augen bei der nächsten Kommunalwahl ihre Stimme versprachen, zeugte nach meiner Ansicht nicht gerade vom Scharfsinn meiner Geschlechtsgenossinnen.

»Haben Sie das mit Ihrem Mann besprochen?«

Sie schüttelte den Kopf. »Er hört nicht zu, unterbricht mich mitten im Satz, weiß alles besser. Lachen sei was für Kinder.«

Mit Lutz hatte ich viel gelacht, mit Karsten etwas weniger, aber er war ein anderer Typ. Lachen gehörte zum Tag, wenn auch nicht zu meinem heutigen.

»Wie soll sich ein Kind in diesem Klima entfalten?« Energisch schob sie den Teller von sich. »Ich muss etwas ändern, Frau Kerner. Bald.«

»Sie sind ja schon dabei. Mit Gymnastik und der Creme ...«

»Ja, die Gymnastik wirkt, die Creme auch, aber allein die Vorstellung, dass ich in einigen Wochen wieder trägerlose Abendkleider tragen kann, macht mich nicht glücklich. Verstehen Sie, mein Glück hängt nicht allein von einem strafferen Busen ab. Ich werde älter, eines Tages erschlafft er wieder. Beginnt dann alles von vorn? Macht er mir dann wieder Vorwürfe? Schickt er mich zum Chirurgen, oder verlässt er mich? Sie sind älter als ich, Frau Kerner. Sie haben doch Erfahrung. Besteht eine Frau nicht aus mehr als Gesicht und Brust?«

Mein Alter spielte hier überhaupt keine Rolle, und meine aktuellen Erfahrungen konnten allenfalls entmutigen. Ich schluckte. »Wie stellen Sie sich Ihr neues Leben denn vor?«

»Vielleicht habe ich einfach den falschen Mann geheiratet und muss den Fehler korrigieren. Ich weiß es noch nicht genau. Sicher weiß ich hingegen, dass ich mich selbst wiederfinden muss. Helfen Sie mir dabei?«

Hatte ich mich eigentlich selbst gefunden?

»Distanzieren Sie sich. Betrachten Sie die Probleme Ihrer Kundinnen aus der Vogelperspektive. Es sind nicht Ihre eigenen«, hatte Ruth geraten.

»Ich bin keine Therapeutin«, druckste ich herum.

»Ich weiß, ich weiß. Aber braucht man für vernünftige Gespräche unter Frauen neuerdings ein Diplom? Über Geld machen Sie sich bitte keine Gedanken. Selbstverständlich kaufe ich weiterhin regelmäßig bei Ihnen.«

Eigentlich wollte ich keinen Grog, aber Lutz bestand darauf, sein hochprozentiges Seelenpflaster zu servieren.

Dass Doreen mich bereits mit ihrem Cocktail namens Sunshine verarztet hatte, belächelte er. Sie hatte ich nach der Politikergattin besucht, noch immer aufgewühlt von Arianes Vorwürfen.

»Deine Tochter macht alles andere als einen lebensunfähigen Eindruck, Marie«, beruhigte mich Doreen. Sie mixte zwei Sunshine und schwang sich auf einen Hocker an der Theke, was sie nur tat, wenn noch keine Gäste im Bistro saßen. »Selbstbewusst und intelligent tritt sie auf.«

»Den Eindruck hatte ich bisher auch. Vielleicht ein Irrtum.«

»Vielleicht ein schlechter Tag. Schlaf unterbrochen, miese Stimmung. Kommt bei jungen Leuten vor. Plötzlich bist du als Mutter schuld an dem Pickel auf der Nase, am unfreiwilligen Singledasein, an der verpassten Gesangskarriere. Als zweifache Mutter versichere ich dir, eine fehlerfreie Erziehung muss erst noch entwickelt werden. Kinder finden in jedem Alter Kritikpunkte. Und wenn sie als Erwachsene Probleme bekommen, schieben sie es auf ihre schlechte Kindheit.«

Den zweiten Sunshine schlürfte ich in Isas Gesellschaft. Erika sei noch beschäftigt, lachte sie. »Zukünftig müssen wir unsere Frauengespräche wohl hier statt im Büro führen.«

Doreen stimmte erfreut zu, weigerte sich aber, ihre Stätte der Gastlichkeit bereits morgens für uns zu öffnen. Allmählich füllte sich der Laden. Ein Kerl mit Dreitagebart und glühenden Augen rückte seinen Barhocker dicht neben den meinen. Isa und ich verschwanden samt Cocktails an einen Ecktisch, wo ich ihr von Ariane erzählte.

»Ach je, die schlechte Laune einer gestressten Tochter! Wäre es so schlimm gewesen, hätte sie sich schon früher beklagt. Nimm's nicht so schwer.«

»Wie soll ich es dann nehmen? Wenn es stimmt, habe ich ihr die Kindheit vermiest. Nun ist sie erwachsen, lebt allein, ich kann es nie wiedergutmachen.«

»Wenn es stimmt, Marie, wenn. Bevor du dich fertigmachst, frag sie doch, was ihr an ihrer Kindheit gefallen hat. Du warst für sie da, hast sie geliebt und verwöhnt. Du hast sie so erzogen, wie du es für richtig hieltest. Mehr geht nicht.«

Mehr Sunshine ging auch nicht. Unmöglich, selbst zu fahren. Ich rief ein Taxi, wobei ich Karstens SMS entdeckte. Zwei Wochen seien vorbei. Er drängte auf ein Treffen am kommenden Abend.

Zu früh für mich. Per Knopfdruck löschte ich die Nachricht aus dem Speicher – und aus meinem Kopf.

Nun saß ich, wie am Tag meiner Flucht, mit Lutz am Tisch. Der Grog dampfte, ich schaute ihn an. Zufrieden und ausgeglichen wirkte er. Ja, er habe ein wunderbares Wochenende erlebt. Meiner Frage nach dem Alter der guten Fee wich er aus.

»Glaubst du wirklich, dass nur Frauen unter vierzig einen Mann glücklich machen können?«

Themenwechsel. Ich schlürfte das heiße Gebräu, versuchte allwissend zu lächeln. »Ich war heute bei Ariane.«

»Aha.« Lutz lehnte sich zurück und verschränkte die Arme vor der Brust. Seine Augäpfel bewegten sich hin und her. Zwillingsaugen nannte Erika sie.

Ich sah hinein, und mir war klar: Er wusste Bescheid. Trotz ermüdender Alkoholdosis fiel es mir schwer, meine Wut und Enttäuschung zu unterdrücken.

Taste dich langsam heran, sonst verscheuchst du ihn, ermahnte ich mich stumm.

Zuerst brachte ich den vermeintlich Ahnungslosen auf den aktuellen Stand, bevor ich ihn fragte, ob meine Tochter ihm gegenüber jemals Ähnliches angedeutet habe. Sie hatte, wie ich aus seinem unruhigen Blick las.

»Warum sagt sie das erst jetzt?«, fragte ich und hoffte auf weitere Erklärungen.

»Verstehe ich auch nicht. Sinnlos, die alten Geschichten aus der Kiste zu kramen«, antwortete er.

»Sie scheinen sie aber zu belasten, Lutz. Immerhin ist meine Tochter ausgezogen, um der Fürsorglichkeit ihrer Mutter zu entfliehen. Hätte sie nur früher darüber gesprochen – alles wäre anders geworden.«

»Anders? Ade, heile Welt?« Lutz schniefte. »Ich sage dir, was passiert wäre. Beleidigt hättest du dich zurückgezogen, wärst jedem weiteren Gespräch ausgewichen, um nach einigen Tagen des Schweigens zur gewohnten Harmonie zurückzukehren.«

Ich schnappte nach Luft. »So ist das also. Ihr haltet mich für ein harmoniesüchtiges Sensibelchen, das die Augen vor der Realität verschließt. Habt ihr jemals darüber nachgedacht, dass euer Verhalten grausamer ist als jede Wahrheit? Einsam tappe ich im Dunkeln, suche allein nach Erklärungen, verirre mich und nehme schließlich die Situation an, bevor ich darin untergehe. Ich versichere dir, Lutz, Unsicherheit, Verzweiflung, falsche Hoffnungen gedeihen bestens in einem solchen Klima. Alles Faktoren, die so richtig glücklich machen.« Die Stimme brach mir, ich war entsetzlich müde.

Wie lautete Ruths Theorie von den vielen Symptomen mit der einen Ursache? Ich bohrte meinen Blick in seine Augen. »Fühltest du dich eigentlich auch so überbehütet wie Ariane?«

Ruckartig wandte er sich ab. »Ach, Marie, das gehört doch wirklich nicht hierher!«

Hierher schon, aber vielleicht besser morgen statt heute. »Ich gehe schlafen. Gute Nacht, Lutz.«

Es sollte die letzte gute Nacht in seiner Wohnung werden.

11

Stimmengewirr, Blitzlicht, jemand schob mir ein Mikro vor den Mund.

»Seit wann leben Sie wieder mit Ihrem Exmann zusammen?«

Ein zweites, ein drittes Mikro.

»Warum leugnen Sie und Herr Goll die Trennung?«

»Verraten Sie uns den wahren Grund für Ihre Trennung!«

»Kennen Sie die neue Freundin Ihres Exverlobten?«

Mit langen Schritten eilte ich auf das wartende Taxi zu, warf mich auf den Rücksitz und bat den Fahrer, sofort loszufahren, während ich zitternd Lutz' Nummer wählte.

Lisa hob ab. Er rede gerade mit einigen Presseleuten. Die Schultern sanken mir nach vorn. Im Wagen hinter uns erkannte ich Lu May.

»Wo soll's hingehen, junge Frau?«, brummte der Fahrer.

»Geradeaus«, antwortete ich.

Er sah mich im Spiegel an. »Verstehe.« Hart schaltete er hoch, beschleunigte, raste über die Landstraße. Lu May schrumpfte zu einem Punkt, der schließlich völlig verschwand.

Ununterbrochen klingelte mein Handy. Nur bei bekannten Nummern nahm ich den Anruf an. Erika zitierte mich ins Büro. Etwas Aufregendes sei passiert.

Kurz darauf meldete sich Isa. »Wenn du es noch nicht getan hast, dann kauf dir bitte sofort die *Punkt acht* und schlag Seite fünf auf.«

»Die *Punkt acht*? Dieses Schrottblatt?«

»Genau das. Übrigens arbeitet Lu May auch dafür.«

»Die Klatschtante ist mir schon auf den Fersen. Ein Taxifahrer hat mich gerettet.«

»Gut so. Kann ich dir Arbeit abnehmen?«

»Danke, Isa. Ich storniere alles bis auf meinen Termin bei Frau Broder. Den muss ich heute einhalten, nachdem ich ihn schon zweimal verschoben habe.«

An einem Kiosk in sicherer Entfernung kaufte ich das Blatt. Meine Neugier kletterte wie ein Thermometer im Feuer. Aufgeregt blätterte ich zur Seite fünf.

»Ein Engel als Beziehungskiller?«,

titelte Lu May.

»Trennung von Karsten Goll und Marie Kerner perfekt«

las ich weiter. Darunter ein Foto von Karsten und mir, in der Mitte getrennt, dazwischen Dana, die achtundzwanzig war, Immobilienmaklerin und gar nicht Dana, sondern Michelle hieß. Ihre Ehe mit einem Unternehmensberater existierte laut Lu May nur noch auf dem Papier. Der attraktive Werbeguru sei der Schönen hoffnungslos verfallen, während Marie Kerner längst wieder mit ihrem Exgatten Tisch und Bett teile.

Mein Herz stolperte, ich hustete. Wenn die Blondine nicht Dana hieß, sondern Michelle, dann gab es zwei Frauen neben mir. Wie hatte Karsten das nur unbemerkt koordiniert?

»Er ist ein Widder und damit von Natur aus ein Draufgänger«, hörte ich Erika piepsen. Schwachsinn.

Ein guter Tag für Krebse im Geschäftsleben, las ich im *Punkt-acht*-Horoskop. Widdern winkten erotische Stunden. Vor meiner Zeit soll Karsten kein Mann von Traurigkeit gewesen sein, hatte mir Manu einmal anvertraut.

»Fahren Sie bitte zurück!«, bat ich den Fahrer und nannte ihm die Adresse meiner Eltern.

»Die kurze oder die sichere Strecke?«, grinste er.

Jungfräulich wirkte die kleine Stichstraße. Im Vorgarten der Nummer acht jätete meine ahnungslose Mutter Unkraut.

»Lass uns schnell reingehen, Mama«, begrüßte ich sie.

»Aber ich bin hier noch lange nicht fertig.«

»Bitte, Mama!«

»Ach, Kind, du machst mir in den letzten Wochen alles andere als Freude.« Umständlich streifte sie die Gummihandschuhe von den gepflegten Händen mit den lackierten Nägeln. Hatte ich ihr seit meiner Scheidung von Lutz jemals Freude gemacht?

»Tut mir leid. Spaßig finde ich es im Moment selbst nicht.«

Schwer fiel die Haustür hinter uns ins Schloss, und ich atmete tief den vertrauten Duft von Lavendel und Holz ein. Mein Puls beruhigte sich.

»Wo ist Papa?«

»Oben im Hobbyraum. Bastelt wieder an einem Modell, diesmal an einer Villenanlage in Südafrika für einen französischen Architekten. Die Nachfrage steigt ständig. Wenn es so weitergeht, arbeitet er bald noch mehr als früher.«

Unzufriedenheit schwang in ihrer freundlichen Stimme und ließ mich aufhorchen.

Freu dich doch, dass er zu Hause arbeitet, statt zu reisen, wollte ich entgegnen. Erschrocken schluckte ich die Bemerkung hinunter. Sie wäre unfair gewesen. Nie hatte sich meine Mutter beklagt, wenn mein Vater dienstlich unterwegs war. Meist blieb er nur für wenige Tage weg. Eine Phase allerdings gab es, als wir lange ohne ihn auskommen mussten. Damals sprossen mir Pickel auf der Stirn, und der Busen wuchs. Meine Mutter kaufte mir den ersten BH, und Bille bettelte so lange, bis sie auch einen bekam. Wöchentlich mussten meine Schwester und ich nun zur Kosmetikerin. Gelegentlich besuchte mein Vater uns für einige Tage, und jedes Mal stellte er fest, dass wir allmählich erwachsen wurden. Bei jedem Abschied heulten Bille und ich, baten ihn zu bleiben. Er umarmte uns fest und erklärte, er arbeite an einem Projekt in

Asien. Oder war es in Afrika? Sicher hatte er dort ein bis zwei Jahre verbracht.

»Du siehst müde aus, Marie«, stellte meine Mutter fest.

Ich folgte ihr in die Küche, warf die *Punkt acht* auf den Tisch und öffnete den Gefrierschrank. Im oberen Fach fand ich eine Packung gefrorene Erdbeeren. Früchte aus dem eigenen Garten, nur für mich. Ich warf mir eine Frucht in den Mund und sank auf einen Stuhl. »Müde und alt.«

»Übertreibung, du bist einundvierzig. Sonst nichts.«

»Danke, dass du mich daran erinnerst.«

Sie streichelte mir die Wange, bevor sie Tee aufbrühte. »Was ist los mit dir, Kind?«

Ich schob ihr die Zeitung zu.

Mein Handy summte. »Entschuldigung«, murmelte ich. Frau Broder erinnerte mich an unseren Termin. Sie habe nach der langen Wartezeit dringenden Gesprächsbedarf. Den hatte ich auch.

»Gibt die Presse denn gar keine Ruhe?«, stöhnte meine Mutter.

»Ausgerechnet die *Punkt acht*«, meckerte mein Vater von der Tür her, »die dümmste Tageszeitung von allen.«

Ich sprang auf, warf mich an seine Brust. »Ach, Papa, es ist so furchtbar!« Er strich mir übers Haar.

Meine Mutter schenkte Tee ein und schlug die Seite fünf auf. Ihre Stirn kräuselte sich. Was sie beschäftigte, musste sie nicht erst aussprechen.

»Mama«, flüsterte ich, und sie sah mich aus weit aufgerissenen Augen an, »in meinem Leben habe ich viele Fehler gemacht, aber nie zweimal denselben.«

Ihre Stirn glättete sich. »Du und Lutz, ihr …«

»Wir haben nichts miteinander.«

»Du meinst: noch nicht.«

»Ich meine, jetzt nicht und niemals wieder.«

»Und Karsten?«, fragte mein Vater.

»Sendepause.«

»So kann man es auch nennen.« Er knallte die Zeitung auf den Tisch. »Das musst du dir nicht gefallen lassen, Marie.« Mit einem Papiertuch wischte er sich den Schweiß von der Stirn. Wie Nadeln stachen die Blicke meiner Eltern ins Fleisch. Gewarnt hatten sie mich, aber ich wusste alles besser.

In meiner Tasche summte das Handy. Blind kramte ich es heraus. »Ich bin's, Marie«, hörte ich meinen Exverlobten. »Bitte leg nicht auf!«

Das Gerät fiel auf den Tisch.

»Bist du noch dran, Marie? Bitte, sag was!«

Müde hob ich es auf. »Wenn du wüsstest, was mir auf der Zunge liegt, bätest du mich nicht darum, Karsten.«

»Glaub mir, die Geschichte ist von A bis Z erfunden. Michelle und ich sind nur Freunde.«

Konnten Mann und Frau befreundet sein? Harry und Sally war es in dem gleichnamigen Hollywoodstreifen trotz intensivster Bemühungen jedenfalls nicht gelungen. »Im Moment weiß ich nicht, was ich glauben soll.«

»Verständlich. Deshalb lass uns endlich reden. Komm heute Abend nach Hause, Marie. Bitte.«

Eine Gänsehaut überzog meinen Körper. In seinen Armen, ihn hören, riechen, fühlen. »Heute ist kein guter Tag für ein Gespräch.«

»Genauso wenig wie in den letzten Wochen, ja? Allmählich glaube ich, du richtest dich in deiner Krise ein, Marie.« Er wurde lauter. »Oder sollte ich besser sagen, du läufst den Problemen davon? Ist das etwa deine vielzitierte Vorstellung von vertrauensvoller Partnerschaft?«

»Im Gegensatz zu dir habe ich wenigstens eine Vorstellung.« Energisch kappte ich die Verbindung.

»Dein Zimmer unter dem Dach steht leer, meine Kleine«, erinnerte mich mein Vater. »Hier kannst du wohnen, solange du willst.«

»Danke, Papa, aber da muss ich allein durch. Ab nächster

Woche habe ich für zwei Monate ein Apartment gemietet, danach sehe ich weiter.«

»Aha.« Er kraulte sich am Ohrläppchen. »Komm, ich zeige dir mein Modell. Wird dir gefallen.«

Seit meiner Kindheit liebte ich die Einladungen in sein Reich. Mit ihm allein. Nie kamen wir uns näher, nie fühlte ich mich geborgener.

Mit den Fingern fuhr ich mir durch die auf jugendlich getrimmte Mähne. »Warum interessieren sich alle Männer nur für junge Frauen, Papa?«

Er nahm mich in die Arme, wie er es immer tat. »Ich glaube, das trifft nur auf einige Männer zu, Marie. Auf solche mit Angst vor dem Älterwerden. Vor diesem unaufhaltsamen, irreversiblen Prozess, dessen Folgen sich tückisch in unseren Körper schleichen und ihn verändern. Man nimmt ihn selbst zunächst kaum wahr. Man gewöhnt sich an das Gesicht mit den sich kontinuierlich vertiefenden Falten, den herberen Zügen, dem einfallenden Kiefer, über den sich Lippen spannen, deren Konturen sich langsam verwischen. Unmerklich bilden sich die Muskeln zurück, werden die Glieder steif, lässt die Kondition nach. Jung hingegen bleiben die Gefühle, die Lust, die Phantasien. So mancher Mann betrachtet eines Tages seine gleichaltrige Partnerin und erkennt in ihr eine alternde Frau. Schlagartig wird ihm bewusst, dass auch seine Zeit begrenzt ist. Vielleicht hat er seine Träume noch nicht gelebt, glaubt, etwas versäumt zu haben.«

»Meinst du, Karsten ergeht es auch so?«

»Dazu kenne ich ihn zu wenig. Finde du es heraus. Egal, was an der Geschichte dieser Klatschreporterin wahr ist, du musst dich mit ihm aussprechen, Marie. In diesem Fall geht es um mehr als um verletzte Gefühle – und es betrifft euch beide.«

Frau Broder wohnte in einem Reihenhaus mit winzigem Vorgarten und einer großen Terrasse. Mein Vater hatte mich zu ihr gefahren. Ich war spät dran, der Kaffee, den sie servierte, schmeckte schon etwas abgestanden.

»Welche Wirkungen haben Sie denn nach dem wermuthaltigen Tee festgestellt?«, fragte ich, weil die Seniorin mir auf die Frage »Wie geht es Ihnen?« grundsätzlich einen globalen Wochenbericht lieferte.

Seit ihr Mann vor einem guten Jahr gestorben war, fehlten ihr Appetit und auch Gesellschaft, obwohl sie Letzteres vehement bestritt. Zusammen mit einigen Bekannten pokerte sie angeblich, was das Zeug hielt.

»Etwas besser schmeckt das Essen auf jeden Fall.« Aus klaren Augen beobachtete sie mich. Frau Broder gehörte zu den Seniorinnen, die ihre Augen mit einem feinen blauen Lidstrich wie die einer jungen Frau zum Leuchten bringen konnte.

Ich mochte sie, plauderte gern ein Stündchen mit ihr über ihr Wohlbefinden und fand es völlig in Ordnung, dass sie mich mit Vornamen ansprach.

Im Moment sezierte sie mich mit ihrem Blick. »Ich habe in der Zeitung über Sie gelesen, Marie.«

Sie las *Punkt acht*? Am liebsten hätte ich mich verkrochen.

»Zugegeben, es gab schon angenehmere Ereignisse. Aber erzählen Sie lieber von sich, Frau Broder.«

»Eins muss ich Sie einfach fragen«, sagte sie und überhörte meine Aufforderung. »Hat Ihr Karsten Goll sich wirklich so ein junges Ding geangelt? Was kann die ihm denn bieten?«

Ich stöhnte. »Kennen Sie schon unsere neue Creme gegen Pigmentflecken?«

»Im Ablenken sind Sie äußerst ungeschickt«, unterbrach sie mich. »Meine Altersflecken interessieren mich im Moment wenig, aber wenn es sein muss, kaufe ich Ihnen eine Tube Zauberpaste ab.« Sie ging ins Haus, um mit einer Flasche Eierlikör zurückzukommen. »Sie sehen aus, als könnten Sie einen vertragen.«

Nur Schnaps hasste ich mehr als Eierlikör, doch ihn abzulehnen wagte ich nicht. Auf einen Schluck schüttete ich das gelbe Zeug in mich hinein. Die Luft blieb mir weg, ich keuchte.

»Gut, nicht wahr? Ich mische ihn selbst, ein Drittel Eierlikör und zwei Drittel Genever. Tötet jeden Frust.« Sie schenkte nach.

Nach dem dritten fühlte ich mich mutig genug, sie darauf hinzuweisen, dass Alkohol entwässerte und schlaffe Haut hinterließ.

»Tja, jünger werden wir alle nicht. Die Herren übrigens auch nicht. Prost, Marie! Auf schlaffe Haut und Altersflecken.«

Der Garten verwandelte sich in eine blühende Schaukel. »Darauf kann ich nicht trinken«, wehrte ich mich entschieden. War ich komplett verrückt geworden?

»Ach ja, in Ihrem Job müssen Sie jung bleiben. Also auf die Jugend!«

Ich leerte mein Glas. Ihr Sarkasmus störte mich.

Frau Broder erhob sich. »Ich mach uns schnell ein paar Schnittchen, danach zeige ich Ihnen was. Schenken Sie sich ein, Marie. Oder trinken Sie lieber Sekt?«

»Danke, Frau Broder, Likör ist okay.« In meinem Magen rumorte es, meine Kehle war staubtrocken. »Wenn Sie vielleicht ein Glas Wasser hätten …«

»So was Starkes habe ich auch«, lachte sie, und ich fragte mich, wie sie es schaffte, sich so kerzengerade zu halten. Und binnen weniger Minuten einen ganzen Teller herrlich dekorierter Brote aufzutischen. Hungrig griff ich zu, trank Wasser. Allmählich hörte der Garten auf zu schaukeln.

Frau Broder schlug ein Fotoalbum auf, blätterte die Seiten vor, bis aus dem Kind eine junge Frau geworden war. »Einundzwanzig war ich damals, als ich meinen Mann kennenlernte. Liebe auf den ersten Blick.« Sie sah mich an. »Eigentlich Unsinn, verliebt haben wir uns und viel zu schnell geheiratet, um dem jungfräulichen Dasein ein Ende bereiten zu dürfen.«

Sie blätterte weiter. »Ich wurde schwanger, bekam drei Kinder. Meine jüngste Tochter ist jetzt neununddreißig. Wie alt sind Sie?«

Ich schluckte. »Was schätzen Sie?«

»Neununddreißig«, kam es prompt. »Und keinen Tag älter.«

»Einundvierzig«, korrigierte ich stolz.

»Sie sind sehr attraktiv, Marie. Die Männer liegen Ihnen vermutlich zu Füßen.«

»Wie gesagt, Frau Broder, ich bin einundvierzig, keine einundzwanzig.«

Ruhig schlug sie Seite für Seite um. »Hier, sehen Sie, so sah ich mit einundvierzig aus. Eine alte Frau. Und glauben Sie mir, alles habe ich getan, um frisch und jung zu wirken. Natürlich standen mir damals nicht die Pflegemittel wie heute zur Verfügung, obwohl ich durch den guten Verdienst meines Mannes regelmäßig zur Kosmetik gehen konnte. Bei einem Bauern in der Nachbarschaft kaufte ich Stutenmilch. Damit rieb ich mich ein und trank sie, weil eine berühmte Schauspielerin sie als Jungbrunnen pries.«

Sie schenkte Likör nach, und wir prosteten uns zu. Ich schüttelte mich, aß noch ein Käsebrot.

»Gewirkt hat nichts von all dem. An manchen Tagen fühlte ich mich älter als meine eigene Mutter. Das Leben lief mir davon, genau wie mein Mann, der sich heimlich eine Freundin zugelegt hatte, die selbstverständlich jünger war als ich. Wenn er von ihr kam, dieser süßliche Geruch in seiner Kleidung hing, wenn er sich hungrig an den Abendbrottisch setzte und mir zuflötete: ›Reichst du mir mal die Butter, Schatz?‹, dann kostete mich das jedes Mal optisch drei Monate meines Lebens.

In einer lauen Sommernacht verließ ich ihn und zog mit meinen Kindern zu meinen Eltern. Mein Vater weigerte sich, uns alle durchzufüttern, und spendierte mir einen Stenografiekurs, den ich sehr ernst nahm. Mit dem besten Abschluss der

Gruppe fand ich gleich eine Stelle als Bürogehilfin. Aus dieser Startposition heraus arbeitete ich mich nach oben, mietete eine eigene Wohnung, ließ mich scheiden.«

Die Fotos aus ihrem neuen Leben zeigten eine selbstbewusste Frau mit herzlichem Lachen und hungrigen Augen.

»Dann traf ich meinen zweiten Mann. Er war fünf Jahre jünger als ich. Für die damalige Zeit eine kleine Sensation, was ihn überhaupt nicht beeindruckte. Mir bereitete es anfangs große Probleme. Ich stellte mir vor, wie ich neben ihm immer runzliger würde, wie mich die fliegende Hitze beim romantischen Essen überrollte und die Menschen mich zunehmend ablehnten, während junge Frauen ihn umschwärmten.« Die Seniorin schüttelte den Kopf. »Wissen Sie, was davon wirklich eintraf, Marie? Nichts.«

»Gar nichts?«

Sie sah mich an, hielt meinen Blick fest. »Sie haben zu viel Angst vor dem Älterwerden, Marie. Nicht vor dem wachsenden Krankheitsrisiko, vor Abschied und Tod, sondern davor, dass Sie weniger geliebt werden, wenn Ihre Beine in einer Stützstrumpfhose stecken, Ihre Bewegungen langsamer und Ihre Haare dünner werden. Es wäre falsch zu behaupten, dass das schön ist, aber es tötet keine echte Liebe. Die wächst nämlich in uns.« Sie klopfte sich auf die Brust. »Und dort bleibt sie bis zum Ende. Genau wie die Leidenschaft.«

Leidenschaft? Mit siebzig? Wohl doch eher ruhiges Miteinander.

Frau Broder blätterte weiter. Fotos von ihr und ihrem Mann. Diese Blicke, dieses Lächeln. Bis zu seinem Ende.

»Er war das Beste, was mir passieren konnte«, flüsterte sie. »Leider blieb uns viel zu wenig Zeit, nur fünfundzwanzig Jahre. Glauben Sie mir, noch heute traure ich den Tagen nach, die wir nicht genutzt haben, weil ich mich wegen meines Alters gegen meine Gefühle gewehrt habe.« Mit einer entschlossenen Bewegung schlug sie den Deckel des Albums zu.

»Wehren Sie sich nicht gegen das Älterwerden, Marie, sondern nehmen Sie es als Abschnitt Ihres Lebens an. Sie haben viel mehr Erfahrung, einen ganz anderen Horizont als eine Zwanzigjährige. Warum also wollen Sie so aussehen? Damit fremde Menschen Sie bewundern und beneiden? Seien Sie egoistisch. Es ist Ihr Leben. Sie müssen sich darin wohlfühlen. Mit Bewegung, Ernährung und positivem Denken können Sie lange attraktiv und gesund bleiben. Doch Ihre Jugend, die schwindet. Wenn Sie vorgeben, der Natur ein Schnippchen schlagen zu können, betrügen Sie Ihre Mitmenschen. Vor allem aber betrügen Sie sich selbst.«

Mein Blick kroch über den Garten, verfing sich in Blüten und Zweigen. Zwei Wochen von unserer gemeinsamen Zeit waren unwiederbringlich verloren. Viel zu viel.

Einige Minuten lang glückte es mir, die Angst auszublenden, dass Karsten sich für eine Zukunft mit der jüngeren Frau entscheiden könnte. Schönheit liegt immer im Auge des Betrachters, und das altert, tröstete ich mich übermütig.

Frau Broder servierte eiskalten Sekt. Ihre Augen ruhten auf meinem Gesicht. »Ich möchte mit Ihnen auf das Leben trinken, Marie. Und auf die Liebe.«

Lächelnd hob ich mein Glas. »Auf die Liebe.«

Der Sekt benebelte meine Sinne vollständig. Schnell versprach ich Frau Broder, Creme und Tee später vorbeizubringen, und rief den Taxifahrer vom Vormittag.

»Wenn der Mensch geboren wird, gleicht er einer aufgeladenen Autobatterie. Je besser sie gepflegt wird, umso länger hält sie. Aber trotz aller Pflege ist sie eines Tages leer.« So hatte einmal ein motorsportbegeisterter Anti-Aging-Arzt im Fernsehen das Leben beschrieben.

Frau Broder war runzlig geworden, und ich würde es auch eines Tages sein. Aber sie war attraktiv geblieben. Liebe statt Stutenmilch. Ein einfach-kompliziertes Rezept.

»Wir sind da. Die Luft ist rein!«, rief der Fahrer.

Die Journalisten hatten das Feld geräumt. Unbehelligt schwankte ich in die Wohnung. Mir war schlecht, der Gedanke an Eierlikör verstärkte das Gefühl noch. Ich legte mich ins Bett. Wenigstens ein Stündchen. Ein anstrengender Abend mit Karsten stand mir bevor. Offen und ehrlich würden wir reden. Über Dana, über Michelle, über Lutz und über uns beide. Schluss mit dem Weglaufen. Niemand sollte mir das je wieder vorwerfen können.

Weit nach Mitternacht erwachte ich. Ich hatte vergessen, den Wecker zu stellen, und sprang auf. Mein Schädel hämmerte. Eierlikör, ekelhaft. Anruf bei Karsten. Niemand meldete sich.

12

Keine Reporter auf der Straße, nur eine Nachbarin mit ihrem Hund, einer chronisch kläffenden Promenadenmischung, die alle drei Meter stehen blieb.

Lutz war nicht nach Hause gekommen. »Alternde Exfrau vertreibt großzügigen Mann aus seiner eigenen Wohnung«, formulierte ich stumm die Schlagzeile.

Meine Anrufe bei Karsten liefen noch immer ins Leere. Seine Sekretärin verriet, er werde heute später eintreffen.

Unten lenkte Isa ihren Kombi in eine freie Lücke. Sie hupte, der Hund bellte. Ich winkte, riss meine Tasche vom Haken, raste die Treppen hinunter und schwang mich auf den Beifahrersitz, nachdem ich die *Punkt acht* in den Fußraum gestoßen hatte.

»Vorsicht, Sprengstoff!«, warnte Isa.

»Was steht drin?«

Sie zuckte die Achseln. »Wir haben noch genug Zeit, den Schmutz zu lesen. Lass uns erst frühstücken. Sonst öffnet Doreen uns vielleicht nie wieder so großzügig den Hintereingang ihres Bistros, damit wir angemessen in den Tag starten können.«

»Sag mal, Isa, wenn ich eine Fremde wäre, wie alt würdest du mich schätzen?«

Sie sah mich kurz an, grübelte. »Keinen Tag älter, als du bist. Deine neue Frisur und dein neues Make-up machen dich natürlicher, lebendiger, frischer – auch wenn ich finde, dass du heute wieder tiefer in den Tiegel gegriffen hast.«

»Nur um die Müdigkeit abzudecken«, wehrte ich ab. »Du meinst also, ich sehe wie einundvierzig aus?«

»Wie du das fragst, Marie! So als wöge die Vorstellung,

dass Karsten sich mit einer Jüngeren in den Federn wälzt, schwerer als die, dass er es überhaupt getan haben könnte.«

»Irrtum, Isa. Aber eine ältere Frau schließe ich von vornherein aus.«

»Älter? Meinst du etwa in unserem Alter?«

»Zum Beispiel.«

»Damit hast du dich gerade selbst ins Abseits geschossen, liebe Marie. Wenn Karsten dich betrügt, ist es egal, ob sie jünger, gleichaltrig oder älter ist. Fakt ist nämlich, dass es dann zwischen euch nicht mehr stimmt.«

»Du sagst das so nüchtern, Isa. Hast du keine Angst vor dem Älterwerden?«

Vor Doreens Bistro stellte sie den Motor aus, zog die Handbremse an und wandte sich mir zu. Ruhig und sicher blickte sie mich an. »Auf welche der vielen Facetten des Älterwerdens bezieht sich deine Frage?«

Mein Kopf summte. Plötzlich wusste ich, warum ich noch nie ausführlich mit ihr über dieses Thema gesprochen hatte: Meine Freundin war mir weit voraus. Im Gegensatz zu mir hatte sie sich bereits über den Prozess informiert und sich offenbar damit arrangiert. Schönheit ist keine Frage des Alters. Sie lebte die *Fit40*-Maxime rund um die Uhr. Ihre Kundinnen trimmte sie auf selbstbewusst statt auf jugendlich. Wie eine Welle schwappte nun ihre Überlegenheit zu mir herüber. Ihre Sicherheit drohte mich zu ertränken.

Entsetzlich naiv und dumm fühlte ich mich mit meinem Tick für Kollagen-Cremes, Anti-Aging-Masken und Make-up, hinter dem ich mich versteckte. Ich rang nach Luft, versuchte mich mit imaginären Schwimmstößen vor dem Ertrinken zu retten. Für *meine* Kundinnen besaß jugendliche Schönheit oberste Priorität. Einpacken konnte ich bei *Fit40*, wenn ich Manu und ihre zahlreichen Freundinnen von anderen Werten überzeugen wollte. Frauen, besinnt euch auf eure Stärken statt auf euer Verfallsdatum! Da wäre ich draußen. Sie würden ihre Partys ohne mich feiern. Sich eine neue Wellnessberaterin suchen, während meine Umsätze in die Tiefe stürzten.

Unter Isas erwartungsvollem Blick fühlte ich mich nackt. Ich schlug die Beine übereinander und verschränkte die Arme vor der Brust. Wollte ich wirklich die zweite Hälfte meines Lebens an einen rostenden Pfahl namens Jugend gekettet verbringen? Insgeheim spürte ich doch längst, dass auch mein Pfahl unaufhaltsam zu rötlichem Staub zerfiel. Mein Herz raste. Laut mahnte mich eine innere Stimme, endlich der Realität ins Auge zu sehen. Was konnte mir schon passieren? Manu und die Partys gehörten lediglich zu einem Teil meines Jobs, sie waren nicht mein Leben.

»Kennst du die dicht gefüllten Tage, Isa, an denen du eine Aufgabe nach der anderen erledigst?«, hörte ich mich fragen. »Weil du fertig werden willst, arbeitest du zügig, konzentrierst dich. Plötzlich scheint dir jemand die Energie abzuzapfen. Erschöpfung breitet sich aus und zwingt dich dazu, eine Pause einzulegen. Ich habe den Eindruck, diese Situationen kommen immer häufiger vor.«

Isa nickte. »Klar kenne ich das. Erstaunlich, wie offen gerade du zugibst, was die meisten Frauen lieber verschweigen. Mich belastet die Tatsache, dass ich nicht mehr so funktioniere wie früher, manchmal sehr. Mein Kopf ist voller Pläne, meine Organisation steht, aber mittendrin lassen die Kräfte nach. Wenn möglich, ruhe ich mich dann aus. Nicht lange, fünf Minuten die Augen schließen reicht schon.« Nachdenklich spielte sie mit ihrem Schlüsselbund. »Tja, Marie, das sind die ersten Signale, die uns zeigen, dass wir die Überholspur verlassen müssen.«

»Was mag noch alles auf uns zukommen, Isa?«, sinnierte ich, schwankend zwischen Erleichterung und Verzweiflung.

»Ich glaube, Älterwerden ist was für Mutige. Nicht nur deshalb, weil wir uns äußerlich verändern, sondern weil unsere Chancen sinken, vor uns selbst wegzulaufen.«

»Du läufst vor Problemen davon.« Wie oft hatte ich diesen

Satz in den letzten Tagen gehört. Sich Problemen zu stellen bedeutete auch, persönlichen Angriffen standzuhalten. Die aber hatten Marie Mimose bisher aus der Bahn geworfen. Lieber wartete ich ab, bis sich die Wogen von selbst glätteten. So musste ich keinen einzigen meiner Fehler analysieren. Noch besser: Es gab gar keine Fehler und somit nichts zu korrigieren. Alles war perfekt.

In welcher Scheinwelt lebte ich eigentlich? Fest drückte ich mich in den Sitz. Unsichtbare Hände schüttelten mich, bis ich es glasklar erkannte: Ich lief gar nicht vor den Problemen davon, sondern vor mir selbst.

»Senioren verbringen einen Großteil ihrer Zeit zu Hause«, fuhr Isa fort. »Sie unterhalten sich mit ihrem Partner, mit Freunden, kramen in der Vergangenheit, schmieden Pläne für die nahe Zukunft. Oft halten wir sie für egoistisch, weil sie konsequent ihre eigenen Interessen vertreten. Ich vermute, die meisten von ihnen meinen es nicht böse. Sie wollen nur ihre begrenzte Zeit genießen.«

»Klingt gut. Das sollten wir auch tun, wenn es nur nicht so schwierig wäre.«

»Wieso schwierig?« Isa lachte. »Nimm Abschied von deinen beiden unerreichbaren Zielen, Marie: es allen recht zu machen und perfekt zu sein. Hör auf, ständig an dir selbst zu zweifeln. Das hast du nicht nötig. Lern dich endlich wertzuschätzen und vertrau dir. Sei laut, kritisch, fröhlich. Sei einfach du. Lauf mal richtig lässig und ungeschminkt durch den Feierabend. Karsten wird begeistert sein.«

»Oder flüchten.«

»Zu einer Jüngeren?« Isa tippte sich lachend an die Stirn. Ich fand den Spruch nicht halb so lustig wie sie. »Sprecht euch endlich aus. Streitet euch wie ein normales Paar. Wenn es sein muss, bis die Fetzen fliegen. Du weißt ja – nur wem die Liebe etwas bedeutet, der kämpft darum. Anschließend versöhnt ihr euch. Glaub mir, Marie, Versöhnung ist eine hoch erotische Angelegenheit.«

Meine Eltern hatten sich nie gestritten. Trotzdem liebten sie sich. »Wenn eine Frau ihrem Mann gegenüber laut wird, hat sie verloren«, hatte mich meine Mutter gelehrt. »Eine Frau kämpft mit anderen Waffen. Sie zieht sich zurück, ist wachsam und still.«

»Ich werde berichten«, zwinkerte ich Isa zu und lenkte ab. »Hast du dir schon einmal vorgestellt, wie du als Seniorin sein wirst?«

»Schon oft. Vor allem anderen wünsche ich mir, dass ich meine Persönlichkeit behalte und bei klarem Verstand bleibe. Kanntest du eigentlich meine Schwiegermutter?«

»Das Vergnügen hatte ich nicht.«

»Vergnügen? Eher ein Albtraum. Sie war eine warmherzige Frau, bis sie sich veränderte. Sie wurde unzufrieden, launisch und ungerecht. Bei jeder Gelegenheit griff sie ihre Kinder samt Familien an. Weil sie körperlich noch rüstig war, gingen ihr alle aus dem Weg. Als sie starb, war sie allein. Was, wenn Peter oder ich so werden? Manchmal fürchte ich mich vor Krankheiten wie Krebs oder Alzheimer. Stell dir vor, Marie, deine gesamten Erinnerungen weichen auf wie Zwieback in Milch. In deinem Hirn sammelt sich ein Brei aus gelebten Tagen, so homogen, dass du weder dich noch deinen eigenen Partner erkennst.«

»Dagegen sind Falten, graue Haare und Krampfadern lächerlich.« Ich senkte den Kopf und dachte an Frau Broder. Wenn ich schon alt werden musste, dann wollte ich wenigstens so sein wie sie.

»Jetzt kommt endlich herein!« Doreen, noch im Hausanzug, klopfte auf die Motorhaube. »Müsst ihr ausgerechnet zum Frühstück bei mir schlechte Laune anschleppen?«

»Nur ein ernstes Thema.«

Sie zündete sich eine Zigarette an. »Genauso schlimm, Marie. Immerhin bringt ihr mich um etliche Stunden Schlaf. Erzähl mir lieber, ob dein Supermann was mit der Blondine hat.«

Ich schnaufte. »Er bestreitet es.«

Lautes Lachen. »Logisch. Was erwartest du? Lass doch mal Erika in die Sterne schauen. Mit ihrem neuen Computerprogramm ist das Sekundensache. Und oft hat sie recht, zumindest bei mir.«

»Davon rate ich dir dringend ab, Marie«, mischte sich Isa ein. »Die Gute hat gestern die Presse ordentlich mit allem gefüttert, was ihre Erinnerung hergab. Niemand konnte sie stoppen.«

»Glücklicherweise weiß sie kaum etwas.«

Doreen schenkte Kaffee nach. »Zugegeben, ihre Tratscherei spricht gegen eine Astroberatung.«

Isa wedelte mit der *Punkt acht.* »Jetzt lasst uns endlich lesen, was es Neues im Fall Goll/Kerner gibt.«

Auf Seite fünf ein Foto mit einer weinenden Michelle, daneben ihr ebenfalls weinender Ehemann Umberto Collani, der Treue als Basis einer Ehe betrachtete. Er drohte dieselbe sofort zu beenden, falls das Gerücht von der Affäre nur ein Fünkchen Wahrheit enthielt. Sowohl Michelle als auch Karsten dementierten vehement. Dessen ungeachtet verspritzte die Schlange Lu weiter ihr Gift, indem sie ihren persönlichen Eindruck zu einem kleinen Kommentar zusammenfasste.

Dieser wirkte derart schlecht konstruiert, dass ich den beiden allmählich Glauben schenkte. Gerüchte verbreiteten sich schneller als Bakterien. Vielleicht hatte ein falsch interpretiertes Bussi am helllichten Nachmittag auf offener Straße den Stein ins Rollen gebracht. Diese elende Bussimanie! Oft graute mir auf Partys davor. Völlig übertrieben aber fand ich sie bei banalen Treffen im Supermarkt oder sogar in der Dessousabteilung eines Kaufhauses. Vorbei die Zeiten, da man sich mit einem fröhlichen Hallo begrüßte. Gnadenlos bussite heute jeder jeden. Leute, die ich auf den Tod nicht ausstehen konnte, quetschten ihre feuchten Lippen auf meine gepuderten Wangen und sabberten mir dabei ins Ohr. Wehrlos musste ich das alles über mich ergehen lassen, denn wer sich weigerte, war draußen.

Im Allgemeinen lehnte Karsten Bussis ab, im Speziellen möglicherweise weniger.

Schnell wischte ich mir eine Träne von der Wange und warf einen Blick auf mein Handy. Keine Nachricht von ihm. Sieben fremde Nummern. Sieben potenzielle Kundinnen. Seit gestern verbuchte ich einen Nachfrageboom nach *Fit40*-Beratungen. Termine für mindestens zwei Wochen, wenn ich alle zurückrief.

»Nimm dir frei und fahr bei Karsten vorbei, Marie. So ist das doch sinnlos«, drängte Isa.

»Später. Vielleicht.«

In der Filiale thronte Erika im unverzichtbaren Minirock hinter ihrem Schreibtisch, vor sich eine ganze Schale TK-Erdbeeren, dick bestreut mit Zucker. »Wird auch Zeit, dass du dich mal wieder blicken lässt«, meckerte sie mich an. »Lu May, du weißt schon, die Reporterin, die …«

»Ich weiß, wer sie ist, Erika. Was gibt's Wichtiges?«

»Jede Menge Frauen fragten nach Terminen bei dir. Hier die Liste. Wenn du willst, erledige ich die Anrufe für dich.«

So weit käme es noch. »Danke, Erika. Noch was?«

»Ich habe für euch in die Sterne geschaut.« Sie reichte mir zwei Bogen mit Zeichnungen. »Dein und Karstens Horoskop, Marie. Es könnte euch helfen.«

Isa riss mir die Blätter aus der Hand. »Wobei, Erika? Kümmre dich um deine eigenen Angelegenheiten und füll gefälligst die Erdbeeren im Vorrat wieder auf. Wir essen sie normalerweise einzeln zwischendurch, nicht schälchenweise zum Frühstück.«

Isa lief zum Gefrierschrank und stopfte sich eine der restlichen Früchte in den Mund. »Morgen liegt hier ein neues Paket, klar?«

Sie hatte sich bereits bei Edgar beschwert, dass er ohne Rücksprache mit uns eine Mitarbeiterin ausgewählt und eingestellt hatte.

»Was bedeuten die Zeichen denn nun, Erika?«, fragte ich, innerlich vor Neugier rasend.

»Ob er was mit der anderen hat, kann ich dir nicht sagen.«

»Für diese Aussage beschmierst du zwei Bogen Papier mit Kreisen und Zeichen?«

Sie war beleidigt. »Wenn du auf ihn eingingst, Marie, dann hättet ihr noch eine Chance.«

Kommentarlos zog ich mich in mein Büro zurück, um die Besuche bei den potenziellen Kundinnen zu terminieren. Die meisten Frauen wohnten in besten Gegenden, wirkten erfreulich zahlungskräftig und – noch erfreulicher – zu allem bereit. Dann belud ich meinen Kombi. Nur eine Beratung am Vormittag stand auf dem Programm. Die war schnell erledigt.

Mein Rückweg führte mich an Manus Salon vorbei. Spontan hielt ich an und ging hinein. Zusammen mit Lola und Uwe fand ich sie im Büro.

»Gut, dass du kommst, Marie. Wir haben gerade über dich gesprochen«, begrüßte mich Lola. Bussi links, Bussi rechts. Dann Manu. Ihr Lächeln glich einer schiefen Grimasse. Sie sprach kaum. Dann Uwe. Er roch nach frischer Wäsche. Weißer Riese.

»Was liegt Dringendes an, Lola?«

»Wir planen ein Beauty-Event über natürliche Schönheit. Ernährung, Bewegung, Kleidung, Frisuren und Kosmetik wollen wir vorstellen. Und vielleicht finde ich noch einen Hautarzt, der über Behandlungen mit Hyaluronsäure referiert.« Sie klatschte in die manikürten Hände. »Der künftige Hit gegen Falten, Mädels! Die Säure kommt natürlicherweise in der Haut vor. Sie bildet elastische Fasern und Kollagen. Mit dem Alter nimmt der Gehalt leider ab und damit auch das Kollagen. Die Haut verliert an Elastizität, Falten graben sich ein. Aber das kennt ihr ja aus eigener Erfahrung. Glücklicherweise gibt es seit einiger Zeit die Möglichkeit, sich die Haut in mehreren Behandlungen mit Hyaluronsäure unterspritzen zu lassen. Dadurch bildet sich wieder mehr Kollagen, und die

Falten verschwinden. Zehn Jahre jünger soll es Männer und Frauen machen. Ihr seht, ein völlig anderer Ansatz als das grässliche Botox. Bist du bei unserem Event dabei, Marie?«

Uwe schaute mich erwartungsvoll an.

»Gern Lola«, flötete Joan Collins und lächelte. Manu grinste schief.

»Prima, dann besprechen wir nun die Einzelheiten«, entschied Lola.

Fast zwei Stunden erarbeiteten wir unser Konzept, in dem ich mich beziehungsweise *Fit40* großzügig einplante. Das Ergebnis begossen wir mit Manus preiswertem Salon-Champagner. Glücklicherweise schaffte die Spenderin das Trinken mühelos.

»Hoffentlich ist bis dahin bei dir wieder alles im Lot«, bemerkte Lola nach dem zweiten Schluck. »Schlimme Zeit für dich, Marie. Was wirst du unternehmen?«

Was genau sie mit »unternehmen« meinte, verstand ich weder, noch interessierte es mich.

»Das Richtige, Lola. Ich werde das Richtige unternehmen.«

Uwe grinste. Er begleitete mich etwas später zu meinem Auto.

»Wenn Sie Hilfe brauchen, Lady, bin ich für Sie da.« Seine blauen Augen funkelten. »Tag und Nacht.«

So weit würde es hoffentlich nicht kommen. Aber man wusste nie. Vorsichtshalber ließ ich diesmal die gereichte Karte in meine Tasche gleiten, in der gerade das Handy klingelte.

Lutz. Er würde heute am frühen Abend wieder nach Hause kommen.

Erleichtert atmete ich auf.

Von Karsten noch immer keine Nachricht. Herr Goll sei plötzlich verreist, teilte mir seine Sekretärin mit. Wie lange? Wenigstens bis zum Wochenende. Wohin?

»Augenblick!«, rief sie und stellte mich zu Mark durch.

»Dad ist in Heidelberg, Marie. Opa hatte heute Nacht einen schweren Herzinfarkt. Er liegt auf der Intensivstation.«

Die Kehle wurde mir eng. Einige Male hatten wir Karstens Eltern besucht. Ich mochte sie. »Meine Güte, Mark. Das tut mir so leid. Wie geht es ihm jetzt?«

»Angeblich hat sich Opas Zustand stabilisiert, was bei Herzinfarkt ja nicht viel heißt. Wie es Dad geht, frag lieber nicht.«

»Ich fahre sofort hin.«

Langes Schweigen. »Halte ich für keine gute Idee, Marie. Erstens kannst du nicht helfen, und zweitens könnten Dad die Probleme zwischen euch zusätzlich belasten.«

So war das also. Sie wollten mich nicht. Ich gehörte nicht zur Familie. Zusätzlicher Ballast. »Wie kommt ihr in der Agentur zurecht?«, fragte ich dünn.

»Wir schaffen das schon. Schließlich unterstützt uns ja Dana.«

Dana. Mein Herz polterte. »Ach ja, die hatte ich fast vergessen. Ist sie gerade in der Nähe?«

»Nein, heute arbeitet sie in ihrer Agentur.«

Agentur. Es war zu selbstverständlich, um verdächtig zu sein. Geistesgegenwärtig raschelte ich mit Papier. »Leider finde ich die Adresse gerade nicht. Sagst du sie mir schnell, Mark?«

Eine Minute später war ich am Ziel. Dana Dix. Mein Nachmittag gehörte ihr.

Zunächst jedoch steuerte ich einen Supermarkt an. Einkaufen für ein gemeinsames Abendessen mit Lutz. Kleine Entschädigung für den erlittenen Pressestress – und eine hervorragende Gelegenheit, die Uhr um drei Jahre zurückzudrehen. Sein Lieblingsessen wollte ich zubereiten. Seezungenfilet in Krabben-Dill-Soße an Wildreis und als Dessert eine herrlich lockere Mousse au Chocolat. Lutz liebte Desserts, besonders meine selbst gemachten.

Kurz vor der Kasse starrte ich auf die Zeitschriften im Regal. Genauer gesagt auf eine, von der mir mein Verlobter sinnlich entgegenlächelte. »Wenn zwei sich trauen: die neue Ära des Werbepoeten Karsten Goll.«

Mit einem Ruck riss ich das Wochenmagazin an mich, schlug das Inhaltsverzeichnis auf. Alles über die Fusion von *KarGo* und *Dix Graphics*. Sternchen tanzten mir vor den Augen. Seite dreiundvierzig. Mit feuchten Fingern blätterte ich vor.

»Erst kaufen, dann lesen«, schnauzte mich ein pickliger Jüngling im weißen Kittel mit Firmenzeichen an. Ohne nachzudenken, warf ich das Blatt in den Einkaufskorb und schob denselben zur Kasse. Eine Fusion mit *Dix Graphics*. Mit keiner Silbe hatte er das erwähnt. Betriebliche Umstrukturierungen, während ich die Hochzeit vorbereitete.

Es war der Tag gewesen, als der Designer mein Hochzeitskleid geliefert hatte. Karsten kam erst gegen elf Uhr abends von einem Termin zurück. *KarGo* befinde sich zurzeit in einer unruhigen Phase, hatte er erklärt. Statt dies zu hinterfragen, schwärmte ich von meinem Kleid, bevor ich mich wieder zur letzten halben Stunde Training in mein Zimmer verzog. Schließlich besaß meine Diät absolute Priorität. Was interessierten mich wenige Tage vor dem großen Ereignis die Probleme von *KarGo?* Oder von Karsten? Er hatte keine. Im Gegensatz zu mir. *Ich* kümmerte mich um unsere Hochzeit. Seine einzigen Aufgaben bestanden darin, Ja zu sagen und zu unterschreiben.

Ich fuhr zu *KarGo*, diesmal nicht in die Tiefgarage, sondern zum Eingang des Hauses, vor dem ein großes Firmenschild prangte. Nagelneu, mit neuem Schriftzug. *KarGo & Dix*.

Alle Achtung. Für die geballte Ladung Aufmerksamkeit, die ich meiner Umgebung schenkte, verdiente ich wirklich eine rosarote Brille und ein Paar frische Ohropax.

Zurück in meiner derzeitigen Herberge, stellte ich achtlos den Einkaufskorb in die Küche und schnappte mir die Zeitschrift. Einige Wasserspritzer vom Salat hatten das Cover aufgeweicht und meinem Zukünftigen das Antlitz eines Mannes nach einem Moskitoangriff verliehen. Die Fotos im Innenteil trösteten mich schnell über das Malheur hinweg. Lässig lehnte er am Bücherregal in seinem Büro. Er trug schwarze Jeans und einen gemusterten Pulli mit hochgeschobenen Ärmeln. Ein Foto zeigte ihn im Anzug mit Champagnerglas in der Hand. Der Partylöwe Karsten Goll. Karsten bei der Fotoauswahl, Karsten neben einer Frau vor einem Gebäude mit verglasten Fronten.

> »Noch in diesem Jahr wollen Dana Dix und Karsten Goll auch räumlich fusionieren«

entnahm ich der Bildunterschrift.

Dana Dix. Einmal hatte ich die rundliche Frau vor der Baustelle gesehen, aber kaum wahrgenommen, weil ich auf Michelle fixiert war. Ich hätte Lutz fragen sollen, welche Aufschriften Karsten für seine Firmenwagen bestellt hatte.

Dana und Karsten als Duo im Porträt.

> »Reifes ist nicht immer gut, aber Gutes muss reifen«

philosophierten die beiden. Seit über zwanzig Jahren arbeiteten sie zwar in separaten Firmen, dennoch erfolgreich zusammen. Dana und ihr ehemaliger Partner als Werbegrafiker, Karsten als Texter. Das Ausscheiden von Danas Partner hatte endlich den Weg frei gemacht für die Zusammenlegung der Firmen. Viel Kompetenz unter einem Dach. Über zweihundert Mitarbeiter beschäftigten Dana und Karsten.

Auf die Frage, warum sie bei dem bisherigen Erfolg und in einem Alter expandierten, in dem andere ans Aufhören denken, antwortete Karsten: »Gute Werbung braucht Reife und Erfahrung als Motor, aber jugendlich unverkrampfte Spontaneität als Treibstoff. Werbung ist Teamarbeit.«

Dana-Schatz war stolze zweiundfünfzig, verheiratet und Mutter von zwei erwachsenen Kindern. Sie tankte in ihrer Familie auf, kochte leidenschaftlich gern und leistete sich zusammen mit ihrem Gatten jedes Jahr eine zweiwöchige Kreuzfahrt auf einem Traumschiff.

Karsten wurde nach seinem Jungbrunnen gefragt. »Ich ärgere mich einfach nicht über mein Alter.«

Haha, seine einzelnen grauen Haare in dem lichter werdenden Schopf hatten ihn sehr wohl auf die Palme gebracht. Eigentlich hatte ich täglich damit gerechnet, dass er mit Färbemittel und Tinktur gegen Haarausfall um die Ecke bog. So frei von Eitelkeit, wie er sich immer gab, war er nicht. Allerdings dramatisierte er das Thema nicht annähernd so wie ich.

Erst nachdem ich den Text mehrere Male gelesen und jedes Detail auf den Fotos hätte beschreiben können, bemerkte ich, dass der Bericht noch nicht abgeschlossen war. Ich blätterte um, eine weitere Spalte folgte. Ein Foto von Karsten und mir, daneben unsere Namen.

> »Über die geplatzte Hochzeit mit der Wellness-Päpstin Marie Kerner wollte Goll sich nicht äußern, ebenso wenig über das Trennungsgerücht. ›Das ist meine Privatsache.‹«

Wie eine Tigerin im Käfig rannte ich im Zimmer hin und her. Alles aufs Spiel gesetzt wegen eines Namens, den er ins Telefon geraunt hatte. Sensibel und voller Selbstzweifel hatte Isa mich einmal charakterisiert. Treffender schien mir verbohrt, intolerant, beleidigt, egoistisch.

Was immer mit Michelle gewesen war, im Fall Dana hatte ich als Partnerin kläglich versagt. Ob Ignoranz oder Weglaufen, letztlich war es für den anderen das Gleiche.

Dix Grafics befand sich in einem alten Fabrikgebäude mit maroder Fassade. Hinter der weit geöffneten Eingangstür erstreckte sich ein schmaler Gang mit bordeauxroten Fliesen auf dem Boden und an den Wänden, der in einer lichtdurchfluteten Halle mündete. Mindestens fünfzig Menschen arbeiteten an Schreibtischen und Zeichenbrettern. Einige Bereiche waren mit Glas abgetrennt, so auch der am Eingang. Ich stellte mich der Empfangsdame kurz vor und wünschte Dana Dix zu sprechen. In einem Blumengeschäft hatte ich einen dicken bunten Strauß gekauft, dazu ein kleines Kochbuch mit Snack-Ideen fürs Büro.

Ob ich einen Termin hätte? Natürlich nicht.

Also ließ sie mich dumm stehen. Ein glücklicher Zufall lockte Dana aus ihrer Arbeitsecke und lenkte ihren Blick in meine Richtung. Kurzes Zögern, dann schritt sie auf mich zu.

»Sie sind Marie Kerner, nicht wahr? Möchten Sie zu mir?«

Sie sprach warm und freundlich, aber ihre Augen blickten wachsam.

»Leider wusste ich nicht, dass ich einen Termin brauche.«

»Ist schon in Ordnung. Für Sie nehme ich mir gern ein paar Minuten.«

Hätte ich sie mir vor einigen Wochen genommen, wäre ich jetzt nicht hier. Ich gratulierte, überreichte ihr Blumen und Buch und folgte ihr ins Glasbüro. Sie schenkte Kaffee aus einer goldenen Kanne ein und zauberte ein paar Mini-Muffins aus ihrem Schrank hervor.

»Ich liebe diese Dickmacher zum Kaffee«, lachte sie, »obwohl ich sie mir wahrlich nicht leisten kann. Im Gegensatz zu Ihnen. Bitte, greifen Sie zu.«

Höflich wählte ich ein Exemplar mit Heidelbeeren und legte es neben die Kaffeetasse. »Heute habe ich in der Wochenzeitschrift über die Fusion gelesen«, begann ich.

Die Blicke ihrer glänzenden schwarzen Augen forschten in meinem Gesicht.

Was wollte ich eigentlich hier? Mich lächerlich machen, indem ich ihr erzählte, dass ich sie seit Wochen suchte, weil ich sie für meine Nebenbuhlerin gehalten hatte? Weil ich mit Karsten nur über *meine* Arbeit sprach, seinen Job als Thema aber ausklammerte?

»Ich wollte Sie gern kennenlernen, Dana. Wir hatten ja vorher leider keine Gelegenheit dazu.«

Keine Sekunde lang ließ sie mich aus den Augen. Jedes ihrer Worte schien sorgfältig gewählt. »Ja, die letzten Monate waren anstrengend, für Karsten und auch für mich. Die Genehmigung zur Fusion zog sich endlos hin, trotzdem realisierten wir unser Bauprojekt. Zur Not hätten wir als eigenständige Firmen unter einem Dach gearbeitet. Vor gut zwei Wochen, es war der Tag Ihrer Hochzeit, erhielten wir endlich grünes Licht. Die Feier steht noch aus. Bisher haben Karsten und ich lediglich ein Gläschen Champagner darauf getrunken. Nun sind unsere Kunden informiert, das Bauprojekt befindet sich in der Endphase. Haben Sie unsere zukünftige Bleibe schon besichtigt?«

Ich verstand die Frage als pure Höflichkeit. »Leider noch nicht.«

»Das sollten Sie tun, sonst verpassen Sie etwas. Helle Büros, moderne Einrichtung, Hightech für die Grafiken und vor allem viel, viel Platz.«

»Ich werde Karsten bitten, mir alles zu zeigen, wenn er zurück ist.«

»Es wird ihm ein Vergnügen sein.« Sie musterte mich lange.

Eine Mitarbeiterin durchbrach die Stille. »Entschuldigung, Frau Dix, würden Sie sich bitte die Plakate anschauen?«

13

Gegen siebzehn Uhr legte ich Balladen von Rod Stewart auf und begann mein Werk. Kurz darauf öffnete sich die Wohnungstür. Munter küsste Lutz mich auf die Wange. Er strahlte, seine Haut schimmerte frisch, und er roch fremd.

Das Bild einer Brünetten mit langen Wimpern und gierigem Mund tauchte vor mir auf. Es war mir peinlich.

»Ich hoffe, du hast Hunger«, warf ich ihm gespielt lässig entgegen.

»Ein wenig. Ich habe heute zu Mittag gegessen.«

»Oh. Ich wollte dich mit deinem Lieblingsessen überraschen.«

»Da sage ich nicht nein, Marie. Die Vorspeise sieht köstlich aus.«

Während ich den Fisch säuerte, sprach ich den Presserummel an.

»Ein fürchterliches Theater«, jammerte er. »Seit du hier wohnst, graut mir davor. Aber ich glaube, was uns beide betrifft, besteht nur sekundäres Interesse.«

»Tatsächlich?«

»Irgendein Provinzpaparazzo hat Karsten und Michelle in inniger Umarmung fotografiert. Das ist spannender als die mögliche Wiedervereinigung eines geschiedenen Ehepaars.«

»In inniger Umarmung?« Mein Kehlkopf schwoll an, das Messer rutschte mir aus der Hand, landete mit der Schneide nach unten auf dem Brett mit der Seezunge. Brutal zerhackte es den Fisch.

»So heißt es jedenfalls.«

»Kennst du das Foto?«

Lutz schüttelte den Kopf. »Ist noch nicht abgedruckt. Der

Fotograf benimmt sich, als sei ihm Prinzessin Caroline mit ihrem August vor die Linse gelaufen. Sein verlangtes Honorar sprengt das Budget der *Punkt acht,* heißt es. Und der seriösen Tagespresse ist der Promistatus deines Verlobten angeblich zu gering, um solch einen Preis zu zahlen.«

Lutz öffnete den kalt gestellten Weißwein und reichte mir ein Glas. Hastig trank ich es halb leer, bevor ich mich wieder auf den Fisch konzentrierte. Leicht wälzte ich ihn in Mehl, briet ihn goldbraun. Die Filets blieben saftig, auch die rahmige Krabbensoße gelang perfekt.

Eifrig legte ich ihm vor, bediente ihn. Wie früher. Ich holte neues Wasser, obwohl noch genügend auf dem Tisch stand. Bot ihm Salz an, zusätzlichen Dill. Er genoss es sichtlich, im Mittelpunkt zu stehen. Bis zum Dessert. Nachdem ich ihm mindestens fünfmal Sahne zur Mousse au Chocolat gereicht hatte, verlor er ansatzweise die Geduld.

»Jetzt lass uns das gute Essen genießen, Marie. Es schmeckt köstlich, aber dein Gewusel raubt mir den Appetit.«

Ein Déjà-vû-Erlebnis. Ich atmete tief durch. Flüchten war gestern, Marie. Heute ist dein Tag der Wahrheit. Ich sah das Ziel bereits vor mir. Nur noch einige Schritte. »Entschuldige bitte, Lutz. Ich will doch nur, dass es dir an nichts fehlt.«

Er sah auf. »Verstehe.« Geräuschvoll kratzte er den letzten Rest Schokoladencreme aus seinem Schälchen.

»Im Kühlschrank steht noch mehr.« Ich sprang auf.

»Danke, es war reichlich«, stöhnte er.

Ich räumte ab und kochte Kaffee. »Früher haben wir fast jeden Abend nach dem Essen noch Kaffee getrunken«, erinnerte ich ihn lächelnd. »Ich habe ihn immer im Wohnzimmer serviert.« Die beiden letzten Wörter betonte ich, heimlich triumphierend, als er kaum merklich zusammenzuckte.

»Serviert ist gut«, spöttelte er leise. Seine Kiefer mahlten, seine Stirn lag in Furchen. »Von A bis Z bedient hast du uns.«

»Verrückt, nicht wahr?« Schrill lachte ich auf. »Wie eine

Hausfrau in den Fünfzigern. Fehlten nur die blütenweiße, gestärkte Bluse und die sorgfältig ondulierte Haarpracht.«

»Warum hast du es trotzdem getan, Marie?«, fragte er prompt.

Die imaginäre Zielflagge wehte mir ins Gesicht. Wieder lachte ich künstlich. »Warum hast du mich nicht daran gehindert, Lutz?«

Sein Gesicht verlor den letzten Anschein von Fröhlichkeit. Seine Augen suchten meinen Blick. »Das hätte dich sehr verletzt, Marie. Schließlich wolltest du uns verwöhnen.«

Ich starrte in die fast leere Kaffeetasse. Wie großherzig, mein Lieber! Und eines Tages packtest du deinen Koffer, statt zu riskieren, die zart besaitete Gattin verbal aus dem Gleichgewicht zu bringen. Sauber, sauber.

Ruhig saß er mir gegenüber, wir sahen uns unverwandt an. »Also ertrugst du schweigend meine Macke.«

»Diese und die anderen. Genau wie du meine Verrücktheiten. Lediglich meine Unpünktlichkeit kritisiertest du.«

»Wir haben viel geredet, Lutz, aber uns zu wenig gesagt. Bis zum Schluss glaubte ich, in einer gut funktionierenden Ehe zu leben. Ich fühlte mich aufgehoben und sicher. Dann dein plötzlicher Auszug. Seit einigen Tagen erst ist mir klar, nicht die Trennung als solche hat mich aus der Bahn geworfen, sondern die Art und Weise. Ich habe deinen Entschluss nicht verstanden. Wann und wo begann unsere Talfahrt?«

Er verteilte den restlichen Weißwein aus der Flasche in die Gläser. »Eigentlich möchte ich dieses Gespräch nicht fortsetzten, Marie. Es liegt alles so lange zurück. Die Wunden sind vernarbt. Warum sie wieder aufreißen? Du servierst mir ein vorzügliches Essen und ich dir einen bitteren Nachtisch. Das ist nicht fair. Lass uns die Tage, die du noch hier wohnst, lieber friedlich miteinander verbringen.« Seine Erklärung klang lahm. Er wischte sich mit dem Handrücken über die Stirn.

Nein, mein Lieber, diesmal krallt der Krebs sich fest. »Es ist nicht *fair*, mich wieder mit einem Spruch abzuspeisen. Bitte,

Lutz, ich will verstehen, was geschehen ist, damit ich es endlich ad acta legen kann. Also, wann oder wo begann unsere Ehe zu sterben?«

»Das wird ein langer Abend. Ich hole uns noch eine Flasche Wein aus dem Keller.«

Rasch räumte ich die Kaffeetassen vom Tisch, beseitigte das Chaos in der Küche, servierte Grissini mit Sesam.

»Perfekt, Marie«, murmelte mein Ex und knabberte an einer Stange.

»Was meinst du damit?«

Lächelnd schaute er durch mich hindurch. »Als ich dich kennenlernte, wusste ich sofort, dass ich nur dich wollte. Du warst die attraktivste Frau weit und breit. Ich liebte dein Lachen, deine Natürlichkeit, deinen Körper. Wenn ich dich beim Tennisspielen beobachtete, sah ich nur deine Beine, deine sanft wippenden Brüste, konnte es kaum abwarten, mit dir allein zu sein. Ich war verrückt nach dir, Marie. Jeden Tag freute ich mich auf den Feierabend – und auf die Nacht. Erinnerst du dich, dass wir manchmal kaum zum Schlafen kamen?«

Und ob ich mich an die wilden, leidenschaftlichen Nächte erinnerte, nach denen wir uns seltsamerweise morgens topfit gefühlt hatten! Ein Rausch. Ich senkte die Lider, fühlte Karsten neben mir. Mal knisterndes Feuer, mal ruhige Glut, die mich wärmte und schützte. »Klar«, stimmte ich meinem Ex zu.

»Drei oder vier Jahre lang führten wir eine lebendige Ehe«, fuhr er fort. »Leider lag es an mir, dass es mit Kindern nicht klappte, aber Ariane half mir schnell darüber hinweg. Deine Kleine war und ist ein Schatz, Marie. Wann sich zwischen uns erste Veränderungen einschlichen, weiß ich nicht genau. Bewusst wurde es mir auf der Party bei einer deiner Tennispartnerinnen. Ihren Namen habe ich längst vergessen. Sie wohnte in einem weißen Haus mit riesigem Garten und einem runden Pool. Noch immer frage ich mich, wie man in einem solchen Rondell schwimmen kann, ohne die Orientierung zu verlieren. Sie jedenfalls hatte sie verloren. Perfekt sprach sie die künstliche Sprache einer amerikanischen Schauspielerin. Ihre Gesten, ihre Mimik – alles hätte einer Szene aus *Dallas* oder dem *Denver Clan* entspringen können. Sie bezog dich mit ein, und siehe da, du beherrschtest das Theater mindestens so gut wie sie. Erschrocken beobachtete ich dich und die anderen. Nach und nach begriff ich die ganze Party als Show und fühlte mich zwischen euch wie ein Pausenclown.«

»Eine Party zerstört doch keine echten Gefühle.«

»Aber sie sensibilisierte mich für deine Veränderungen, die sich zunehmend zwischen uns drängten. Unsere Ehe, unsere Familie mutierten zu einem Kunstwerk. Aus unserem Alltag wich die Herzlichkeit zugunsten eines gefährlichen Perfektionismus. Die Wohnung perfekt eingerichtet. Keine Staubflocke auf dem Boden, die Glastische fleckenfrei. Perfekt die Optik der Ehe- und Hausfrau. Immer frisch geschminkt, die Kleidung modisch, aber edel. Und du definiertest deine Rolle neu. Noch ehe die Familie einen Wunsch äußern konnte, sprangst du auf und erfülltest ihn. Gegessen wurde nur noch an elegant dekorierten Tischen von Porzellan, das ein halbes Vermögen gekostet hatte. Drei Gänge wurden Standard, natürlich selbst gekocht und fein dargereicht. Die Tochter mit Einserzeugnis, gleichzeitig eine der besten Schülerinnen der Ballettakademie, musikalisch begabt und bildhübsch. Heile Welt. Du warst die perfekte Gastgeberin, die perfekte Repräsentantin an der Seite eines beruflich erfolgreichen, charmanten Gatten, der leider etwas nachlässig mit Kleidung und Sprache umging. Er trug gern Jeans, lachte zu laut und weigerte sich strikt, bei Unterhaltungen das Gegenüber arrogant von oben herab anzugrinsen.

Du glaubst gar nicht, Marie, wie ich mich danach sehnte, mir selbst einen deftigen Erbseneintopf aus einem schweren alten Topf in eine abgeschlagene Schüssel zu füllen, um ihn am kahlen Küchentisch jenseits aller Etikette auszulöffeln.«

Seine Worte sogen mir das Mark aus den Knochen. Für einen Augenblick sank ich in mich zusammen. »Wenn ich schon den ganzen Tag Zeit hatte, wollte ich euch wenigstens ein schönes Zuhause bieten«, verteidigte ich mich kraftlos.

»Ich weiß, das machte es ja so schwer für mich – und auch für Ariane. Eines Abends trafen wir uns zufällig in einem schmierigen Imbiss vor Hamburgern und Pommes frites, die wir mit den Fingern in uns reinstopften. Als uns das bewusst wurde, lachten wir. Wir glaubten, wenn wir dir unser Erlebnis schildern würden, verstündest du, aber du schütteltest dich nur voller Abscheu. Von da an aßen wir öfter heimlich im Gehen oder Stehen aus der Hand. Wirklich tödlich waren letztlich nicht die Mahlzeiten, sondern der gesamte Lebensstil gab mir den Rest. Du zerrtest uns aus unserem Zuhause in eine kalte, fremde, von materiellen Werten dominierte Welt. Ich sehnte mich nach deiner Wärme, deiner Zärtlichkeit.« Lutz stützte sich auf, schluckte trocken. »Unsere Worte berührten uns nicht mehr, Marie. Ein sanftes Blubbern, keine Gespräche. Mit der Zeit wurde es schlimmer. An manchen Tagen wusste ich nicht mehr, ob du wegen meines gesellschaftstauglichen Jobs mit mir verheiratet warst oder wegen meines Charakters. Ich musste weg, sonst wäre ich an deinem Perfektionismus erstickt.«

Mit zittrigen Händen ergriff Lutz sein Weinglas und leerte es gierig. Sein Adamsapfel hüpfte auf und ab. Dass er unsere Trennung kaum verarbeitet hatte, stärkte mich.

»So viel Unwohlsein so lange versteckt, Lutz? Wie war das an unserem Hochzeitstag in Paris?«

Er schenkte sich nach. Lutz Kerner trank sich Mut an. »Paris! Ha«, schnaufte er. »Bei der Buchung dachte ich an unsere Anfänge, hoffte, die Zeit zurückdrehen zu können. Dann saßen wir in diesem edlen Restaurant, ich konnte den Blick nicht von dir lassen. Du trugst diesen dünnen, schwarzen Fummel mit tiefem Dekolleté. Die Männer an den Nebentischen starrten dich an, und ich brachte kaum einen Bissen hinunter, weil ich nur davon träumte, dir den Stoff vom Leib zu reißen, den vertrauten Duft deiner Haut einzuatmen, dich ...« Er räusperte sich. »Na ja, du weißt schon. Leider verlief der Abend anders. Wir fuhren ins Hotel, du duschtest dich, wischtest dir den Kleister vom Gesicht und trugst neuen, wischfesten auf, dazu diesen ekligen, kussfesten Lippenstift. Besonders albern fand ich deine hochhackigen Pantoletten mit pinkfarbenen Plüschbommeln auf dem Riemchen und deinen halb transparenten, spitzenbesetzten Morgenrock, mit dem du aus dem Bad aufs Bett zustolziertest, in dem ich bereits über eine halbe Stunde lang auf dich wartete. Ich fühlte mich wie die Reinkarnation von J. R. Ewing in *Dallas* im Schlafzimmer einer seiner Gespielinnen.

Schluss mit wildem Sex, mit hemmungsloser Leidenschaft. Du warst zu perfekt, Marie. Lässig kicktest du die Pantöffelchen zur Seite, der Morgenrock glitt vorn auseinander, rutschte dir langsam von der Schulter, und du legtest dich zu mir. Eine Wolke edlen Parfüms stieg mir in die Nase. Was dann kam, glich den Aktivitäten eines müden Paars beim Vollzug der ehelichen Pflichten, der Mann immer brav darauf bedacht, Frisur und Make-up der attraktiven Gattin nicht zu ruinieren. Meine Güte, Marie, ich wollte dich, keine Puppe!«

Lutz' Faust landete auf dem Tisch, die Gläser klirrten, seine geröteten Augen glänzten feucht.

Selbstverständlich hatte ich damals seine Zurückhaltung registriert, diese aber mit seinem Alter entschuldigt. Mit achtundvierzig waren Männer vielleicht nicht mehr so leistungsfähig. Der Bericht in einer Frauenzeitschrift bestätigte mich darin.

»Als ich dich vor gut zwei Wochen nachts klatschnass im strömenden Regen aufgriff«, sagte er heiser, »warst du die Marie, in die ich mich einmal verliebt hatte. Authentisch, das Gesicht ungeschminkt, voller Traurigkeit und Schmerz. Ich war verwirrt. Tags drauf fürchtete ich mich vor dem Heimkommen, weil ich nicht wusste, wen ich antreffe.«

»Wen wolltest du denn antreffen?«

Spöttisch verzog er den Mund. »Meine Furcht war unbegründet. Ich fand eine maskierte Frau vor.«

Es kostete mich einige Überwindung, ihn anzusehen. Im Job den Chef spielen, aber zu Hause die Freiheiten eines Waschlappens verlangen.

»Zugegeben, du hast es mit deiner Frau nicht leicht gehabt«, resümierte ich bissig. »Der großzügige, humorvolle, tolerante, erfolgreiche Lutz Kerner als Opfer des weiblichen Perfektionismus. Hattest du mit deinem Schweigen nicht alles unternommen, um unsere Ehe zu retten? Aber Marie blieb stur, kleidete sich weiterhin modisch-elegant, sprach gepflegt, bewirtete die anspruchsvollen Geschäftsfreunde des Gatten wie in einem Sternerestaurant. Überflüssigerweise forcierte sie mit ihrem Verhalten so manchen Geschäftsabschluss. Wie lästig, dass sie gerade ein Händchen für Großkunden entwickelte, die ihrem Angetrauten zusätzliche Arbeit und unerwünschte Gewinnzuwächse bescherten.« Meine feste Stimme freute mich.

»Bleib sachlich, Marie.«

»Gern, Lutz. Du hättest mir all das schon während unserer Ehe sagen können. Vielleicht hätten wir dann eine Chance gehabt. Mir war das alles damals nicht bewusst. Ich finde es ausgesprochen feige von dir, den bequemsten Weg eingeschlagen zu haben. Du wolltest *mich* schonen? Dass ich nicht lache. *Dich* wolltest du schonen. Nur keine Auseinandersetzung, nur nicht auf die Bequemlichkeit verzichten, die die aufgetakelte Ehefrau dem gestressten Gatten garantierte. Lass sie in ihrer Traumwelt, statt sie wachzurütteln und Zeit fürs Tränentrocknen zu verschwenden. Wer weiß, vielleicht wolltest du ja die Ehe beenden? Ich gebe zu, ich habe viele Fehler begangen, Lutz, aber es geschah immer in bester Absicht. Ich wollte euch ein modernes, schönes Zuhause bieten, es euch so bequem wie möglich machen. Du solltest eine Frau haben, um die dich andere beneiden. Dass ich mich nach deinem Empfinden an falschen Vorbildern orientierte, ahnte ich nicht. Du jedoch hast dich bewusst so verhalten, aus reiner Feigheit.«

»Aber Marie ...«

»Marie! Ist das alles, was dir dazu einfällt? Vielen Dank für deine Ehrlichkeit. Sie war sehr aufschlussreich.«

Noch lange hörte ich Lutz in der Küche, im Bad, in seinem Arbeitszimmer rumoren. Er telefonierte, vermutlich mit Ariane.

Zwei Verbündete, die allein mir die Schuld für das Auseinanderbrechen unserer Familie zuschieben wollten.

Doch in einer Familie sind alle füreinander verantwortlich, dachte ich aufgewühlt. Dazwischen mischten sich Brocken der Erleichterung. Endlich konnte ich nach vorn schauen.

Schon viel früher hätte ich den Mut aufbringen müssen, die Fronten zu klären. Es befreite ungemein. Meine Mutter irrte sich, wenn sie glaubte, Schweigen und Schmollen würden Probleme lösen. Sie produzierten Missverständnisse und Unzufriedenheit in zerstörerischer Dosis.

Zukünftig würde ich meine Meinung vertreten und mich Konflikten sofort stellen. Mich hinter einem dicken Make-up zu verstecken, damit hatte ich ja bereits an der Nordsee abgeschlossen.

Ich sollte Isas Rat befolgen und zu Hause gelegentlich komplett auf Farbe verzichten. Zum Beispiel abends am Pool oder vor dem Kamin. Seit meinem vierzigsten Geburtstag hatte ich das nicht mehr gewagt. Lediglich die wischfeste Nachtmalerei schaffte ich ab, als Karsten mich darum bat. Damals arbeitete er gerade an einem Fernsehspot für den Biohandel. Natur sei die schönste Wahrheit, erklärte er überzeugt. Eigentlich war mir wahre Schönheit lieber, aber ich gab nach.

Nach dem längst überfälligen Geständnis meines Ex musste ich Karsten wohl für seine rechtzeitige Bemerkung danken. Anscheinend besaß mein Verlobter etwas mehr Mumm als mein Exmann.

14

Bei einem Müsli mit Obst las ich die *Punkt acht.* Dass die Uhr schon nach elf zeigte, verharmloste den heutigen Bericht keinesfalls. Ein ziemlich großes Foto von mir im dünnen Glitzerkleid, geschossen aus dem Hinterhalt auf irgendeiner Party. Ein unscharfes kleines Foto zeigte Karsten draußen im Regen, an seiner Seite Leo. Darüber die große Frage: *Wollte sie nur sein Geld?* Lu May schilderte in wenigen Sätzen ihre Eindrücke während des letzten Interviews in unserer Wohnung. Von meiner angeblichen Liebe zu Karsten habe sie nichts gespürt, obwohl ich natürlich das Gegenteil beteuert hätte. Wild spekulierte sie über meine desolate Auftragslage bei *Fit40,* denn ihren Recherchen zufolge lag ich seit Tagen in der Wohnung meines Ex auf der faulen Haut.

Gut, dass Karsten das nicht las.

Ich hätte heulen können, doch das war die Schlange nicht wert. Jemand musste ihr Einhalt gebieten, bevor sie weitere Ehen und Existenzen zerstörte. Endlich wusste ich, warum mich heute niemand wegen eines Termins anrief, obwohl gestern noch die Leitung geschmort hatte. Beruflich war ich gar nicht mehr vorhanden, so verstanden es die Leser offenbar.

Marie Kerner ist am Ende. Kein Mann, kein Geld, keine Hoffnung.

Na wartet! Mein eben noch per Crosstrainer erarbeitetes Wellnessgefühl verwandelte sich in Zorn. Ich packte die Zeitung und begab mich geradewegs zu meiner Schwester Bille.

»Sieh an, die geldgierige Schwester!«, scherzte sie und umarmte mich. »Komm herein, Marie. Wir essen gerade. Magst du auch was?«

»Spaghetti!«, kreischte ihr Fünfjähriger. »Mit Tomatensoße.«

»Hat Tina gekocht«, verkündete Bille.

Mein elfjähriges Patenkind errötete stolz.

»Wenn das so ist, probiere ich natürlich gern. Hallo zusammen«, grüßte ich die gefräßige Runde und setzte mich zu Tina. Die beiden mittleren Jungen, sieben und acht Jahre alt, erzählten die neuesten Witze und prusteten lange vor der Pointe schon los.

Ich lobte die Tomatensoße in den Himmel, bespritzte mich ungeschickterweise damit, was die Stimmung nur weiter anheizte, bis mein Schwager Lothar sich die Ohren zuhielt, »Stopp« brüllte und jedem ein Eis versprach, der sich nach oben in sein oder ein anderes Zimmer verkrümelte, um mindestens eine Stunde der Küche fernzubleiben.

»Ich will Cola-Eis!«, krächzte der Kleine.

»Meinetwegen«, brummte Lothar und schloss die Tür. »Ist das Stress oder Wellness?«, fragte er mich dann.

»Wie empfindest *du* das?«, fragte ich zurück.

»Mal so, mal so«, lachte er. »Aber dass du in deiner Situation lieber mit Lutz die Bude teilst als mit zwei verrückten Erwachsenen und vier noch verrückteren Kindern, verstehe ich vollkommen.«

Bille musterte mich. »Du hättest im Zimmer unter dem Dach wohnen können, Marie. Ich hätte schon dafür gesorgt, dass die Kinder dich in Ruhe lassen.«

»Damit wäre die Wahrscheinlichkeit, die Klatschspalten zu füllen, gleich null gewesen«, resümierte mein Schwager.

»Deswegen bin ich hier.« Ich kramte die *Punkt acht* aus der Tasche und schlug die Seite fünf auf. »Ich brauche dringend deinen anwaltlichen Rat, Lothar. Was kann ich gegen diese Rufschädigung unternehmen?«

Er schenkte sich das Lesen. »Als mir der Artikel heute Morgen ins Auge sprang, dachte ich mir schon, dass du aktiv werden willst. Mein Fachgebiet ist Familienrecht, Marie. Mir fiel zu diesem Bericht wenig Hilfreiches ein. Also kontaktierte ich einen Experten, der sich vorbehält, dem zuständigen Journalistenverband über Lu Mays Arbeit zu berichten. Für dich gibt es zwei Möglichkeiten. Erstens: Du verklagst die Klatschtante wegen Darstellung falscher Tatsachen und übler Nachrede mit dem Ziel, eine Gegendarstellung zu erwirken. Damit wäre Lu May für einige Zeit der Giftzahn gezogen. Zweitens: Du schluckst die bittere Pille und besprichst die Vorwürfe mit Karsten. Schließlich betrifft es nur euch beide.«

»Ich soll diese Lügen schlucken? Niemals.«

»Du bist wütend, verletzt, hilflos, rachsüchtig, Marie. Verständlich. Aber betrachte es einmal nüchtern. Verklagst du die Zeitung und Lu May, dann könnte die Presse darüber berichten, und du füllst abermals die Schlagzeilen. Zwischen Einreichung der Klage und dem Urteil liegen Monate. Selbst wenn *Punkt acht* zu einer Gegendarstellung verurteilt wird, hilft sie dir nicht mehr. Vielleicht schadet sie dir sogar, weil damit das Thema erneut aufgegriffen wird.«

»Kann man der Schlange nicht anders das Handwerk legen, Lothar?« Bille wirkte verzweifelt. »Darf sie wirklich ungestraft einen solchen Unsinn schreiben?«

»Du kannst ja einen Killer engagieren, Bille.« Lothar hielt sich vor Lachen den Bauch. »Aber unsere Urlaubskasse bleibt unangetastet, verstanden?«

»Okay, Boss.«

Lothar setzte wieder sein Anwaltsgesicht auf. »Bei aller Heimtücke versteht die Frau ihren Job. Eigene Meinungen erscheinen ordentlich als Kommentar. Auf Zitate verzichtet sie rigoros, vermutlich weil ihr niemand welche in den Mund legt. Recherchierte Nebensächlichkeiten wachsen zu bedeutenden Details. Und untermalt sie Fakten mit einem ganz persönlichen Eindruck, vermerkt sie das deutlich. Natürlich ist das manipulativ. Kein Leser dieses primitiven Blatts unterscheidet später zwischen Lu Mays Impressionen und den Tatsachen.«

Lothar schaute auf die Uhr. »Ich muss los, ihr Süßen. Ein geschiedener Familienvater wartet auf mich. Gib Bescheid, Marie, wenn du Hilfe brauchst. Ach ja, ihr Geschädigten könnt natürlich auch gemeinsam klagen.«

Wenig später hatte ich mich entschlossen, nicht zu reagieren. Falls Lou May einen weiteren Bericht dieser Art veröffentlichen sollte, bliebe immer noch Zeit dafür.

Bille lieferte die Hälfte ihrer Rasselbande bei den Nachbarn ab, Tina und den Jüngsten bei deren Freunden.

»Endlich Zeit für uns«, freute sie sich. »Wie kommt es, dass wir uns so selten treffen, obwohl wir gerade mal vier Kilometer voneinander entfernt wohnen?«

»Dasselbe wollte ich dich auch gerade fragen.«

»Nutzen wir die Zeit, Schwesterchen. Was bei uns los ist, siehst du ja. Alles beim Alten und viel Theater.«

»So wie du es dir immer erträumt hast, Bille.«

»Tja, allerdings strotzte ich in meinen Träumen den ganzen Tag lang vor Energie. Die Wirklichkeit sieht anders aus, Marie. Ich schlafe zu wenig, fühle mich ausgezehrt, ständig zupft jemand an mir herum. Meine Bemühungen, kleinere Hausarbeiten an die drei Ältesten zu delegieren, enden regelmäßig im Chaos. Für mich selbst bleibt überhaupt keine Zeit.«

»Aber du bist doch glücklich, Bille.« Gerade ausgesprochen, ärgerte ich mich über Joan Collins – und den Satz. Er hätte aus dem Mund einer gehirnamputierten Frau stammen können. Du bist glücklich. So ein Unsinn! Niemand war nur glücklich. Den ganzen Tag trällernd und lächelnd durch die Gegend zu laufen, das gelang Schauspielern in ihren Filmen. Glück war ein viel zu mächtiges Wort für unseren ganz gewöhnlichen Alltag. Er basierte auf Zufriedenheit und Wohlgefühl, mit Glück wurde er garniert.

»Ich habe vier wundervolle Kinder, einen liebevollen Mann, keine finanziellen Sorgen, möchte mit niemandem tauschen. Also bin ich wahrscheinlich glücklich. Trotzdem frage mich, ob das nun alles gewesen ist. Studium, Heirat, Kinder. Geht das jetzt so weiter bis zur Rente?«

»Du bist gerade vierzig, Bille. Letztes Jahr hast du mir einen Vortrag über die positiven Seiten des Älterwerdens gehalten. Mehr Gelassenheit, Erfahrung, innere Balance, Selbstbewusstsein. Nun brichst du selbst in Panik aus.«

»Panik ist das falsche Wort, Marie. Mich quält vor allem die Tatsache, dass ich nicht das leben kann, was in mir ist. Was ich habe, reicht mir nicht. Meine Tage sind mehr als ausgefüllt, aber sie erfüllen mich nicht. Manchmal spüre ich eine furchtbare Leere in mir. Ich will wieder malen. Du weißt, meine Bilder waren einmal ziemlich gefragt. Eine Bekannte hat einen Literaturkreis gegründet. Ich möchte gute Bücher lesen, um darüber zu diskutieren. Die chinesische Kultur interessiert mich brennend. Einmal nach Shanghai oder nach Peking – davon träume ich. Wenn ich mir vorstelle, dass ich die nächsten fünfzehn Jahre nur Hausfrau und Mutter spiele, könnte ich schreien. Ich fühle mich meines Lebens beraubt. Ja, ich bin gern Mutter und mir meiner Verantwortung bewusst. Aber erklär mir bitte, warum ich nicht wenigstens eine Stunde täglich und einen Abend in der Woche allein gestalten kann.«

Ihr Ausbruch erschütterte mich. »Hast du schon mal etwas von Babysittern gehört?«, versuchte ich Billes Stimmung aufzuheitern.

»Gehört schon«, bedauerte sie, »aber mein Angetrauter diskutiert nicht über kinderfeindliche Lösungen.«

»Nur über frauenfeindliche, ja?«

»Schließlich haben wir uns beide Kinder gewünscht. Die Kleinen machen ja so viel Spaß. Pah«, schnaufte sie. »Worüber ich jammere, fragte er mich kürzlich, nachdem ich doch *nur* Haushalt und Kinder versorge. Um alles andere kümmere *er* sich, und Geld verdiene er ebenfalls genug. Ohne Zweifel profitiert mein Angetrauter von den hohen Scheidungszahlen und dem Trend zu Eheverträgen. Wir bekommen ihn nur noch mittags zu Gesicht. Dann setzt er sich bequem an den gedeckten Tisch und isst die von der liebenden Gattin zubereitete und servierte Mahlzeit. Dabei amüsiert er sich königlich mit seinen lustigen Kindern. Das Eis, das er ihnen vorhin versprochen hat, darf ich besorgen. Wenn ich abends endlich hundemüde vor dem Fernseher sitze, kommt der Herr Gemahl und erinnert sich daran, dass eine Ehefrau neben dem Haushalt auch im Bett noch nützlich ist.«

»Und wieder zupft jemand an dir herum. Meine Güte, Bille! Du musst etwas unternehmen, damit du ein Stück vom Kuchen abbekommst.«

»Habe ich bereits getan – mit meinem Antrag auf Wiederaufnahme meiner Stelle. Der Beamtenstatus hat Vorteile, Marie. Im nächsten Sommer fange ich wieder an zu arbeiten. Zwei Tage die Woche, toll, nicht wahr? Aber bitte behalt's für dich. Lothar werde ich es bei passender Gelegenheit beibringen. Irgendwie bekomme ich das schon hin, ohne dass er gleich die Scheidung einreicht.« Sie lachte etwas unsicher und beugte sich vor. »Jetzt habe ich dir die Ohren vollgeheult, obwohl du genug eigene Sorgen hast.«

»Ist doch völlig in Ordnung, Bille. Was sagt Mama denn zu deinem Entschluss?«

Sie senkte den Blick und rollte den Saum ihres T-Shirts. »Ich erzähle es ihr erst, wenn ich mit Lothar darüber gesprochen habe. Du kennst sie ja. Veränderungen, die nicht in ihr Bild passen, lehnt sie kategorisch ab.«

»Genau wie die Konflikte, die sich daraus ergeben können.«

»Und die frau am besten schweigend ignoriert, bis sie sich scheinbar verflüchtigt haben«, ergänzte Bille. »Na ja, in dem Punkt sind Mama und ich völlig gegensätzlicher Meinung. Zu gegebener Zeit präsentiert sie dich gern als ultimatives Vorbild.«

Ich kämmte mir die Haare mit den Fingern zurück und lächelte. »Weil das Vorbild den Mund gehalten hat, blickt es auf zwei Scheidungen zurück und steckt gerade mitten in einer Beziehungskrise. Aus und vorbei! Mein neues Lebensmotto heißt Reden statt Schweigen.«

»Unsere Mutter wird entsetzt sein, Marie.«

»Worüber sie selbstverständlich *nicht* reden wird«, lachte ich und fühlte mich wie neugeboren. »Glaubst du, dass man fast ein halbes Jahrhundert konfliktfrei zusammenleben kann?«

Meine Schwester schüttelte den Kopf. »Das halte ich für unmöglich.«

»Du meinst, sie haben uns etwas vorgespielt?«

Sie zuckte die Achseln. »Familie und Kinder besitzen für unsere Eltern Prioriät. Ich bin mir sicher, sie täten alles für uns, Marie, genau wie wir für sie. Dass ihre Ehe seit fast fünf Jahrzehnten eine problemfreie Zone ist, halte ich allerdings für eine getarnte Lüge, die uns unrealistische Vorstellungen von Ehe und Familie vermittelt hat.«

»Spielst du auf meine Scheidungen an?«

»Darauf und auf meine gescheiterten Beziehungen vor Lothar. Erst als ich meine eigenen Interessen verfolgte, klappte es mit den Männern. Schön und stumm sein reicht nicht, Marie.«

»Das ist mir auch inzwischen klar. Ich komme noch mal auf meine Frage zurück: Wie halten sie es so lange miteinander aus?«

»Sicher lieben sie sich. Sie haben eine gemeinsame Vergangenheit, eine Familie – und sie haben sich in all den Jahren miteinander arrangiert.« In meinen Ohren klang es nach faulem Kompromiss.

Bille sah aus dem Fenster. »Erinnerst du dich an die Zeit, als Papa in Argentinien arbeitete?«

Aha, Argentinien war es also gewesen. »Sicher. Aber worauf willst du hinaus?«

»Darauf, dass sich unsere Eltern aus dem Weg gingen.«

Gänsehaut überzog meinen Körper, mir wurde kalt. Bilder

aus der Erinnerung stiegen auf. Bille und ich bei der Kosmetikerin. Einmal wöchentlich. Unsere Mutter holte uns ab, manchmal kam sie sehr spät. Sie roch nach Zigarettenrauch. Im Café werde stark geraucht, erklärte sie. Einmal warteten wir besonders lange. Die Kosmetikerin ließ uns in einem Nebenraum fernsehen, von dessen Fenster aus man die Straße beobachten konnte. Muttis Auto parkte vor dem Haus, aber von ihr fehlte jede Spur. Bei dem schönen Wetter sei sie zu Fuß zum Café gegangen, behauptete sie.

»Die wenigen Tage, an denen Papa uns besuchte, fuhren wir in den Zoo, bummelten durch Museen, joggten durch den Wald«, unterbrach Bille das Schweigen. »Die ganze Familie. Alles war, wie es sich gehörte. Aber denk mal genau darüber nach, Marie. Die beiden lachten nicht zusammen, sie berührten sich nicht.«

Vergeblich versuchte ich, die Szenen zurückzuholen. »Erstaunlich, wie genau du das beobachtet hast, Bille. Du warst damals doch höchstens zehn.«

»Elf, Marie. Elf Jahre alt, und ich hatte wahnsinnige Angst davor, dass Papa eines Tages nicht mehr nach Hause käme, so wie der Vater einer Mitschülerin. Wollte nur kurz einkaufen und blieb für immer weg. Erst Wochen später schickte er eine Postkarte aus Melbourne. Australien, Argentinien, für mich klang es damals gleich bedrohlich. Richtige Angst bekam ich an Mamas Geburtstag. Papa rief weder an, noch schickte er ein Geschenk. Sie war traurig, und wir erzählten kleine Geschichten, um sie zu aufzuheitern.«

»Erst als gegen Abend ein Mann mit Blumen vor der Tür stand, blühte sie auf«, erinnerte ich mich. »Sie hatte die Zeitverschiebung nicht berücksichtigt.«

»Diese Blumen waren nicht von Papa, Marie.«

Ich starrte sie an. »Sondern?«

»Von dem Mann, der sie abgab.« Meine Schwester nickte. »Ich bin mir ganz sicher. Mama ging mit ihm zu seinem Auto. Durch das Fenster in meinem Zimmer beobachtete ich sie. Sie redeten wenig, aber ihre Blicke hielten sich fest, und manchmal berührten sich ihre Hände scheinbar zufällig. Es war wie in dem Film, den ich einige Tage zuvor heimlich mit einer Freundin angeschaut hatte und der damit endete, dass die Frau ihren Mann erschoss. Noch heute könnte ich jede Bewegung unserer Mutter und dieses Mannes beschreiben. Ein Albtraum, Marie. Dass ich nie darüber gesprochen habe, liegt daran, dass ich nicht wusste, mit wem. Erst als Papa wieder zu Hause wohnte, beruhigte ich mich.«

Zugegeben, ich hatte mich leicht aufgebrezelt. Schließlich spielte ich heute eine Rolle und musste sicher auftreten. Die Nadelstreifen auf meinem schwarzen Escada-Hosenanzug glänzten edel, und die spitzen High Heels streckten meine Beine bis zum Hals. Selbst meine Joan-Collins-Stimme, mit der ich mich gerade sprechen hörte, klang authentisch.

»Auf der Suche nach einem passenden Haus bin ich über Ihre Anzeige gestolpert.« Diskret fächerte ich mir mit der letzten Wochenendausgabe der Tageszeitung Luft zu.

»Meine Kollegin hilft Ihnen gern weiter«, erklärte ein blutjunger Kerl eifrig und deutete auf Michelle.

Während ich über den schachbrettgemusterten Steinboden auf sie zuschritt, musterte sie mich aus tief liegenden blauen Augen. Ich glaubte zu beobachten, wie ihr weißes Gesicht mehr erblasste.

»Ein Haus … aha«, stotterte sie. »Bitte kommen Sie mit!« Hektisch packte sie mit ihren knochigen Fingern, deren Spitzen lange, gerade gefeilte Kunstnägel zierten, einen Stapel Papier und erhob sich. »Cappuccino, Kaffee, Wasser?«, fragte sie viel zu pampig für eine Edelmaklerin.

»Cappuccino«, entschied ich blitzschnell. Der junge Kerl verdrehte die Augen.

»Bitte zwei Cappu, Ulf!«, rief sie ihm zu.

Wortlos und dem Tempo der zerbrechlichen Lolita kaum gewachsen, stelzte ich hinter ihr her über einen Flur in ein

Besprechungszimmer. Meine rechte Wade verkrampfte sich. Verfluchte Schuhe.

»Bitte.« Kühl deutete sie auf einen Platz am runden Tisch. Ihre Schultern hoben und senkten sich, sie atmete schnell und flach. »Hören Sie«, kam sie gleich zur Sache, was mir ausgesprochen gut gefiel, »bevor wir unsere kostbare Zeit mit Fantasy-Storys vergeuden, legen wir besser gleich die Karten auf den Tisch, Frau Kerner. Um es vorwegzunehmen, ich habe nichts mit Karsten. Er ist mein Kunde, und unsere Beziehung ist rein geschäftlich.«

»Bitte entschuldigen Sie, Michelle«, plärrte Joan Collins, »neulich an der Baustelle vor dem neuen Industriegebiet sah das etwas anders aus.«

»Was immer Sie gesehen haben, Frau Kerner, Sie haben es falsch interpretiert. Ich kenne Karsten seit ungefähr sieben Jahren. Damals arbeitete ich erst wenige Monate lang als Maklerin, und er war mein erster großer Kunde.« Sie lächelte. »Obwohl ich mich gut vorbereitet hatte, passierten mir kleine Patzer. Karsten half mir, sie zu kaschieren, und avancierte zumindest für dieses Projekt zu meinem Mentor.«

»Verstehe, Sie verdanken ihm viel«, stellte Joan Collins von oben herab fest.

»Dennoch schulde ich ihm nichts.« Sie lehnte sich zurück. »Außerdem dürfte es Ihnen kaum entgangen sein, dass ich achtundzwanzig bin und er sechsundvierzig. Er ist ein attraktiver Mann, aber er könnte fast mein Vater sein.«

»Ist er aber nicht, meine Liebe.« Reife, Überlegenheit und Sicherheit, genau damit köderten ältere Männer junge Mädchen. Hatte ich gehört. Auf Partys.

Michelle jedenfalls schien immun dagegen. Ihre Entrüstung klang echt. »Seit knapp drei Jahren bin ich mit Umberto verheiratet«, fuhr sie leise fort. »Meine große Liebe, wie es so schön heißt. Bis vor wenigen Tagen hätte ich unsere Ehe als sehr glücklich bezeichnet. Nun steht sie vor dem Aus.«

Ihre blauen Augen glänzten feucht. In diesem Moment hätte ich alles darauf verwettet, dass ihre Affäre mit Karsten eine von Lu Mays perfidesten Erfindungen war, und ich schämte mich, dieser Story mehr geglaubt zu haben als meinem Verlobten.

Michelle wandte kurz das Gesicht ab, atmete tief durch, schaute mich scharf an. »Aber Sie sind ja auch kein Unschuldslamm, Frau Kerner. Schleichen sich aus nackter Profitgier in Karstens Leben und turteln hinter seinem Rücken mit Ihrem Ex.«

Joan Collins verließ meine Stimmbänder, ohne Kratzer zu hinterlassen. »Tja, scheint so, als hätte ich es faustdick hinter den Ohren.«

Sie lächelte. »Dann sind wir also schon zu zweit.«

»Willkommen im Boot, Michelle! Übrigens heiße ich Marie.«

Der junge Kerl servierte mit zitternden Händen den Cappuccino. Seine Haare waren zerzaust, sein hellblaues Hemd war braun bekleckert und sein Hals mit roten Flecken übersät.

»Danke, Ulf«, sagte Michelle. »Und nun bring uns bitte noch was Stärkeres aus dem Kühlschrank.«

Demütig zog er von dannen.

»Er hat diese Woche neu bei uns angefangen und steht mit dem italienischen Kaffeeautomaten trotz mehrerer intensiver Einweisungen noch immer auf Kriegsfuß«, flüsterte sie. »Besonders lustig ist das morgens. Schicken wir ihn in die Küche, bekommt er binnen weniger Sekunden weiche Knie. Mein Kollege hat ihm heute eine Schürze mit Latz besorgt, damit er seine Hemden schont. Unmöglich, unsere Kunden derart besprenkelt zu empfangen!«

Auch an der Dosierung musste der Junge noch arbeiten. Sein lauwarmes, bitteres Gebräu mit dem weichen Milchschaum trieb mir den Schweiß aus den Poren. Der Puls tuckerte wie ein überdrehtes Akustiksignal, mit Hochdruck schoss mir das Blut durchs Hirn.

»Wer ist denn außer uns noch betroffen?«, dachte ich laut nach.

»Soweit ich weiß, nur die Männer.« Die Blondine sprühte vor Energie. »Was hältst du von einer Klage, Marie?«

Ulf servierte, etwas professioneller, eisgekühlten Champagner im Kübel, schenkte höflich ein und machte sich samt Kaffeetassen aus dem Staub.

»Ich habe mich schon erkundigt. Das könnte neuen Staub aufwirbeln.« Meine Erklärungen überzeugten sie.

»Wir müssen diese Lu May mit ihren eigenen Waffen schlagen. Umberto hat gute Kontakte zur Presse, die er sicher gern spielen lässt – vorausgesetzt, es gelingt mir, ihn auf unsere Seite zu ziehen.«

»Das wirst du schaffen, Michelle. Aber aktiv werden können wir erst, wenn wir mehr über Lu May wissen. Wie lebt sie? Was ist ihr wichtig? Welche Skelette verbirgt sie im Kleiderschrank?«

»Ist die überhaupt verheiratet?«

»Keine Ahnung.«

»Wir müssen sie konsequent beobachten.«

»*Lassen*, Michelle, beobachten *lassen*. Taucht nur eine von uns beiden in ihrer Umgebung auf und wittert sie etwas, kommt sie uns wieder zuvor.«

»Du denkst an einen Detektiv?«

»Hast du einen besseren Vorschlag?«

Sie schüttelte den Kopf. »Wir brauchen Beweise, und es muss schnell gehen. Das schaffen wir neben unserem Job nicht. Außerdem sind uns die Wege nach dem *Punkt acht*-Rummel versperrt.«

»Und ein guter Detektiv folgt Lu selbst in den dicksten Schlamassel ihrer Privatsphäre«, ergänzte ich nachdrücklich.

Im Internet informierten wir uns über Detektive in der Umgebung sowie über deren Arbeitsweisen und erstellten eine Checkliste. Dann griff ich zum Telefon, wählte die erste Nummer. Anrufbeantworter.

»Geregelte Bürozeiten können wir uns nicht leisten«, entschied Michelle. »Er muss rund um die Uhr für uns da sein.«

Der Vierte auf der Liste war so einer.

Michelle schickte ihren Jüngling in den wohlverdienten Feierabend, und wir warteten auf Roland Wendt.

Als ein mittelgroßer, mittelalter, unscheinbarer Mann mit Brille das Maklerbüro betrat, trauten wir unseren Augen kaum. Er schien eher für Observierungen von Beamten geeignet als für unseren Fall.

»Meine Zeit ist kostbar«, erklärte er frech und reichte mir seine Visitenkarte. »Also, wo drückt der Schuh?«

Zögernd trugen wir unser Anliegen vor. Er hörte zu, trank die servierte Luxusbrause wie Wasser, nickte, notierte sich ab und zu etwas.

Schließlich nahm er die Brille von der Nase, strubbelte sich durch die Haare und riss sich den hässlichen grauen Sakko vom Leib.

»Tja, meine Damen, meine Kleidung ist immer unauffällig, egal, in welcher Situation«, lachte er. »Spätestens in einer Woche liegt mein Bericht auf Ihrem Schreibtisch.«

15

Ein Meer von Glasscherben auf dem Fußboden. Grüne, gelbe, rote, blaue, weiße Scherben. Vorsichtig sammelte ich sie auf. Sie schienen nicht weniger zu werden. Einige schnitten tief ins Fleisch meiner weichen Hände und hinterließen stark blutende Wunden, die ich verband. Mit einem Besen hoffte ich schneller arbeiten zu können. Ariane rief an.

»Mama, meine Wohnung ist mit Scherben übersät. Das ist deine Schuld. Also sammle sie auf!«

Auch Lutz meldete sich. »Du hast mir die Scherben hinterlassen. Bitte beseitige sie. Nach über zwei Wochen Rücksicht auf dich will ich endlich wieder eine Frau mit nach Hause bringen. Also beeil dich!«

»Du machst es dir zu einfach, Lutz. Die Scherben haben wir beide verursacht. Meinen Teil habe ich bereits aufgesammelt. Für den Rest bist du verantwortlich.«

Bille und meine Eltern lebten scherbenfrei.

»Komm nach Hause, Marie!«, bat mein Vater. »Du sollst dir nicht die Finger blutig schneiden.«

Aber ich blieb stur. Wenn Karsten kam, sollte der Fußboden sauber sein. Plötzlich tauchte er aus dem Nichts auf.

»Du suchst mich, Marie? Wie willst du mich finden? Du weißt zwar, wie ich aussehe, aber du kennst mich nicht, weil du den Blick nach außen statt nach innen richtest. Außen ist alles schön.« Seine Stimme klang fremd. »Marie schminkt sich die Welt schön. Hahaha!«

Sein Lachen donnerte mir in den Ohren. Ich hielt sie zu. Er packte meine Handgelenke und drückte sie zur Seite. Seine Blicke durchbohrten mich.

»Ich bin sechsundvierzig Jahre alt, Marie. Ich suche eine

Frau, die mich durch Herbst und Winter begleitet. Eine, mit der ich die Sonne genieße. Eine, die bleibt, wenn es stürmt. Zurzeit glaube ich nicht, dass du diese Frau bist. Du vertraust mir nicht.«

Tränen flossen mir über das Gesicht. Mit den verbundenen Händen wischte ich sie weg. »Ich hatte solche Angst, dass du mich aussortierst wie ein abgetragenes Kleid.«

»Glaubst du wirklich, dass du so wenig wert bist?«

Er wandte sich um. Ich betrachtete die Scherben. Ein Teil war verschwunden.

»Bleib Karsten, bitte!«, flehte ich.

Das Handy klingelte. Noch irgendwo Scherben? Meine Lider zuckten, ich blinzelte in die Dunkelheit, wollte aufstehen. Vorsicht, Glas! Benommen tastete ich nach dem Lichtschalter.

Der Boden in Lutz' kleinem Gästezimmer glänzte. Scherbenfrei. Ich rieb mir die Augen, suchte das Telefon. Frau Broder hatte eine Nachricht hinterlassen. Sie warte auf die versprochene Creme und ihren Tee.

Ich warf mich aufs Bett, massierte die verspannte Stirn. Was suchte ich eigentlich noch hier, in Lutz' Gästezimmer. Es war höchste Zeit, nach Hause zurückzukehren. Scherben beseitigen. Und ins gemietete Apartment sollte einziehen, wer wollte, ich jedenfalls nicht.

Auf der Stelle packte ich Kleidung in den Koffer und schraubte den Crosstrainer auseinander. Den Rest würde ich nach meinem Besuch in Heidelberg abholen. Egal, was Mark von meiner Idee hielt, ich fand es richtig, jetzt bei Karsten zu sein.

Wieder meldete sich das Handy.

»Hallo, Marie!« Er sprach meinen Namen amerikanisch aus. »Ich bin's, Charles. Hast du meine Nachricht bekommen?«

»Karl!« Ich sank aufs Bett. »Welche Nachricht?«

»Ich bin auf einem Kongress in Berlin. Das erste Mal seit

vielen Jahren in Deutschland. Ich möchte dich treffen, Marie. Wenn ich den Zug morgen früh nehme, könnte ich mittags bei dir sein.«

Ganz schlechter Zeitpunkt, Karl. Ist mir im Augenblick einfach zu viel. Bin zu sehr mit mir beschäftigt. »Prima. Ich hole dich ab.«

Zielstrebig durchquerte ich die Ausstellungshalle von Lutz' Autohaus und marschierte auf einen Schreibtisch zu, hinter dem eine junge Frau saß.

»Hallo«, grüßte ich freundlich. »Ist der Chef da?«

»Hallo, Frau Kerner. Ja, er müsste hinten sein.«

Bestens kannte ich mich hier aus. Lautlos lief ich auf weichen Sohle über den gefliesten Flur, vorbei an Büros mit Glastüren, die jetzt um die Mittagszeit leer standen. Lutz' Büro lag hinter einem Vorzimmer, das sich als Einziges hinter einer Holztür verbarg.

Wie es sich für eine höfliche Exfrau gehörte, klopfte ich an. Keine Antwort. Vorsichtig drückte ich die Klinke hinunter, die Tür sprang auf. Im Vorzimmer war niemand.

Auch gut. Locker schritt ich durch den großen Raum auf Lutz' Büro zu, vorbei an zahlreichen flachen Kisten, die auf dem Boden standen. Werbematerialien, vermutete ich, als ich meinen Ex neben seinem Schreibtisch erspähte. Es war nicht die Art, wie er stand, sondern wie er den Rücken seiner Sekretärin Lisa betrachtete, die so wunderbar Kühlschränke zu füllen verstand. Sie stellte gerade Ordner ins Regal.

Nur zwei Schritte brauchte er, dann schlangen sich seine Arme von hinten um ihre Taille. Sofort ließ sie von den Ordnern ab, schmiegte sich lächelnd an ihn, schloss die Augen. Gerade bis zum Kinn reichte sie ihm. Zärtlich tasteten sich seine Hände in ihre prall gefüllte Bluse, seine Lippen glitten über ihren Hals. Sie reckte die Arme, kraulte ihn im Nacken. Sanft kreisten ihre runden Hüften.

Ich rieb mir die Augen, vor denen sich der lustige, draufgängerische Lutz, dem ich vor Jahren das Jawort gegeben hatte, in einen Fremden verwandelte. In einen Mann, der die wildesten Jahre hinter sich gelassen hatte und nun eine gleichaltrige Frau liebte, ernst und zärtlich.

»Lass uns verschwinden, Baby!«, hörte ich ihn flüstern.

»Ganz schnell«, hauchte sie.

Der Schweiß rann mir den Rücken hinunter. Weg hier. Lautlos davonspringen wie ein junges Reh. Doch ich war weder ein Reh noch jung. Einundvierzig, nicht vierzehn. Bleischwere Füße. Ich taumelte einige Schritte zurück, vergaß die Kisten auf dem Boden, stolperte über eine von ihnen. Meine Hände ruderten in der Luft, suchten Halt an einem Stuhl. Leider einem mit Rollen, was ich erst bemerkte, als er sich von mir wegbewegte. Dumpf schlug ich mit einem Knie auf den Steinfliesen auf. Ein kurzer Schrei.

Quieken aus dem Nebenzimmer. Lisa und Lutz fuhren auseinander, starrten mich mit weit aufgerissenen Augen an.

Ich rappelte mich hoch. Lutz stürzte auf mich zu, zog mich nach oben. »Hast du dich verletzt, Marie?«

Nein, ein bisschen Hinfallen auf Steinfliesen hat noch niemandem geschadet …

Das Knie schmerzte höllisch, aber ich konnte auftreten. »Geht schon«, murmelte ich und humpelte davon.

»Warte!«, rief er hinter mir her. »Du bist doch sicher aus einem bestimmten Grund hergekommen.«

Ja, sicher, nur aus welchem? »Hat sich erledigt«, antwortete ich abwehrend.

Im Gegensatz zu mir sprudelte mein Ex vor Tatendrang. »Geh doch gleich in der Werkstatt vorbei und hol dir den speziellen Schraubenschlüssel!«

Bingo! So schnell ich konnte, humpelte ich auf den Flur. Bevor ich die Ausstellungshalle betrat, hatte ich mich so weit im Griff, dass ich zwar unter Schmerzen, aber unbehindert laufen konnte.

»Alles klar, Frau Kerner?«, fragte die junge Frau.

Mein Ex hatte mich wegen eines Teenagers verlassen und knutschte jetzt mit einer Fünfzigjährigen. Gar nichts war klar. »Ja, sicher, ich gehe nur noch schnell in der Werkstatt vorbei.«

Trotz meines hirnlosen Gestotters wusste der Experte glücklicherweise sofort, wovon ich sprach. Es seien viele Frauen hier gewesen. Wahrscheinlich habe es in der Zeitung gestanden. Als Exfrau des Chefs schenkte er mir das Eisen und krönte seine Großzügigkeit – vermutlich weil ich nach dem gerade Erlebten einen besonders schusseligen Eindruck erweckte – mit einer umständlichen Gratiseinweisung, die ich nur mit äußerster Disziplin überstand. Es kam mir vor wie eine halbe Ewigkeit, bis er mich entließ.

Wie von Sinnen raste ich über die Autobahn. Schmerzen im Knie, im Kopf ein Bild, das sich meine wildesten Phantasien nicht hätten ausdenken können. Eine Frau mit rundem Bauch und Doppelkinn in den Armen meines alternden Ex.

Er hatte mich hintergangen. Mich in dem Glauben gewiegt, er bevorzuge junge Frauen, während er sich seit über zwei Wochen heimlich mit Lisa traf. Wie ein Schuljunge, der die Freundin vor der Mutter versteckt. Vermutlich gab er seine fehlende Courage als Rücksichtnahme aus

Auf dem Flur vor der Intensivstation des Heidelberger Klinikums traf ich Karstens Mutter. Wenn sich der Zustand ihres Manns weiterhin stabilisiere, werde er nach dem Wochenende auf die Innere verlegt. Im Moment schlafe er, später dürfe ich gern zu ihm.

Wir spazierten schweigend durch den Klinikpark. Neben den Wegen blühten bunte Astern, und die Luft roch nach Moos. Einzelne gelbe Blätter lösten sich von einer großen Birke und segelten auf den grünen Rasen. Krampfhaft suchte ich nach einem Gesprächsthema. Worüber hätte ich in dieser Situation mit meiner Mutter geredet? Vermutlich hätten wir Erinnerungen an die Familie aufgefrischt. Selbstverständlich nur schöne. Unsere gemeinsamen Ausflüge. Die Abende, an denen Papa uns Märchen vorlas. Dabei veränderte er die Betonungen wie ein Schauspieler, gestikulierte, zappelte und imitierte sogar Tierstimmen. Der erste Schultag, an dem Papa verschlafen hatte und wir fast zu spät gekommen wären. Die Verleihung eines Architekturpreises, den er gewonnen hatte. In seinem eleganten Anzug trat er auf die Bühne und hielt eine mitreißende Rede. Anschließend spielte ein Orchester Tschaikowsky. Bille und ich tranken den ersten Schampus unseres Lebens, während unsere Eltern über das Parkett schwebten. Meine Mutter trug ein auberginefarbenes Abendkleid und schien trotz gefährlich hochhackiger Sandalen den Boden nicht zu berühren. Ein vollkommenes Paar.

Die Brust wurde mir eng. Herr Goll und mein Vater waren etwa gleich alt. Wenn Papa eines Tages ... Ich drehte den Kopf zur Seite und wischte mir über die feuchten Wangen. Nein, das durfte nicht sein. Noch nicht.

Über ihre Ehe würde meine Mutter vermutlich selbst in einem solchen Moment nicht mit ihren Töchtern sprechen. Ein Tabu. Seit ich wusste, dass Bille die perfekte Ehe als Schauspiel für Kinder und Öffentlichkeit betrachtete, traute ich mich endlich, auch daran zu zweifeln. Fragen schossen mir durch den Kopf. Wie waren meine Eltern als junges Paar gewesen? Warum hatte mein Vater wirklich in Argentinien gearbeitet? Wusste er von dem Rosenkavalier? Wie hatten sie ihre Probleme gelöst, wenn nicht durch Gespräche?

Ich fragte Frau Goll, ob ich ihr helfen könne. Besorgungen, Telefonate erledigen.

Erschöpft schüttelte sie den Kopf. »Danke, Marie. Lieb, dass du fragst. Bis gestern war Karsten bei mir. Seine Schwester kommt morgen für eine Woche, und Mark hat sich auch angemeldet.«

Ich zwang mich, ruhig zu sprechen. »Karsten ist schon wieder weg?«

»Der Junge braucht dringend Urlaub. Ich hoffe, er erholt

sich gut.« Aus trüben Augen schaute sie mich an. »Schade, dass du keine Zeit hast, ihn zu begleiten.«

Wirklich bedauerlich. »Vielleicht reise ich ihm nach.« Wohin verreiste der gute Junge überhaupt? »Er ist ja nicht aus der Welt«, ergänzte ich.

Sie blieb stehen. »Um diese Jahreszeit sind die skandinavischen Fähren nie ausgebucht, sagt Karsten.«

Skandinavien. Vier Länder, drei davon riesig. Die Fährverbindungen unüberschaubar.

»Mit Fähren kenne ich mich leider gar nicht aus.« Sag schon, welche und wohin!

»Ich auch nicht, Marie. Ich habe sogar vergessen, welche der Junge gebucht hat.«

Aus der Küche roch es verführerisch nach Gebratenem. Lutz und Lisa brutzelten – für drei.

»Hungrige sind herzlich eingeladen!«, rief Lisa.

Ich fühlte mich deplatziert, verlassen und allein.

»Wie geht's deinem Knie?«, fragte Lutz höflich und reichte mir ein Glas Wein.

»Danke, einigermaßen«, antwortete ich und setzte mich an den bereits gedeckten Tisch.

Eine seltsame Stimmung erfüllte den Raum. Anspannung, Neugier, Befangenheit schwangen darin. Ich nahm einen tiefen Schluck.

»Was zaubert ihr denn Leckeres?«, unterbrach ich das unerträgliche Schweigen.

Kurz darauf servierten sie Rindergeschnetzeltes mit Pfifferlingen, dazu Salzkartoffeln und Salat.

»Es tut mir leid wegen heute Mittag«, hörte ich mich sagen. »Ich wollte euch nicht beobachten.«

»Es war unvernünftig von uns«, räumte mein Ex steif ein.

»Was ihr miteinander treibt, Lutz, ist eure Sache. Aber du hättest mir von euch erzählen können.«

Steh endlich auf und fahr nach Hause, Marie!

Er legte sein Besteck zur Seite. »Warum hätte ich das tun sollen, Marie? Ständig hast du mich gefragt, wie alt die Frau ist, mit der ich die Nacht verbracht habe. Du hättest Lisa doch gar nicht akzeptiert.«

»Woher willst du das wissen, Lutz? Einen Versuch wäre es auf jeden Fall wert gewesen. Dass im Leben mehr zählt als Jugend, habe ich längst begriffen.« Es widerstrebte mir zutiefst, mich vor Lisa mit ihm zu streiten. »Unabhängig davon finde ich es feige, die Partnerin vor der Ex zu verstecken«, ergänzte ich ruhig.

Lisa klatschte in die Hände. »Das haben Sie schön gesagt, Marie.«

Fand ich auch und klopfte mir gedanklich auf die Schulter.

»Vor einigen Tagen klang das noch völlig anders.« Lutz' Blicke huschten hin und her.

Ich sehnte mich nach einer TK-Erdbeere. »Tja, so schnell kann eine Frau ihre Einstellung ändern.«

»Hört auf, euch zu streiten! Lasst uns lieber essen, bevor es kalt wird«, mahnte meine Nachfolgerin mütterlich.

Lutz tätschelte ihr verliebt lächelnd die Hand.

Warum war ich von Heidelberg nicht gleich nach Hause gefahren? Ach ja, wegen meiner Kisten im Gästezimmer.

»Danke, Lisa«, begann ich förmlich, »und danke dir, Lutz, für die Gastfreundschaft. Genau drei Wochen habe ich sie in Anspruch genommen. Sicher bist du nicht traurig, wenn ich sage, das ist genug.«

Nein, niemand war traurig, niemand hielt mich zurück. Sie schauten sich tief in die Augen, schienen mich gar nicht mehr wahrzunehmen.

Ich verstaute meine restlichen Sachen in Kisten und hievte sie allein zum Auto.

16

Zu lange gegrübelt, zu wenig geschlafen, zu spät aufgestanden. Ich hetzte in meinem schicken Cabrio zum Bahnhof, hielt Ausschau nach einem freien Parkplatz. Gerade fuhr ein Mercedes aus einer Lücke heraus, die ich spontan für mich beanspruchte. Von der anderen Seite wildes Hupen. So konnte sich nur ein Mann aufführen. Lächerlich.

»Hey, fahr da raus, sonst passiert was!«, drohte mir der Typ durch sein geöffnetes Fenster.

Auf diesem Ohr war ich total taub. Eine Frau, die ihren Exgatten abholte, der sich in den Staaten zu einem berühmten plastischen Chirurgen gemausert hatte, durfte generell taub sein.

Immer wilder hupte es hinter mir. Endlich drehte ich mich um, riskierte einen Blick. *Security Brahms* entnahm ich dem gelben Schriftzug auf dem schwarzen Transporter. Mit hochrotem Kopf klemmte Uwe hinter dem Steuer.

Ich lachte laut und ging zurück. »Wenn Sie so weitermachen, riskieren Sie einen Schlaganfall, Uwe.«

Schon war er aus dem Wagen, baute sich dicht vor mir auf, die Rechte krallte sich um die Fensteröffnung. Unter dem knallengen weißen T-Shirt wölbten sich die trainierte Brust und die Muskeln der Oberarme. Solche Pracht sollte der Kerl weder unter grauer Dienstkleidung noch unter lockeren Edelhemden und Anzügen verstecken. Zwei junge Mädchen auf dem Weg zu ihrem Kleinwagen verschlangen ihn mit Blicken.

»Bis es so weit ist, haben Sie mich längst um den Verstand gebracht, Marie«, gestand er mit erstickter Stimme.

Wenn ich mich nicht augenblicklich losriss, brachte mich gleich die Wut eines wartenden Chirurgen um den Verstand.

»Damit das nicht passiert, verschwinde ich am besten ganz schnell. Ich bin ohnehin zu spät dran.«

Er rückte noch etwas näher. Der Duft von Weißer Riese hüllte mich ein. »Züge haben immer Verspätung. Außerdem lasse ich Sie diesmal nur gehen, wenn Sie meine Einladung annehmen.«

Welche Einladung? Hatte ich etwas überhört? Aus der Gesäßtasche seiner knackigen Jeans zog er seine Visitenkarte. Die dritte. Der Jungunternehmer verschleuderte die kostbaren Papierchen geradezu.

»Morgen Abend um acht? Aber bitte hungrig und gut gelaunt. Ach ja, meine müden Augen würden sich gern an dem blauen Kleid von der Party letzte Woche erfreuen.«

Seine blauen Augen glänzten alles andere als müde, und das Risiko, Lu May vor ihrem großen Abgang noch eine Story zu liefern, behagte mir ganz und gar nicht.

»Ich überlege es mir.«

»Dann überlege ich mir, ob ich Sie hier weglasse.«

»Ich könnte schreien.«

»Könnten Sie, tun Sie aber nicht, weil Sie von Schlagzeilen die Nase voll haben. Also, morgen Abend, Marie. Adresse steht auf der Karte.«

Ich kehrte um, marschierte aufrecht auf den Eingang des Bahnhofsgebäudes zu. Als Reifenwechsler, okay, als Wachdienst sehr diskret, aber privat? Viel zu gefährlich.

»Ich freu mich drauf!«, schrie er hinter mir her.

Besser nicht, sonst wäre die Enttäuschung zu groß.

Menschen mit und ohne Gepäck drängten sich durch die Türen der Eingangshalle an mir vorbei.

Zehn Minuten zu spät. Pünktlichkeit war noch nie meine Stärke gewesen. Karl hatte das immer gehasst, der lockere Lutz ertragen, und Karsten lachte darüber.

Mein Puls raste, unter den Achseln bildete sich ein See. Dein *Fit40*-Deo mit Nässepuffer versagt, Marie. Vielleicht solltest du in solchen Fällen einen Tag-und-Nacht-Stick verwenden. Den, wofür Karsten gerade die Kampagne entworfen hatte. Drei Poster zierten das Treppenhaus vor der Agentur, und im Aufzug lief der Spot dazu. Partylöwe im Jagdfieber. Erfolglos. Denn seine potenzielle Beute reißt sich um einen schmächtigen Leptosomen mit Überbiss und zerrt ihm dabei einen Tag-und-Nacht-Stick aus der Tasche. Sein Magnet. Sofort schnappt der Löwe danach. Was dann passiert? Wir wissen es nicht. Selbstverständlich verkauft sich ein Produkt mit englischem Namen besser. So spricht man gleich die Jugend mit an. Day-and-night-Stick, viel zu lang. Daynight-Stick. Angeblich der Renner auf dem Markt.

Nun ja, im Moment half mir die Existenz des genial beworbenen Produktes nur wenig. Mein Blick wanderte über den Ankunftsplan. Gleis sechs. Ich hastete los.

»Marie!« Ich zuckte zusammen. Er sprach es wieder amerikanisch aus, Merie, mit Betonung der letzten Silbe. Sein Timbre war das Gleiche wie früher, tief und rau, eine Mischung aus George Clooney und Barry White. Gänsehaut überzog meine Arme. Ich schaute zur Seite, nach oben. Über einen Meter neunzig, was für ein Mann! Unzählige silberne Strähnen durchzogen sein dunkles, noch immer dichtes Haar. Seine leicht gebräunte Haut brachte die noch immer tiefblauen Augen – Uwes erblassten daneben – zum Strahlen. Zweiundfünfzig Jahre, rechnete ich stumm nach. Wie oft hatte ich mich gefragt, wie ich damals so blöd hatte sein können, mich vor dem Examen schwängern zu lassen. Jetzt wusste ich es.

»Karl.« Das Blut schoss mir ins Gesicht. Er lächelte, entblößte ein weißes Gebiss. Wen interessierte bei dem Anblick noch, ob es echt war? »Tut mir leid, die Parkplätze«, stotterte ich.

Sein Lächeln war herzlich. »Weiß ich doch, Marie.« Dann drückte er mich an seine feste Brust, schmatzte mir auf den Mund. »Du siehst großartig aus. Komm, lass uns hier verschwinden. Ich will mit dir allein sein.«

Eng umschlungen spazierten wir zum Auto. Ariane brauchte dringend eine neue Kamera. Ihre Bilder zeigten ihren Vater nicht annähernd real. Ich spürte die Blicke der Passanten auf uns, auf mich. Erst im Auto traute ich mich, wieder durchzuatmen.

Über dreißig Kilometer fuhr ich zu einem feinen Restaurant mit der festen Absicht, ungestört mit ihm zu sein, aber trotzdem gut zu essen. Das Menü des Tages, eine leichte Gemüsecremesuppe, dann Lammfilet an Kartoffelschnee und Zuckererbsen, Eiscremevariationen im Beerenkorb. Bis vor einer halben Stunde hatte ich mich darauf gefreut, jetzt spürte ich Nervosität statt Hunger.

Karl beobachtete jede meiner Bewegungen während der Fahrt und am Tisch. Mir fehlten die Worte. Spießig und plump fühlte ich mich in seiner Gegenwart. Was sollte ich fragen? Wie geht es Angie? Was machen deine Kinder?

Andere Fragen lagen mir auf der Zunge. Warum, Karl? Warum hast du uns damals verlassen? Meine Güte, hatte ich diesen Mann geliebt! Meine erste große Liebe. Die vergisst man nie.

»Erzähl mir von dir, Marie«, rollte seine tiefe Stimme zu mir herüber.

Hilflos sank ich zusammen. »Ach.«

Sollte ich von meinem *Fit40*-Job erzählen? Er würde sich vermutlich totlachen. Davon, dass ich meine Wohnung vermietet hatte? Er würde sich nicht wieder einkriegen. Von meiner Liebe zu Karsten? Von meiner Angst, ihm nicht zu genügen, und meiner Eifersucht auf junge Blondinen? Das erschien mir engstirnig und konstruiert.

»Wie lange bleibst du?«, fragte ich meinen ersten Ex verlegen.

Er griff über den Tisch nach meiner Hand und blickte mir tief in die Augen.

»Wie lange brauchst du mich?«

Mir wurde heiß. Für den Rest meines Lebens, Karl. Ich

mochte nicht mehr nachdenken, nicht mehr bangen. Endlich ankommen, vertrauen, mich anlehnen, mich geborgen fühlen, das wäre schön gewesen. Ich räusperte mich, rang nach Luft, die Worte blieben mir im Hals stecken.

»Du bist eine attraktive Frau, Marie, aber du bist nicht glücklich. Das lese ich in deinen Augen.«

»Meine Augen, ja.« Sicher zählte er routiniert die Falten. »Ich bin älter geworden, Karl.«

»Das sind wir beide, Marie, über sechzehn Jahre. Glück besitzt viele Facetten, aber es ist keine Frage des Alters.«

Bei seinem Aussehen und dem Vorteil, als Mann zu altern, sicher nicht. »Altern ist aber auch kein Glück, Karl.« Ich sprach wie eine Achtzigjährige.

Er stutzte. »Bist du krank? Sag mir, welche Krankheit, und ich besorge dir die besten Ärzte der Welt.«

Großzügig wie immer, mein Karl.

Mein Karl. Nein, der war er nie gewesen, sondern ich seine Marie. Angesichts seiner hochgewachsenen Gestalt, seines sicheren Auftretens. Auch ich war geschrumpft, fünf Jahre lang, hatte mich angepasst, meine Träume aufgegeben für die wenigen Stunden mit ihm. Oder weil ich mich bei ihm so sicher fühlte und es so bequem war, mich anzupassen?

Wer wäre ich heute, wenn er nicht gegangen wäre? Unsichtbar? Sah mich im Moment überhaupt jemand? Ich schaute ihn an in der Hoffnung, dass meine Gedanken verborgen blieben. Als sich unsere Blicke trafen, erkannte ich zum ersten Mal, wofür die Trennung gut gewesen war.

Dann kam Lutz. Locker, fröhlich, temperamentvoll. In seiner Gegenwart hatte ich mich lebendig gefühlt. Bis zu dem Tag, da ich begriff, dass genau das nur noch in meiner Erinnerung existierte. Und Karsten? Eine ruhige Liebe, gleichberechtigt, verständnisvoll, leidenschaftlich. Und tief. Oder? Hatten wir uns vielleicht auf dieser Tiefe ausgeruht wie auf einem weichen Kissen?

Erwartungsvoll hing Karls Blick auf meinem Gesicht.

»Keine Sorge, alles in Ordnung«, beteuerte ich. »Manchmal fällt es mir schwer zu akzeptieren, dass ich den Berg nicht mehr auf-, sondern absteige.«

»Aber liegt nicht genau in dieser Endlichkeit der Wert des Lebens, Marie? Sie schärft unsere Wahrnehmung, sie prägt unsere Rücksicht auf Menschen und Natur.« Jedes Wort schien er sorgfältig auszuwählen, bevor es ihm melodisch über die Lippen kam. »Endlose Zeit, unzählige Möglichkeiten, grenzenlose Kraft – das sind Illusionen der Jugend. Da rauschen Details noch achtlos vorbei, weil die Jungen denken, es gehe ständig so weiter. Sobald sie das als Irrtum erkennen, müssen sie sich, genau wie wir, einige Fragen beantworten. Was ist mir wichtig? Lebe ich wirklich *mein* Leben, oder muss ich umschwenken?« Er schaute aus dem Fenster, schwieg. Sekunden rannen dahin. »Ich möchte am Ende zufrieden zu mir sagen können: Du hast Menschen, die dich lieben, Karl. Du hast deine Fähigkeiten zu deinem Wohl und zum Wohl anderer richtig eingesetzt, und du hast erreicht, was du wolltest. Eins habe ich schon jetzt begriffen, Marie: Im Leben zählen die kleinen Dinge, nicht die großen.«

Er hatte leicht reden, mit seiner Schönheitsklinik, seiner jungen Frau und der Villa. Er hatte etwas erreicht, aber ich? Plötzlich fühlte ich mich nutzlos. Wäre mein Leben jetzt zu Ende, hinterließe ich sicher einige traurige Menschen, aber wirklich vermissen würde mich niemand. Denn das setzte voraus, dass ich gebraucht wurde.

Wir verabschieden uns heute von unserer Tochter, Mutter, Ex-Ehefrau und Freundin Marie, die sich aufopferungsvoll für das Maskieren optischer Alterserscheinungen bei Frauen eingesetzt hat, hörte ich den Pfarrer an meinem Grab schwafeln.

Karsten hatte sich von vornherein ausgegrenzt, weil er sich im wohlverdienten Urlaub befand. Edgar schluchzte laut, weil *Fit40* eine umsatzstarke Mitarbeiterin verlor und er damit seinen Filialleiteranteil aus ihrer Provision. Heimlich hielt er am Grab Ausschau nach einem passablen Ersatz. Alle anderen sehnten sich lediglich nach einem bequemen Stuhl am gedeckten Kaffeetisch, nach Apfelkuchen mit Mandelkruste bis zum Abwinken, den meine Mutter eigens für diesen festlichen Tag nach meinem Rezept gebacken hatte. Wenigstens etwas Nützliches hinterließ ich, wenn auch nur als banales Kuchenrezept.

»Ich glaube, Karl, ich habe zu viele Fehler gemacht, um am Ende etwas Positives über mich sagen zu können. Lutz und Ariane haben mir kürzlich gründlich den Kopf gewaschen. Und mit dem Arbeiten habe ich erst vor zwei Jahren begonnen. Als Wellnessberaterin für Frauen über vierzig. Aber ist das sinnvoll und wichtig?«

»Gute Beratungen haben bei uns einen höheren Stellenwert als in Deutschland. Je anonymer und künstlicher die Gesellschaft, umso wichtiger sind ehrliche, offene Gespräche, die die Menschen mit sich selbst konfrontieren. Also glaube ich, dass du eine wichtige Aufgabe erfüllst, Marie. Nach objektiven Maßstäben werden weder Männer noch Frauen mit dem Alter optisch schöner. Sie werden reifer, erfahrener, oftmals selbstbewusster und engagierter. Ihre Schönheit kehrt sich nach innen. Viele nehmen sie gar nicht wahr, weil die Gesellschaft ihnen bereits ein Verfallsdatum aufgedruckt hat. Du kannst den Frauen helfen, mehr Mut zu ihrer Persönlichkeit zu entwickeln.«

»Das sagt ausgerechnet ein Schönheitschirurg? Du vergrößerst Brüste von attraktiven jungen Frauen, saugst ihnen von schmalen Hüften Fett ab, liftest Gesichter, die straffer sind als meins, Karl, und da sprichst du von innerer Schönheit?«

»Stimmt, auch das fällt in mein Aufgabengebiet. Wir sind eine Privatklinik und können es uns nicht leisten, auf diese lukrative und zunehmend heftiger sprudelnde Einnahmequelle zu verzichten. Als ich mich der plastischen Chirurgie zuwandte, sah ich jedoch andere Menschen vor mir. Frauen mit amputierten Brüsten nach einer Krebserkrankung, Männer und Frauen mit entstellenden Unfallnarben, Kinder mit verbrannten Gesichtern, Babys mit Kiefer-Lippen-Gaumenspalten. Erschreckend, wie viele solcher Patienten es gibt.

Meine Aufgabe sehe ich darin, sie mittels modernster Chirurgie zu heilen, damit sie ein annähernd normales Leben führen können. Viele besitzen kein Geld für die Operation. Mit den hohen Einnahmen durch die Schönheitshungrigen wachsen unsere Möglichkeiten, ihnen unsere Leistungen zur Verfügung zu stellen.«

»Heißt eure Klinik *Robin Hood*?«

»Wie ich schon sagte, wir sind eine Privatklinik. Alles geschieht in einem wirtschaftlich verträglichen Rahmen.«

Der Kellner servierte den Hauptgang, und einige Minuten lang beschäftigte sich jeder mit seinem Essen.

»Was ist mit Karsten?«, fragte er mich unvermittelt. »Ariane erzählte von deinem Kreislaufzusammenbruch. Habt ihr schon einen neuen Hochzeitstermin festgelegt? Hoffentlich kann ich diesmal teilnehmen.«

»Wir suchen noch. Wenn's so weit ist, bekommst du eine Einladung. Versprochen.«

»Was ist er für ein Typ, Marie? Wie Lutz?«

Alles in mir sträubte sich, mit ihm über Karsten zu reden.

»Anders. Aber du wirst ihn sicher kennenlernen. Im Moment ist er leider verreist.«

»Allein?«

Er zieht die Gesellschaft seines Vierbeiners der seiner misstrauischen Frau vor. »Ich spräche gern mit dir über Ariane, Karl. Sie machte mir Vorwürfe, ich hätte sie als Kind eingeengt. Außerdem verschließe ich mich angeblich vor der Wahrheit, rede alles schön und so weiter. Dass sie erst jetzt, mit einundzwanzig, ihren Mund aufmacht, und das mit der

Begründung, sie habe mich damals nicht verletzen wollen, passt nicht zu ihr. Hat sie dir gegenüber etwas erwähnt?«

Karls Züge verschlossen sich. Für seine Antwort ließ er sich viel Zeit. »Ariane ist uns gut gelungen, Marie. Eine hübsche, intelligente, ehrgeizige junge Frau mit tadellosen Manieren. Das ist vor allem dein Verdienst. Darauf darfst du stolz sein.«

»Das war nicht meine Frage, Karl. Ist sie unglücklich? Will sie zu dir?«

»Das wiederum sind mehrere Fragen. Ich glaube nicht, dass sie unglücklich ist. Damals als Teenager beschwerte sie sich manchmal. Du seist so streng, kontrolliertest sie. Dann erzählte sie, du spieltest die feine Dame, die Wohnung sei immer so ordentlich. Aber das ließ nach. Ich glaube nicht, dass sie bei mir glücklicher gewesen wäre. Sie liebt dich sehr, Marie.

Die zweite Frage ist schwer zu beantworten, ohne dir wehzutun. Ariane möchte sich auf plastische Chirurgie spezialisieren, wie du weißt. Auslandserfahrungen helfen ihr später im Job. Viele Mediziner profitieren davon. Ja, sie hat mich gefragt, ob es möglich sei, bei mir zu leben und in Los Angeles zu studieren. Zunächst möchte sie zwei Semester bleiben und in der Zeit so viel wie möglich in unserer Klinik hospitieren. Sie traut sich nicht, dir das zu sagen.«

»Sehr rücksichtsvoll! Wahrscheinlich habt ihr hinter meinem Rücken schon alles organisiert.«

»Wir sind dabei. Ich habe sie schon öfter gedrängt, endlich mit dir zu reden. Versprochen hat sie es mir.«

Ich schluckte. Das jämmerliche Bild einer Mimose gab ich ab. Niemand traute mir zu, dass ich die Wahrheit vertrug. Lieber machten sie sich still aus dem Staub.

Aber würde ich meiner Mutter sagen, was mich an ihr störte? Die Frage erschreckte mich, mehr noch allerdings meine Antwort darauf. Niemals brächte ich den Mut auf. Weil sie sich stumm zurückziehen, wahrscheinlich tagelang weinen und mich für undankbar halten würde.

»Und danach, Karl? Was ist danach? Kommt sie je wieder zurück?«

Er schob den Teller beiseite, trank von seinem Wein. »Wer weiß, was in ein, zwei Jahren ist, Marie? Vielleicht verliebt sie sich und möchte bleiben. Oder sie bekommt ein Stellenangebot, das sie nicht ablehnen kann. Oder sie sieht ihre Chance in Deutschland, vielleicht in deiner Umgebung.« Er nahm meine Hand. »Lass sie ziehen, Marie, bitte! Dann wird sie immer gern zu dir zurückkommen. Wenn du sie festhältst, indem du an ihr Mitleid appellierst, flüchtet sie eines Tages auf Nimmerwiedersehen. Ich verspreche dir, ich werde gut auf sie aufpassen.«

»Du machst es dir einfach, Karl.«

»Vielleicht tue ich das. Ich habe schließlich keine Erfahrung in solchen Dingen. Meine beiden Jungen bleiben voraussichtlich noch einige Jahre bei uns. Aber wenn es so weit ist, werden wir sie gehen lassen. Sie müssen selbstständig werden, um im Leben bestehen zu können. Eltern müssen ihre Kinder loslassen, Marie. Wir haben unser eigenes Leben.«

»Du redest, als würde ich sie einsperren.«

»Das klingt zu hart. Sagen wir es anders: Du hast von einer Familie geträumt, so heil und harmonisch wie jene, in der du aufgewachsen bist. Und von einem Nest, das du pflegen kannst.«

»Was war verkehrt an meinem Nest?«

»Die Frage muss lauten. *Wer* war verkehrt darin? Ich passte nicht hinein. Möglichst jede freie Minute sollte ich darin hocken und mich von dir verwöhnen lassen. Viele Kollegen haben mich um eine Frau wie dich beneidet, hübsch, fürsorglich, repräsentativ. Aber dein Nest war mir zu klein, Marie. Ich brauchte mehr Platz, eine andere Luft. Als dann das Angebot aus LA kam, ergriff ich meine Chance. Mit uns hätte es auf Dauer nicht funktioniert. Ich bin anders. Und das lag allein an oder – besser gesagt – in mir.«

Er hatte mich in meinem Nest zurückgelassen, weil es

ihm zu eng war. Lutz fand mich und mein Nest zu perfekt und flüchtete. Befand Karsten sich womöglich auch auf der Flucht?

Für ein Symptom gibt es verschiedene Ursachen. Ruth hatte richtig vermutet.

17

Meine Tochter würde mich also in einigen Monaten verlassen. Das hatte sie mir gestern Abend im Beisein ihres Vaters gestanden. Dass sie dabei an ihre Zukunft dachte und nicht daran, mir für meine übermäßige Fürsorge eins auszuwischen, hatte ich zwar verstanden. An dem Schmerz in meiner Brust änderte das aber nichts.

Lass endlich los, Marie!

Ich schüttete den kalten Kaffee in den Ausguss und brühte neuen auf. Auch Karsten musste ich loslassen. Ihn mit irgendwelchen Versprechen früher nach Hause locken, ihn bekochen, obwohl ihm im Arbeitsstress Zeit und Appetit fehlten, ihn ständig anrufen, maulen, wenn er mit seinem Vierbeiner in Wald und Flur abschalten wollte. Schluss damit.

Lutz hatte genervt reagiert, wenn ich am Tag zwei- oder dreimal im Autohaus aufgekreuzt war. Karsten empfand es womöglich ähnlich, traute sich nur nicht, etwas zu sagen. Vielleicht hatte ich ihn wirklich zur Heirat gedrängt. Wollte endlich Brief und Siegel darauf, nie wieder verlassen zu werden.

»Ein Schein garantiert dir keine ewige Zweisamkeit, Marie«, hatte Isa mich kürzlich erinnert.

Ich schaute mich um. Ohne Karsten wirkte unsere Wohnung kalt und leblos. Auf keinem Stuhl ein Pullover, den ich wegräumen konnte. Kein Büffelhautknochen, über den ich stolperte.

Eine gefrorene Erdbeere wanderte in meinen Mund. Stress erhöhte den Bedarf des Körpers an Vitamin C.

Wenn Karsten wenigstens auf einen meiner Anrufe reagiert hätte! »Ich bleibe eine Woche am norwegischen Fjord, dann reden wir.« Etwas in der Richtung hätte ich akzeptiert, wenn auch zähneknirschend. Dabei wusste ich gar nicht, ob er tatsächlich am Fjord entspannte oder durch schwedische Wälder streifte. Vielleicht vergnügte er sich gerade in einer finnischen Sauna.

Im Internet recherchierte ich die skandinavischen Fähren ab Deutschland. Nacheinander rief ich sie an. Keine gab Auskunft über Passagiere und beförderte Haustiere.

Mittags brachte ich Karl zum Flughafen. Hand in Hand schlenderten wir durch die Halle, tranken noch einen Kaffee miteinander. Heute fühlte ich mich stark neben ihm.

»Es wird Zeit für mich, Marie«, sagte Karl.

Er umarmte mich, drückte mich fest an die Brust. »Du bist wunderbar«, flüsterte er. »Ich weiß, warum ich mich damals in dich verliebt habe.«

»Und warum du mich verlassen hast«, versuchte ich zu scherzen.

Er lächelte. »Auch das. Ich wünsche dir und Karsten viel Glück. Und in einigen Monaten besucht ihr uns.« Noch ein kurzer Kuss auf den Mund, dann trennten wir uns.

Einige Tränen rollten mir über die Wangen. Mit einem zerknüllten Papiertaschentuch wischte ich sie weg. Ein Tag wie ein halbes Leben. Ich wünschte mir Urlaub, um intensiv nachzudenken. Über meine Vergangenheit, über meine Zukunft. Lebte ich wirklich *mein* Leben?

Der Klang des Handys schreckte mich auf. »Uwe Brahms. Hallo, Marie, ich wollte Sie an heute Abend erinnern.«

»Ja, danke«, murmelte ich.

»Ich verstehe Sie kaum. Wo stecken Sie? Hört sich an wie Flughafen.«

Kleiner Hellseher. »Bis später!«, brüllte ich aus voller Kehle und legte auf.

Ich sah auf die Uhr. Zeit für den Sonntagskaffee bei meinen Eltern. Eine gute Gelegenheit, Antworten auf meine Fragen zu bekommen.

Meine Mutter hatte frischen Birnenkuchen mit Zimtstreuseln gebacken. Der Hefeboden nach eigenem Rezept, die Früchte selbstverständlich aus dem eigenen Garten.

Wie jeden Sonntag, seit ich mich erinnerte, saßen wir am phantasievoll gedeckten Tisch. Feines Porzellan, poliertes Besteck, Tischdecke, Servietten, als Dekor dienten heute schönes Herbstlaub und glänzende Kastanien.

Mein Vater trug wie jeden Sonntag eine Krawatte zum faltenfrei gebügelten Hemd. Meine Mutter strahlte frisch aus dezent geschminktem Gesicht. Ihr Kostüm war wie immer modisch-elegant.

Ich erzählte von Karl und Ariane und davon, dass ich wieder bei Karsten wohnte, was sie kaum überraschte.

»Habt ihr euch also endlich versöhnt«, freute sich mein Vater.

Ich schüttelte den Kopf. »Er ist verreist. Wir holen das nach.«

Schweigend sammelte ich Mut. »Ich habe in den vergangenen Wochen viel nachgedacht. Über mich, über unsere Familie und über euch. Ich würde euch gern etwas fragen«, begann ich vorsichtig.

»Nur zu, mein Kind!«

»Mich interessiert, wie ihr als frisch verliebtes Paar wart.«

Sie sahen sich an. »Wir sind immer noch verliebt, Marie«, lachte mein Vater verschämt.

»Papa, ich meine es ernst. Wie war es zwischen euch? Was hat euch an dem anderen gefallen? Wann habt ihr euch verliebt? Wann und worüber habt ihr gestritten?«

Wieder schauten sie sich an. Meine Mutter errötete. »Marie, das fragt man doch seine Eltern nicht.«

Mein Vater beruhigte sie und erinnerte sich daran, dass er sie in der Bibliothek, in der sie arbeitete, gesehen und sich auf der Stelle in sie verliebt hatte. Sie hingegen brauchte etwas länger, um das zu bemerken. Aber dann funkte es auch bei ihr. Nach einer fünfzehnmonatigen Verlobungszeit heirateten sie. Basta.

»Bald seid ihr fünfzig Jahre verheiratet«, bewunderte ich ehrlich. »Wisst ihr eigentlich, dass ihr mein Vorbild wart?«

»So sollte es sein, Marie«, nickte meine Mutter. »Eltern müssen ihren Kindern mit gutem Beispiel vorangehen.«

»Umso schlimmer für mich, dass meine beiden Ehen gescheitert sind.«

»Darüber sind wir auch sehr traurig«, bestätigte meine Mutter mit leichtem Vorwurf in der Stimme.

Auf zum Endspurt! Ich atmete durch. »Seit einigen Tagen glaube ich den Grund dafür zu kennen.«

Beide horchten auf.

»Ich wollte immer eine gute Hausfrau sein, wie du, Mama. Wohnung modern und blitzblank, Essen frisch gekocht und appetitlich angerichtet. Immer für meine Tochter da sein, ihre Bildung fördern, sie zu einer selbstbewussten Frau erziehen. Ich wollte meinen Mann verwöhnen, ihm eine gute Partnerin sein. Eine perfekte Gastgeberin für seine Besucher. Attraktiv und gepflegt aussehen. Für eine positive Stimmung im Haus sorgen, Streit vermeiden.«

»Was ist falsch daran?«, fragte meine Mutter.

Ahnungsvoll beäugte mich mein Vater.

»Es funktioniert im Roman, aber nicht im Leben. Als ich all das erreicht hatte, kehrten Mann und Tochter mir den Rücken. Es war zu perfekt. Es engte sie ein. Sie suchten Leben, Spaß und Auseinandersetzung. Sie wollten sich reiben, wachsen, und ich habe es verhindert. Indem ich vorgab, die heile Welt ausschließlich für sie konstruiert zu haben, appellierte ich an ihr Mitleid. Ein brüchiges Band, Mama.«

Sie schüttelte den Kopf, schaute meinen Vater an. Der senkte den Blick.

»Seit mir das bewusst ist, denke ich ständig über unsere Familie und über eure Ehe nach. Und ich frage mich, ob es wirklich fünfzig Jahre Verliebtheit geben kann oder ob sich unter der heilen Oberfläche Risse befanden.«

»Wie kommst du darauf, so etwas von uns zu denken?«, wehrte sich meine Mutter.

»Mama«, ich nahm ihre Hand, »ich war ein so glückliches Kind, voller Optimismus. Nie hätte ich mir eine andere Familie gewünscht. Als Erwachsene wollte ich alles genauso machen wir ihr. Dann zerbrach meine Ehe mit Karl. Ich fühlte mich wie eine Versagerin. Alles meine Schuld. Ein Gefühl, das sich mit der zweiten Scheidung verstärkte. Beziehungsunfähiger Nichtsnutz. Ihr wisst nicht, wie sehr ich mich vor euch schämte. Die Scham wog fast schwerer als das Verlassenheitsgefühl. Seid ihr wirklich gemeinsam durch ein krisenfreies halbes Ehejahrhundert gewandert? Oder wirkte es nur nach außen so heil, weil ihr eure Konflikte heimlich ausgetragen habt?«

Mein Vater räusperte sich.

»Bei uns war immer alles in Ordnung«, beeilte sich meine Mutter und lachte ein wenig zu schrill. »Wem darf ich noch ein Stück Kuchen geben?«

»Bitte, Mama, die Wahrheit wäre sehr hilfreich für mich.«

Mein Vater griff nach ihrer Hand. »Du siehst doch, wie es Marie belastet. Natürlich hatten wir unsere schlechten Zeiten.«

»Das ist vorbei und unsere Sache«, beharrte meine Mutter. »Die Kinder müssen es nicht wissen.«

Mir klopfte das Herz. Endlich zwei Meinungen.

»Du warst ungefähr elf oder zwölf Jahre alt«, erzählte mein Vater mit rauer Stimme, »als die Verliebtheit zwischen deiner Mutter und mir nachließ. Ich arbeitete viel im Ausland, wir hatten kaum Zeit füreinander.«

»Ich erinnere mich sehr gut daran, weil du mir so fehltest.«

Er lächelte mich an. »Auch deiner Mutter fehlte ich – oder sollte ich besser sagen, ihr fehlte die Anerkennung, die ein Mann einer Frau entgegenbringt?«

»Es reicht!«, rief meine Mutter, das Dekolleté rot gefleckt. »Ja, ich habe mich ein paar Mal mit einem Mann getroffen.«

»Ein paar Mal getroffen, wie harmlos es sich anhört!«, murmelte mein Vater heiser. »Aus dem Hotel habe ich dich kommen sehen, über Monate ging das mit euch.«

»Alles Schnee von gestern. Außerdem hättest du mehr Rücksicht auf mich nehmen können.«

Zwischen den beiden sitzend, überzog ein Schweißfilm meine Haut. Mein Gesicht glühte. So kannte ich meine Eltern nicht, und ich bekam das Gefühl, den Zeitzünder einer Bombe aktiviert zu haben. So lange her. Kleine Affäre ohne Bedeutung. Kaum der Rede wert. Die Nachbarn hatten nichts bemerkt, die Kinder ebenso wenig. Warum also ausdiskutieren? Verdirbt die Familienatmosphäre.

Genau das hatten sie mir vorgelebt, und ich ahmte es brav in meinen Ehen und in meiner Beziehung zu Karsten nach. Ich hatte mich dabei selbst verloren, war unsicher, ängstlich und hypersensibel geworden.

Rechts und links von mir flogen jetzt die Fetzen. Meine Eltern beachteten mich nicht mehr. Rücksichtslos sprengten sie ihre heile Welt in die Luft.

Ein Weilchen hörte ich zu, dann zog ich mich in den Garten zurück. Einzelne Worte hallten durch die geschlossene Tür nach draußen. Zwischen Schuldgefühlen und Hilflosigkeit schwankend, überlegte ich, was ich tun sollte. Ihren verbalen Zerfleischungsprozess unterbrechen? Mich entschuldigen? Aber wofür? Für eine einfache Frage? Oder dafür, dass meine Eltern in ihrem gemeinsamen halben Jahrhundert Probleme totgeschwiegen und dabei versäumt hatten, eine konstruktive Streitkultur zu entwickeln?

Ich wartete, bis die Stimmen drinnen verstummt waren, dann ging ich wieder hinein. Meine Mutter blickte mich aus rot geweinten, leeren Augen an. Schwarze Rinnsale zogen sich über ihre Wangen bis zum Kinn, tropften auf die faltenfreie aprikosenfarbene Bluse. Ich fror.

»Tut mir leid, dass ich eine uralte Wunde aufgerissen habe«, sagte ich mit fester Stimme. »Als Tochter darf ich euch keine

Tipps geben, aber um etwas bitte ich euch: Streitet euch, doch versöhnt euch anschließend wieder. Das liegt mir wirklich am Herzen, denn sonst hätte jeder von euch einen Großteil seines Lebens verschenkt.«

Du kluge, kluge Tochter. Bring lieber dein eigenes Leben wieder ins Lot, als das deiner Eltern ins Chaos zu stürzen.

Sie schwiegen mich an. Unsicher, ob ich sie allein lassen durfte, kochte ich frischen Kaffee. Sie beruhigten sich schnell.

Mit seinen grünen Kissen und der kuscheligen Decke lud die helle Couch zum Entspannen ein. An der Fensterseite ein ergonomisch verstellbarer Sessel mit Fußhocker, von mir scherzhaft Opasessel genannt, worin man herrlich versinken konnte. Auf dem kleinen Schreibtisch ein Monitor, darunter ein PC, Bücherregale und ein Schrank, in dessen Fach eine Flasche Cognac und zwei Gläser standen. Eigentlich überflüssig. Wenn Cognac, dann bedienten wir uns nach dem Essen an der Bar. Karsten liebte ihn als Digestif.

Noch nie hatte ich in seinem Zimmer herumgeschnüffelt. Gemein und hinterlistig fühlte ich mich, als ich erst seinen PC nach den letzten Websites absuchte, danach das harmlose Innenleben seiner Schreibtischschubladen und anschließend seinen Schrank inspizierte. Eine bunte Pappkiste mit Informationen und Adressen aus Neuseeland, unser fast fertiger Reiseplan, Stornierungsbestätigungen. Zeitschriften über Hundeerziehung und -ausbildung, Autozeitschriften, drei Bände Do-it-yourself-Tipps für Haus und Garten, Fotoalben. Die meisten kannte ich, die anderen lernte ich kennen. Hochzeitsfotos, Kinderfotos von Mark, Urlaubsfotos. Wie jung er damals war! Dieses unbeschwerte Lachen. Vor meinem geistigen Auge tauchte sein Gesicht der letzten Wochen auf, angespannter, ernster, älter.

In einem Ordner waren seine privaten Kontoauszüge abgeheftet. Ging mich nichts an, Geld war nie ein Thema zwischen uns gewesen.

Aber vielleicht verriet eine Überweisung etwas über seinen Aufenthalt. Beim Blick auf die Zahlen wurde mir schlecht. Tag und Nacht hätte ich den Damen der Gesellschaft *Fit40*-Produkte verkaufen müssen, um nur halb so viel zu verdienen, wie seine Ex monatlich von ihm bekam. Kein Wunder, dass Lu May mir Geldgier unterstellte. Die letzten Auszüge trugen ein älteres Datum. Keine Überweisungen nach Skandinavien.

Weder Kataloge noch Notizen fand ich, dafür einen angefangenen Brief. Mir stockte der Atem.

»Liebe Marie, Du schenkst mir viel Zeit zum Nachdenken. Ob das gut ist, weiß ich nicht. Meine Zweifel daran, ob wir zusammenpassen …«

Eine Träne tropfte auf die Tinte und verwischte die Zweifel.

Das Läuten der Türglocke. Schnell packte ich die auf dem flauschigen Teppich verstreuten Unterlagen zusammen und stopfte sie in den Schrank. Durch den Spion erkannte ich Mark.

»Dad ist im Urlaub«, begrüßte er mich.

»Willst du ein Bier?«, fragte ich und ging in die Küche voraus.

»Ein leichtes, bitte.«

Ich stellte ihm die Flasche auf den Tisch, legte den Öffner dazu.

»Willst du nichts, Marie?«

»Danke, ich brauche einen klaren Kopf. Wo steckt dein Vater, Mark?«

Hastig trank er aus der Flasche. Mark trank sein Bier immer aus der Flasche. »Er rief mich heute an und meinte, er brauche zwei Wochen für sich, um nachzudenken und so weiter. Oma erinnert sich nur daran, dass er nach Skandinavien wollte.«

»Ein weiter Begriff.«

»Ich sage dir, der spinnt. Hier geht alles drunter und drüber, und er setzt sich in die Wildnis ab. Angelt Lachse – oder ist Schonzeit? Dana überschlägt sich fast.«

»Du bist ganz schön sauer auf ihn, Mark.«

»Der kann doch nicht fusionieren und einfach abhauen, nur weil er Knatsch mit seiner Frau hat. Dass immer zwei schuld daran sind, ist sogar bis zu mir vorgedrungen.« Er schüttelte die halb volle Flasche, bis der Inhalt schäumte. »Aber je älter Herr Goll wird, umso seltsamer verhält er sich. Ich weiß nicht, ob ich dich beneiden soll, Marie. Aber darüber reden wir in einigen Jahren. Erzähl mir lieber, was du unternehmen willst.«

»Ich warte noch auf die Erleuchtung.«

Mark riss die Kühlschranktür auf und holte eine angebrochene Flasche Weißwein heraus. »Damit denkt es sich leichter.« Er füllte ein Glas und reichte es mir. »Die neue Frisur steht dir übrigens klasse.«

»Danke. Inwiefern hat Karsten sich denn im Gegensatz zu früher verändert?«

»Na, insgesamt eben. Er ist stiller, ernster. Seine Toleranzschwelle sinkt gewaltig. Kürzlich hat er mich mit einer Auszubildenden im Pausenraum überrascht.«

Ich richtete mich auf.

»Nur beim Knutschen, Marie«, ergänzte er gelangweilt. »Mein Gott, du schaust genau wie er. Dabei treibt ihr es doch auch noch, oder haltet ihr nur brav Händchen?«

Der Wein schoss mir in den Kopf. Worüber sprach der Junge hier mit mir?

»Du glühst wie eine Leuchtkugel. Ich seh schon, mit eurer Prüderie passt ihr perfekt zusammen.«

Mein Gedanken tanzten Samba. Prüde? Ich? Ich und Karsten?

»Apropos, ich bin noch mit ihr verabredet. Lass mich wissen, was du unternimmst, Marie.«

Mein Beinahe-Stiefsohn küsste seine prüde Beinahe-Stiefmutter auf die Wange und stürmte die Treppe hinunter.

Es dämmerte bereits, als mir Frau Broder einfiel. Noch immer wartete die Gute auf Creme und Tee. Am besten fuhr ich rasch vorbei, bevor ich es morgen wieder vergaß. Unterwegs wurde ich unsicher, weil ich unangemeldet kam. Auf einem Seitenstreifen hielt ich an und suchte nach meinem Handy. Vergessen. Egal, Frau Broder würde mir den unangemeldeten Besuch verzeihen.

Von der Straße aus sah ich seitlich Licht in dem großen Wohnzimmer. Es strahlte bis in den Garten heraus.

Mit dem Fuß stieß ich das niedrige weiße Metalltor auf. Mein lädiertes Knie pochte, und ich humpelte über den schmalen Weg zur Haustür. Ich hatte den Finger schon auf dem runden Klingelknopf, da drangen mir Tangoklänge vom Garten her ans Ohr. Neugierig tappte ich über den Rasen, der lauter werdenden Musikquelle folgend, bis ich durch das Fenster den Raum überblicken konnte. Er glich einem Tanzsaal. Die Möbel zur Seite geräumt, der Teppich eingerollt. Auf dem Tisch entdeckte ich eine halb volle Flasche Eierlikör und eine mit edlem Cognac, die noch zu einem Viertel gefüllt war. Daneben Gläser.

Mitten im Zimmer stand Frau Broder mit zuckenden Beinen und wackelnden Hüften. Sie trug die Bluse offen über dem BH. Ihre roten Wangen glänzten, genau wie ihre blauen Augen.

Der Mann neben ihr war mindestens siebzig. Die schlohweißen Haare fielen ihm wellig ins Gesicht. Einen ganzen Kopf überragte er meine Kundin. Bis auf einen kleinen Bauch und den bei alten Herren typischen Brustansatz, bei seinem nackten Oberkörper gut erkennbar, war er schlank.

Ich atmete nicht mehr, ich keuchte. Meine Füße klebten am Boden, während mein Verstand mir befahl, mich umzudrehen, bevor ich zur Spannerin mutierte.

Der Mann legte eine neue Schallplatte auf, eine Single. Ich lächelte. Früher hatte ich eine ganze Sammlung dieser schwarzen Scheiben besessen, fast alle verkratzt, heute freute ich mich über CDs. Obwohl Karsten meinte, die Qualität sei eine andere, besonders bei Rockmusik.

Karsten. Er bekäme eine Krise, wenn er mich hier erwischte. Umgekehrt vielleicht auch.

Mit ausgebreiteten Armen tänzelte der Mann auf Frau Broder zu, sie warf sich ihm an die Brust, er küsste ihr Haar. Seine Augen funkelten, verliehen ihm etwas Lüsternes. Eng umschlungen bewegten sie sich im Rhythmus der Musik. Frau Broder hielt die Augen geschlossen, ließ sich führen. Auf ihren Lippen ein sanftes Lächeln, bevor er seinen Mund darauf drückte. Ihr Gesicht, den Hals, das Dekolleté bedeckte er mit zärtlichen Küssen. Sie versank in seinen Armen, streichelte ihm den Rücken, die Brust.

Hemmungslos nestelte er an ihrem BH unter der Bluse herum. Ich schloss die Augen. Als ich die Lider wieder hob, öffnete sie gerade seine Hose. Creme und Tee rutschten mir aus der Hand. Wie ein angeschossenes Tier flüchtete ich durch die Dunkelheit zu meinem Auto.

Das konnte nicht wahr sein. Hätte ich ihr nur zugehört! Ständig unterbrach ich dumme Gans sie, wenn sie von dem Herzensbrecher erzählen wollte, der ihr und den anderen Pokerdamen die Köpfe verdrehte. Insgeheim hatte ich geglaubt, sie wolle von ihren wahren Problemen ablenken.

»Wer hat hier eigentlich Probleme, Marie?«, fragte ich laut. »Du hast sie. Alle anderen amüsieren sich köstlich.«

»Wie zufrieden sind Sie mit Ihrem Leben?«, hatte Frau Broder mich vor einiger Zeit gefragt.

Ich hatte an die bevorstehende Hochzeit gedacht, an meine Ehe mit Karsten. »Was ist das Leben?«, fragte ich Frau Broder.

»Das Leben, liebe Marie, ist das Hier und Jetzt. Am Ende allerdings zählt die Summe Ihrer Erinnerungen.«

Zu Hause fand ich zwei Nachrichten von Uwe vor. Ich entschuldigte mich für meine Vergesslichkeit und vertröstete ihn auf ein anderes Mal.

18

Aufgeschlagen lag die *Punkt acht* auf Frau Walthers Schreibtisch. Karstens Sekretärin schaute mich an wie ein ertapptes Kind.

»Ach, das will ich gar nicht mehr lesen, Frau Kerner! Dieser ganze Schmutz hält uns von der Arbeit ab. Unsere Pressestelle kann sich kaum noch um die wirklich wichtigen Dinge kümmern.«

Ich nahm die Zeitung und drehte sie um. Ein Foto zeigte die Fassade des Bahnhofs, ein weiteres mich in Karls Armen beim Begrüßungskuss.

Wie angelt frau sich einen Millionär?,

titelte das Blatt. Darunter die Frage:

Was will Marie Kerner wirklich?

»Der Frau muss man das Handwerk legen, aber ganz schnell«, keuchte ich mit knallrotem Kopf. Hoffentlich kam Roland Wendt ihr schnell auf die Schliche, damit diese Peinlichkeiten ein Ende fanden.

»Finde ich auch«, bestätigte die Sekretärin und musterte mich dann skeptisch. »Bitte entschuldigen Sie, Frau Kerner, aber es ist doch wahr. Sie küssen doch den wildfremden Mann.«

»Der Fremde, Frau Walther, ist mein erster Ehemann, der Vater meiner Tochter. Wo finde ich denn den Chef?«

»Den Chef? Der ist doch verreist.« Ihre Augen verengten sich zu Schlitzen.

»Ich weiß. Bitte schreiben Sie mir die Telefonnummer des Hotels auf, Frau Walther. Über sein Handy erreiche ich ihn nämlich nicht.«

Einige Mitarbeiter glotzten neugierig.

»Bitte kommen Sie mit!« Frau Walther eilte durch die Räume in Karstens leeres Büro und schloss die Tür. Wir setzten uns in die Besprechungsecke.

»Ich kann Ihnen die Nummer nicht geben«, flüsterte die Sekretärin trotz schalldichter Türen.

»Und warum nicht?«

»Weil ich sie nicht habe. Herr Goll ist für zwei bis drei Wochen mit unbestimmtem Ziel verreist.«

»Mit unbestimmtem Ziel? Sicher haben Sie doch seine Reise gebucht, Frau Walther. Oder wollen Sie mir allen Ernstes erzählen, er lässt hier alles liegen und stehen, fährt in Urlaub, und niemand weiß, wo er sich aufhält?«

Sie nickte. »Niemand. Darauf hat er Wert gelegt, weil er befürchtete, die Presse könnte es mit geschickten Fragen oder einigen Scheinchen aus uns herauskitzeln. Eigentlich hätte ich ihm für diese Unterstellung böse sein müssen. Schließlich bin ich nicht bestechlich, Frau Kerner.«

Der imaginäre Holzhammer traf mich hart am Hinterkopf. Vor meinen Augen drehte sich die Tischplatte. Ich hielt mich an der Kante fest.

»Natürlich nicht, Frau Walther.«

Die Sekretärin setzte ein mütterliches Gesicht auf. »Der arme Herr Goll. Sie hätten ihn die letzten Tage erleben müssen.«

Die letzten Tage? Erschrocken drückte ich mit den Fingern gegen den Tisch. Sie sprach von Karsten wie von einem Verstorbenen.

»Seit der missglückten Hochzeit«, fuhr sie fort, wobei sie den Blick streng an mir vorbeilenkte, »ging es bergab mit ihm. Er aß zu wenig, gönnte sich keine Pause. Die betrieblichen Umstrukturierungen kosteten uns allen – besonders aber ihm –

viel Kraft. Dazu kamen die privaten Sorgen, die Schmierereien dieser Klatschreporterin, die ständigen Anrufe.«

»Sie meinen, es ist ihm alles über den Kopf gewachsen.«

»Meine ich. Egal, wo er sich jetzt aufhält, hoffentlich erholt er sich ein bisschen.«

Nur dann, wenn er sich wenigstens hin und wieder nach dem Rechten erkundigte. »Wie stehen Sie mit ihm in Kontakt?«

»Er ruft mich täglich um vierzehn Uhr an. In dringenden Fällen müsste ich auf seine Mailbox sprechen. Mehr kann ich Ihnen leider nicht sagen, Frau Kerner. Vielleicht hätten Sie sich etwas eher um ihn kümmern sollen.«

Prima, nach solchen Vorwürfen lechzte ich. Das brachte mich auf Touren. Die egoistische Marie richtet den gutmütigen Karsten zugrunde.

»Danke, Frau Walther.«

Draußen kreuzte Mark meinen Weg. »Schon was Neues, Marie? Außer dass du fremde Männer küsst, meine ich.«

»Es war Arianes Vater, du Schlauberger. Erzähl mir lieber, ob du schon was herausgefunden hast.«

Er schüttelte den Kopf.

Plötzlich schoss mir ein Gedanke durch den Kopf. Ich rannte die Treppen hinauf ins Penthouse. Alles hatte ich kontrolliert – bis auf den Festnetzanschluss. Der Speicher war voll. Alle Nummern waren notiert, und ich verglich sie mit denen der Fährgesellschaften.

Bingo. TT-Line, die Fähre von Travemünde nach Trelleborg in Schweden.

Mark veranlasste sofort die Selektion von Karstens gewählten Büroverbindungen und half mir bei der Identifizierung. Kein Weg führte nach Schweden. Ich suchte Rat bei Roland Wendt.

»Wenden Sie sich an die Polizei.«

Supertipp. Polizei in der Wohnung, in der Agentur, und Karsten landete dank meiner Suchaktion schließlich auf einem schwedischen Revier. Das brachte unsere Liebe garantiert in Schwung.

Vielleicht fiel mir während der Arbeit eine bessere Lösung ein.

In der Filiale saß Erika mit hochrotem Kopf vor dem Monitor und tippte Berichte.

»Guten Morgen«, grüßte ich freundlich.

»Guten Morgen? Das wüsste ich aber«, schimpfte sie. »Ihr macht euch draußen bei den Kundinnen wichtig, und ich räume hinter euch her. Sieh mal auf die Uhr, Marie! Gleich halb zwölf. Weißt du, wie lange ich hier schon sitze?«

Strähnig fielen ihr die Haare auf die kräftigen Schultern. Die farblosen Lippen verschwanden in dem aufgedunsenen Gesicht. Eindeutig schlechtes Tageshoroskop. Oder Mondpause.

»Ich frage dich abends, wenn ich nach Hause komme, auch nicht, wie lange du schon vor der Mattscheibe sitzt.«

»Das kannst du gar nicht miteinander vergleichen, Marie. Du quatschst nur mit Kunden, ich arbeite.«

Ich hätte Edgar für seine Personalentscheidung würgen können.

»Darf ich dich daran erinnern, dass es dein Job ist, unsere Berichte zu schreiben, Erika? Sieh es doch mal so: Wenn wir unsere Aufgaben draußen nicht wichtig nähmen, hättest du hier drinnen gar keine Arbeit.«

»Spiel dich nicht so auf, Marie, nur weil du die Society-Damen betreust!«

Ich ging nicht weiter auf ihre Sticheleien ein, packte meine Produkte ins Auto und zog noch einmal die Lippen nach, bevor ich losfuhr. Bis zum späten Nachmittag besuchte ich Kundinnen. Noch nie hatte ich gespürt, wie dringend Frauen Wellness für die Seele brauchten. Ich hörte ihnen zu und begriff, dass die wenigsten ihr Alter wegschminken, sondern ihre Persönlichkeit betonen wollten. Meine Abschlüsse übertrafen alle Erwartungen.

Mit Isa und Doreen teilte ich meine Freude bei einem Glas Mineralwasser.

»Mit lediglich einem Hauch Schminke verkörperst du jetzt eine natürliche Beraterin, nicht mehr die perfekte. Die Frauen vertrauen dir, weil du dich auf ihre Ebene begibst. Vorher hast du eher Begehrlichkeiten geweckt. Jede wollte so perfekt aussehen wie du«, interpretierte Isa.

»Hoffentlich bleiben bei so viel Natürlichkeit die Umsätze hoch.«

»Abwarten, wie die Luxusdamen zu der neuen Beraterin stehen. Wenn die allerdings anfangen, dir im Vertrauen ihren Kummer vor die Füße zu werfen, dann möchte ich nicht mit dir tauschen.«

Ein Gespräch an diesem Nachmittag verlief allerdings völlig anders, als das Konzept es vorsah. Es fand im Beisein des Ehemannes statt, was ich sonst stets ablehnte. In dem Fall hatte der Gatte sich jedoch überraschend dazugesellt. Meine Kundin brachte in einer guten halben Stunde keine drei Sätze heraus. *Er* ließ sie nicht zu Wort kommen.

Er wusste, wie sie sich fühlte, wenn sie sich überfressen hatte, er wusste sogar, warum sie sich jeden zweiten Tag überfraß. Mit vierundvierzig waren es selbstverständlich die Wechseljahre. Und was ich ganz erstaunlich fand: Er konnte sogar nachempfinden, wie sie sich fühlte, wenn ihr Körper vor der Periode zum Platzen aufgeschwemmt war und trotzdem nach Schokolade verlangte. Ein wirklich verständnisvoller Ehemann, der für seine stumme Gattin schließlich einen ganzen Karton kalorienreduzierte Mahlzeiten, eine Packung Gute-Laune-Tee und fünf Flaschen Aphrodite-Aromabad orderte.

Mit schuldbewusst gesenktem Kopf und hängenden Schultern stand sie neben ihm, während er die Waren kontrollierte. Musste schließlich alles seine Ordnung haben. Und wäre doch gelacht, wenn der Tee nicht dermaßen gute Laune bewirkte, dass sie im anschließenden Aphrodite-Bad vor lauter Lust geradezu dahinschmolz. Genau dann brachte er sich ins Spiel, den Retter in der Not. Ganz bequem zum richtigen Zeitpunkt. Wie rational er dachte! Alle Mühen der Vorbereitung gespart und trotzdem auf seine Kosten gekommen. Grandios.

Noch einen Blick warf ich auf die Frau, schwankte zwischen Mitleid und dem Wunsch, ihr den Pfropfen aus dem Hirn zu schütteln, der den Blutfluss zum Denkzentrum verstopfte. Wie einfach es doch war, die Fehler der anderen ausfindig zu machen!

»*Fit40*-Produkte unterstützen Sie«, erklärte ich deutlich, »Wundermittel sind es nicht.«

»Hauptsache, ich nehme ab«, flüsterte sie. »Das ist meinem Mann am wichtigsten.«

Bei dem Wort *Mann* blickte der Gatte uns strafend an. Ich schenkte mir die Frage, was *ihr* am wichtigsten sei.

Abends war ich mit Michelle und Roland Wendt zum Essen verabredet. Mein Weg zum Restaurant führte mich bei Manu vorbei. Im Salon brannte noch Licht. Ich ging hinein.

»Hallo, Manu!« Bussi links, Bussi rechts. »Wann hast du mal wieder Zeit für mich?«

Beim Sprechen bewegte sich nur ein Teil der betroffenen Gesichtshälfte. »Am liebsten möchte ich drei Monate schließen«, erklärte sie, »aber dann laufen mir die Kundinnen weg.«

»Ich finde, man sieht kaum etwas«, tröstete ich sie. »Wollte ich dir neulich schon sagen.«

»Ehrlich? Ich zeig dir mal, wie ich lache.« Übertrieben zog sie den Mund breit. Ihr Gesicht bekam einen fratzenhaften Ausdruck. »Hi hi hi.«

»Es geht vorbei. Stell dir vor, es hätte dich an anderer Stelle getroffen, dein Auge ließe sich nicht mehr schließen, oder du könntest nicht mehr sprechen.«

»Diese hysterische Sopranistin bekommt jedenfalls keine Einladung mehr. Von niemandem. Verstehst du, Marie, von niemandem! Auch nicht zu unserem Event.« Ihr brach die Stimme.

»Verstehe. Ich bin etwas in Eile, Manu. Wann hast du einen Termin für mich?«

Wie wild blätterte sie in ihrem Kalender. »Morgen um zwölf?«

Draußen neben meinem Kombi wartete Uwe. »Ich war auf dem Weg zur Arbeit«, lachte er, »und habe Ihr Auto gesehen. Wann holen wir unser Treffen nach?«

»Offen gestanden, ich weiß es nicht, Uwe. Im Moment überschlägt sich alles.«

»Fremder Mann am Bahnhof und so weiter. Ich hab's gelesen. Was sagt denn Herr Goll dazu?«

Der weilt außerhalb des *Punkt-acht*-Reviers, mein Lieber. Ich sah ihn an. Plötzlich fiel es mir wie Schuppen von den Augen. »Wie fit sind Sie bei so was wie Personensuche, Uwe?«

»Kommt drauf an. Ein Abendessen ist das Mindeste, was ich erwarte.«

»Ich will nicht den Preis wissen, sondern ob Sie verschwundene Personen finden können.«

Er grinste. Sein Gesicht war nur noch einen Zentimeter von meinem entfernt. »Es gibt kaum etwas, das ich nicht kann, Lady. Würde ich Ihnen gern beweisen.«

Hoffentlich lauerte Lu May nicht im Hinterhalt. Schon las ich die Schlagzeile.

> Vergreift sich Marie Kerner jetzt an jungen Männern?

»Dann beweisen Sie es, Uwe«, hauchte ich. »Die Zielperson befindet sich irgendwo in Schweden. Wie lange brauchen Sie, um dort jemanden aufzuspüren?«

Er lachte laut. »Eine Minute. Höchstens.«

Prima. Reingefallen, Marie.

Ich wich zurück. »Veralbern kann ich mich selbst.«

»Jetzt seien Sie nicht gleich beleidigt. Kommen Sie morgen Abend zu mir, und ich beweise es Ihnen. Einverstanden?«

Michelle wartete bereits in einer Nische des Restaurants, vor sich die Zeitschrift mit dem Bericht über *KarGo & Dix*. »Den nenne ich gelungen«, jubelte sie. »Was sagst du dazu, Marie?«

»Wirklich gut, wirklich.«

»Das hat Umberto initiiert«, verriet sie, »und er hat versprochen, uns auch zu helfen. Was sagt Karsten zu unserer Attacke auf Lu May?«

»Mit dir und deinem Mann ist alles wieder im Lot?«, fragte ich statt einer Antwort.

»Wunderbar, nicht wahr?«, nickte sie. »Mit dir und Karsten wird sich das auch wieder einrenken. Also, was sagt er?«

Ich lehnte mich zurück und nippte an meinem Prosecco, den Michelle bestellt hatte. »Er weiß es nicht.«

»Sag es ihm doch! Dann begreift er, dass du gegen eine Lügnerin kämpfst.«

»Würde ich gern, aber er ist verreist, Michelle.« Ich beschloss, die Karten aufzudecken. »Steckt irgendwo in Schweden. Auf meine Anrufe reagiert er nicht, mit Dana und seiner Sekretärin telefoniert er täglich.«

»Hast du mit Mark gesprochen?«

»Der weiß genau so viel wie ich. Hat Karsten dir gegenüber was erwähnt?«

Sie schüttelte den Kopf.

»Hallo, meine Damen!« Roland Wendt roch nach frischem Zigarettenrauch und war seit mindestens drei Tagen unrasiert. Ächzend ließ er sich auf einen Stuhl fallen und schaute uns herausfordernd an.

»Wir warten auf *Ihren* Bericht, nicht umgekehrt«, erinnerte ich ihn.

Ein Kellner servierte die Getränke, ein anderer die Vorspeisen. Ich musterte meinen Teller, Tagliatelle mit Steinpilzen. Karstens Leibspeise. Oder besser gesagt – eine davon.

Michelle und ich nickten uns einvernehmlich zu. »Wie weit

sind Sie mit Ihren Recherchen gediehen?«, fragte sie Roland Wendt.

»Ziemlich weit.« Er stopfte sich den Mund voll Spaghetti, kaute in aller Ruhe und dachte nicht daran, irgendetwas zu sagen. Ich glaubte vor Spannung zu platzen. Seine Art machte mich wahnsinnig.

Nachdem er seinen Teller geleert hatte, erstattete er endlich Bericht. »Zwei Tage lang war ich Lu May auf den Fersen, bevor ich die Nachbarn befragte.« Verächtlich schüttelte er den Kopf, trank sein Bier aus und bestellte ein neues. »Ich dachte, ich hätte es mit einer intelligenten Frau zu tun, aber da fehlt es weit.«

»Bitte, Herr Wendt«, drängte Michelle höflich, »in einer Stunde habe ich einen Termin.«

»Ich auch, ich auch«, schmatzte er. »Vor ihrer knapp achtzigjährigen Nachbarin hat sie ihre ganze Vergangenheit ausgebreitet. Aufgewachsen in Ostberlin, hat dort als Sekretärin bei der Baubehörde gearbeitet. Vermutlich kein Job, den man ohne zusätzliches Engagement bekommt, wenn Sie verstehen, was ich meine.«

»Wir verstehen, Herr Wendt«, sagte ich schnell, und das Herz klopfte mir freudig.

»Stasi«, murmelte Michelle. »Wir haben sie, Marie.«

»Wen interessiert das wirklich?«, fragte Wendt. »Lu Mays Klatsch landet primär bei den Frauen. Wenn ihr sie fertigmachen wollt, braucht ihr was fürs Herz.«

»Und Sie haben den Dolch vermutlich schon in der Tasche.«

»Worauf Sie sich verlassen können, Frau Kerner. Einige Monate nach der Wende, sie war inzwischen arbeitslos, führte der Weg sie nach Hamburg, wo sie einen Job in einem Architekturbüro fand. Kurz darauf lernte sie auf einem Empfang einen Beamten des Bausenats kennen. Es funkte, und bald war die kluge Luise Maybaum schwanger. Dass er verheiratet war, störte die beiden in den folgenden Jahren offenbar wenig. Zweimal wöchentlich besuchte er sie, zahlte für das Kind, und sie hielt den Mund. Aber es gab noch einen weiteren Grund, den Mund zu halten. Ihr Chef zahlte fleißig dafür, dass sie ihrem Beamten im Bett seine Baupläne schmackhaft machte und bei öffentlichen Ausschreibungen die Angebote der Mitbewerber aus ihm rausvögelte. Klappte prima, bis wiederum *sein* Chef angesichts der vielen vergebenen Aufträge an ein und dieselbe Firma misstrauisch wurde und der Sache auf den Grund ging. Soweit das möglich war, denn alle schwiegen. Das Ergebnis: Der Beamte wurde versetzt, dem Architekturbüro fehlten fortan die Großaufträge, Luise Maybaum wurde entlassen. Eigentlich hätte damit die Angelegenheit erledigt sein können, aber die Presse bekam Wind davon, rollte einiges auf, mit der Konsequenz, dass Luise auf dem Hamburger Arbeitsmarkt unvermittelbar war. Sie packte ihre Koffer und zog samt Kind ins Rheinland.«

»Wo sie bei einer Zeitung landete und sich von einer Anzeigenverkäuferin zur Society-Journalistin mauserte«, ergänzte ich. »Wo ist der dunkle Fleck auf der weißen Weste, Herr Wendt? Eine alleinerziehende Mutter ist eher Alltag als Skandal. Viele Frauen fühlen mit, weil sie wissen, wie schwer es ist, ohne Mann für ein Kind zu sorgen.«

»Es gibt zwei Flecken. Erstens, sie sorgt nicht für das Kind. Es wurde zu Pflegeeltern nach Hamburg gegeben, die es später in ein Heim abschoben, weil sie mit dem Bengel nicht klarkamen. Dort riss er aus, lebte für einige Wochen auf der Straße, wurde wieder ins Heim gebracht. Die Mutter kümmert sich nicht mehr um ihn. Eine Erzieherin des Heims hat in den Akten nachgesehen. Seit zwölf Jahren herrscht Funkstille zwischen Lu May und ihrem Kind in Hamburg. Dafür vergnügt sich – und damit zu Fleck Nummer zwei – unsere Klatschreporterin mit einem verheirateten Regionalpolitiker. Einmal wöchentlich treffen sich die beiden in einem Hotel außerhalb seines Wahlbezirks.«

Roland Wendt kramte ein Foto aus der Jackentasche. Mir fielen fast die Augen aus dem Kopf. Dieses bescheidene Hotel mit bröckliger Fassade als Herberge für einen anspruchsvollen Ehemann und Vater von Zwillingen!

»Es ist der Mann einer Kundin ...«, stotterte ich.

»Ich kenne ihn aus der Presse«, bestätigte Michelle. »Er versucht doch gerade mit diesem miesen Trick, die Frauen an den Herd zu fesseln, und erntet von unseren Geschlechtsgenossinnen reichlich Lob. Igitt!«

»So, meine Damen, und das ist doch viel interessanter als jede Stasivergangenheit, oder?«

»Mal sehen, wo unsere Tageszeitung ihren Schwerpunkt wählt und wie tief sie gräbt.« Michelle wirkte sehr zufrieden, und auch ich ließ nach dem Mailänder Schmorbraten das Tiramisu genüsslich über die Zunge gleiten.

19

Meine Beratungen mit Schwerpunkt innere Schönheit liefen immer besser. Freimütig erzählten die Frauen von begrabenen Hoffnungen, von unerfüllten Wünschen, von der Angst vor dem Alleinsein, nachdem die Kinder das Elternhaus verlassen hatten. Einige bastelten an einem Wiedereinstieg in den alten Beruf, träumten von Anerkennung und Karriere.

Ich spürte, wie viel Kraft in den meisten Frauen steckte. Sie trauten sich nur nicht, diese Kraft zu leben, weil sie fürchteten, dass sie sich gegen andere richten könnte. Jede Frau verglich ich mit einer Wüste, die bei Regen zu einem Garten erblüht. Manche nahmen sehr vorsichtig einige Wassertropfen auf. Keinesfalls wollten sie riskieren, sich in eine reißende Flut zu verwandeln. Andere sehnten sich nach einem kräftigen Wasserguss aus meiner Quelle.

Eine medizinisch geschulte Kundin erklärte das Phänomen fachlich. »Frauen produzieren weibliche und – in geringer Menge – männliche Geschlechtshormone. Die Bildung der weiblichen Hormone, besonders der Östrogene, verringert sich bereits lange vor den Wechseljahren. Dadurch verändert sich das Verhältnis von weiblichen zu männlichen Hormonen. Letztere gewinnen an Dominanz. Frauen trauen sich plötzlich, was bisher Männern vorbehalten war: an sich zu denken, nein zu sagen, sich zu streiten – und den Sieg aufrecht davonzutragen.«

Mir gaben die tieferen Gespräche viel mehr als die auf Optik ausgerichteten. Endlich hatte ich das Gefühl, etwas wirklich Sinnvolles zu tun. Etwas, mit dem ich mich vollständig identifizierte. Überraschend hoch blieb mein Umsatz. Ich verkaufte Ergometer, Crosstrainer, Massagegeräte, Bücher,

Tees und Cremes. Wenn schon nicht jugendlich, so wollte frau unbedingt gepflegt durchs Leben schreiten. Mit jeder Beratung verlor das Älterwerden ein winziges Fünkchen seines Schreckens.

Länger als geplant dauerte an diesem Nachmittag mein Besuch bei der Politikergattin. Vorsichtig wollte ich sie an die Wahrheit heranführen, aber sie kam mir zuvor. Wusste bereits von Lu May und schwor, sich an dem sauberen Herrn Gemahl zu rächen. Da kam meine moralische Unterstützung gerade recht. Frauenretter seiner Kategorie gehörten lahmgelegt. Schlag auf Schlag. Und genau dies bedurfte genauester Planung.

Gegen sieben, ich saß noch bei ihr, rief Uwe an. Ob er mir ein Taxi bestellen solle. Ich lehnte ab. Erst später zerbrach ich mir den Kopf darüber, woher er meine Handynummer hatte.

Ich war unsicher, wie ich den Mann einschätzen sollte. Kurz streifte mich der Gedanke, Isa oder Doreen einzuweihen, aber dann verwarf ich ihn. Womöglich würden sie sich grundlos Sorgen machen.

Zu Hause legte ich Uwes Karte auf den Küchentisch, dazu die Info, dass ich um zwanzig Uhr verabredet sei. Das petrolfarbene Kleid fand ich zu dekolletiert, außerdem wehrte ich mich dagegen, ihm diesen Wunsch zu erfüllen. Jeans und Pullover taten es auch.

Uwes Firma logierte in einem flachen Gebäude am Stadtrand, Parkplätze, so weit das Auge reichte, davon etliche mit seinen Firmenwagen besetzt. Ich wählte eine große Lücke direkt vor dem Eingang. Gelbliches Licht schimmerte durch ein Fenster nach draußen.

Aufgeregt schlug mein Herz. Hopp oder topp, Marie! Ich sah mich um. Pure Abgeschiedenheit. Wenn er wollte, konnte er mich seelenruhig quälen, vergewaltigen oder was auch immer. Mein lautes Schreien würde niemand hören. Kehr um, Marie!

Geh hinein!, drängte eine innere Stimme. Trau dich.

Kurzes Klingeln. Sofort sprang die Tür auf, Licht leuchtete auf. In seinem knallengen T-Shirt und seinen knackigen Jeans lehnte er im Eingang. Wenigstens ein schöner Anblick. Den Anzug von der Autobahn hätte ich nicht ertragen.

»Sie sind zu spät, Marie«, scherzte er.

»Zehn Minuten?«

»Ungefähr. Kommen Sie.«

Ich folgte ihm in eine Wohnung, wie ich sie nur aus dem Fernsehen kannte. Wie oft hatte Ariane mir versichert, so etwas gebe es wirklich. Einfache Schränke, Klappkonstruktionen, vermutlich aus einem schwedischen Möbelhaus. Überall darauf verstreut Telefone, Kabel, Kameras. Kein Mensch konnte erkennen, ob sie an- oder ausgeschaltet waren.

Eine Falle. Er lud zu einem romantischen Abendessen ein, machte sich anschließend an mich heran und filmte die ganze Sache, um sie an eine Zeitschrift zu verkaufen. Vorsichtig näherte ich mich dem gedeckten Tisch. Drei Kerzen flackerten im leichten Windhauch der Heizung. Er reichte mir ein Glas Sekt.

K.-o.-Tropfen!, schoss es mir durch den Kopf. Ein Schluck, die Welt verschwämme mir vor den Augen, und ich würde es nicht mehr merken, wenn er mir die Kleider vom willenlosen Leib riss. Raus hier!

»Sorry, Uwe, aber es geht nicht.« Scheppernd landete das Glas auf dem Tisch, ich stürzte zur Tür. Er hinter mir her. Einundvierzig und so naiv, Marie!

Seine Hand drückte gegen die Tür. »Was ist denn los? Was haben Sie?«

»Mir ist nicht gut. Ich möchte gehen.« Meine Stimme bebte.

Keuchend stand er vor mir, hielt mich am Arm. Schwer und feucht legte sich sein alkoholgeschwängerter Atem auf meine Wange. Ich schloss die Augen. Alkohol und Weißer Riese.

Manche Männer tranken sich vorher Mut an. Hatte ich bei Manu in einer Zeitschrift gelesen.

Vorher? Wovor denn? Und was kam danach?

Tief holte ich Luft, wollte zum Schrei ansetzen. Seine Hand lockerte sich, er gab die Tür frei.

»Sie und ich, ein indisches Drei-Gänge-Menü. Wäre auch zu schön gewesen. Lass die Finger von gebundenen Frauen!, hat ein Kumpel mir heute noch geraten. Aber nein, Uwe Brahms wusste es besser.«

O je, die Selbstmitleidsmasche! Obwohl er ja damit rechnen musste, dass auch ich jemanden eingeweiht hatte.

»Mich machen diese Kameras einfach verrückt«, hörte ich mich murmeln. Du bist verrückt, Marie. Lässt dich einlullen.

»Die Kameras?«, staunte er. »Aber die sind doch alle aus. Ein Kollege hat sie vorhin gebracht, damit ich sie vor dem Wochenendeinsatz checke.«

Ich versuchte in seinem Gesicht zu lesen.

»Aber wenn Sie sich besser fühlen, räume ich in meinem Büro den Schreibtisch leer und decke ihn. Zurzeit liegt dort keine einzige Kamera herum. Und die Überwachungsvideos dürfen Sie eigenhändig ausschalten.«

Irgendetwas hinderte mich daran zu gehen. »Na gut«, willigte ich ein und erledigte Letzteres zuerst. Dann schleppten wir Tischdekor und Menü ins Büro. Sogar einen tragbaren CD-Player hatte er organisiert, auf dem er ein klassisches Konzert abspielte, das sein Kumpel ihm geliehen hatte. Tischmusik sei unbedingt erforderlich, hatte der gemeint und im Hinblick auf mein Alter, auf das die *Punkt acht* ja hinreichend hingewiesen hatte, vermutlich bei Mutti im Regal gekramt. Schreckliche Musik, aber ich ertrug sie schweigend.

Ich wusste nicht, worüber ich mich mit ihm unterhalten sollte. Ein Gespräch über mich war tabu, die Arbeit hatte ich schon abgehakt, blieben nur *er* und seine Arbeit. Geschickt brachte ich ihn zum Reden, und er kam richtig in Fahrt, berichtete über seine Zeit als Polizist, über seine Firma, seine Mitarbeiter, seine Arbeitsbereiche.

Ich wurde immer wacher. »Mit Ihren Erfahrungen wären Sie sicher auch ein guter Detektiv«, spornte ich ihn an.

»Sicher, aber davon gibt es zu viele. Und die Arbeitszeiten sind noch unregelmäßiger als bei der Polizei. Dazu kommt das schlechte Image, das Schnüfflern anhaftet. Nein, danke.« Er stand auf. »Kommen Sie, ich zeigen Ihnen mein Equipment.«

Der winzige Nebenraum war vollgestopft mit Jacken, Shorts, Hosen, Kappen für seine Mitarbeiter. In einem Lager bewahrte er Büromaterial, Funkgeräte und visuelle Überwachungselektronik auf. Webcams, Digicams, Laptops, Videobänder stapelten sich auf dem Fußboden.

»Ich muss dringend ausmisten«, brummte er. »Die Putzfrau beschwert sich schon. Und im Zeitalter von Mikrochips und DVDs werden Videobänder überflüssig. Die Umstellung braucht Zeit, aber wenn erst einmal alles auf Scheibe archiviert ist, spare ich Platz und Geld.«

»Zeichnen Sie alle Einsätze auf?«

»Nicht alle. Ihre Partys zum Beispiel nur sehr selten. Die Schickeria will unter sich bleiben.« Ich folgte ihm zurück in sein Büro, wo er einen Wandschrank voller Videos öffnete. »Eine Aufnahme könnte ich Ihnen zeigen.« Zielsicher griff er in die oberste Reihe. »Die Party beim Landtagsabgeordneten. Politiker legen viel Wert auf Überwachung. Das heißt, außer dem Eingang werden auch Haupt- und einige Nebenräume verkabelt.«

Während das Band ein Stück vorspulte, schenkte er Wein nach und reichte mir mein Glas. Tonlose, scharfe Schwarz-Weiß-Aufnahmen erhellten den Monitor, ein großer Raum mit Parkett, an einer Seite ein riesiges Büfett mit Schokoladenbrunnen und an den Wänden handgemalte Porträts der ganzen Familie. Auf der narzissenumsäumten Tanzfläche bewegten sich gleichmäßig die Paare. Den Schritten nach tanzten sie langsamen Walzer.

»An diesem Abend fielen Sie mir zum ersten Mal auf«, flüsterte Uwe. »Ihr narzissengelbes Kleid schmiegte sich um Ihre Taille. Bei jedem Schritt klaffte der Schlitz an der Seite auseinander und entblößte ein winziges Stück Ihres Oberschenkels. Ich konnte den Blick kaum von Ihnen abwenden. Hier, sehen Sie!«

In Karstens Armen schwebte ich über die Tanzfläche. Für einen Moment versank ich in der Erinnerung, fühlte seine große Hand, die mich sicher führte, auf dem Rücken.

»Wie eine wunderschöne Feder, Marie.« Uwe legte mir den Arm um die Schulter.

Ich wollte ihn nicht spüren, befreite mich, indem ich mein Glas auf den Tisch stellte. »Unsinn, Uwe, auf jeder dieser Partys tummeln sich beweglichere, schönere Frauen. Sehen Sie« – ich zeigte auf den Monitor –, »die Dunkelhaarige dort oder die elegante Blondine.«

»Kalte Schönheit.«

»Wie bitte?«

»Das ist kalte Schönheit. Symmetrisches Gesicht, gerade Nase, Lippen wie gemalt, aber keine Mimik, die Gefühle verrät. Sie hingegen strahlen Wärme aus, selbst unter der Schminke. Hier, schauen Sie sich an! Sie lachen, Ihre Augen leuchten. Seitdem wünsche ich mir, einmal mit Ihnen über das Parkett zu schweben, Sie im Arm zu halten, Sie zu berühren. Übrigens: Die neue Frisur passt noch besser zu Ihnen als die alte.«

»Ich sehe noch etwas anderes, Uwe«, lenkte ich ab.

»So? Was denn?«

»Ich bin in Begleitung.«

»Ja, leider. Manche Männer haben einfach Glück. Um Karsten Goll scharten sich schon immer schöne Frauen. Ist eben ein begehrter Typ. Na ja, bei *dem* Job und *der* Kohle.« Uwe rückte wieder näher. »Aber jetzt sind Sie bei mir. Ohne ihn.«

Ein Schauer jagte mir über den Rücken. Ich verschränkte die Arme vor der Brust.

Er registrierte es grinsend. »Sie brauchen keine Angst zu haben. Ich falle nicht über Sie her, auch wenn der Gedanke mich reizt.« Sein Grinsen verschwand. »Sie sind sehr neugierig, Marie. Auf jeder Party fällt es mir auf. Sie stehen als Erste am Büfett, nicht um zu essen, sondern um das Arrangement zu begutachten. Sie schleichen sich in die letzten Winkel, um alles zu betrachten. Sie beobachten die Gäste und nähern sich jenen, die außergewöhnlich erscheinen. Sie belauschen Gespräche, um zielsicher Kunden zu akquirieren.«

»Worauf, bitte, stützt sich meine Neugier heute?«

»Auf meine Arbeit. Sie wollen wissen, wie ich es schaffe, in einer Minute jemanden in den schwedischen Wäldern aufzuspüren.«

Seine Finger spielten mit meinen Haaren. Stocksteif starrte ich auf den noch immer laufenden Monitor. Er streichelte meine Wange, meinen Hals, meine Schultern.

»Was *ich* will, Marie, ist klar.« Er zog die Hände zurück.

Ich rang nach Luft. Erpressung. Frau erschläft sich Information über Aufenthaltsort des Verlobten. Dann lieber Polizei. Oder zwei Wochen warten, bis der sture Widder in die Zivilisation zurückgekehrt war.

»Aber ich will, dass Sie es mir freiwillig schenken.« Energisch wandte er sich der Technik zu, verstaute das Band wieder im Schrank und stellte den Monitor aus.

Stille erfüllte den Raum. Vielleicht sollte ich ihn an meine Liebe zu Karsten erinnern. Oder daran, dass ich zu alt … falsch, dass er zu jung für mich war. Ich beobachtete ihn und fühlte mich plötzlich sicher in seiner Gegenwart. Uwe Brahms hatte seinen Standpunkt mehr als deutlich erläutert. Die Blöße, eine Frau zu bedrängen, womöglich zu erpressen, würde er sich niemals geben.

»Im Kühlschrank wartet noch das Dessert«, erinnerte er mich.

»Wenn Sie wollen, können wir es in Ihrer Wohnung essen.«

»Nanu, keine Angst mehr vor den Kameras?«

Ich schüttelte den Kopf.

»Vermute ich richtig, dass die von Ihnen gesuchte Person einen neueren Jeep fährt?«, fragte er später.

Zögernd nickte ich.

»Mit Navigationssystem? Und das Handy führt er ebenfalls mit sich?«

Wieder nickte ich.

Uwe durchbohrte mich mit Blicken. »Einen Moment!«, bat er und verließ den Raum. Ich hörte ihn im Nebenzimmer telefonieren.

»Morgen um dreizehn Uhr zehn am Gebäude an der alten Post, Marie. Bitte bringen Sie alle Unterlagen von Navi und Telefon mit. Und seien Sie pünktlich, sonst klappt es nicht.«

Vier Termine an diesem Morgen, danach eine lästige Diskussion mit Edgar, der wollte, dass ich die Berichte ordentlich vorschrieb, damit Erika sie schneller abtippen konnte. Die Ärmste mühe sich so mit meiner Schrift ab.

»Natürlich kann ich sie in Schönschrift verfassen, Edgar. Kein Problem. Sie sollten nur wissen, dass das länger dauert, als wenn ich sie gleich selbst in den Computer hämmere. Bei dieser Variante könnten Sie dann beizeiten sogar Erikas Stelle einsparen.«

»Jetzt reagieren Sie nicht so empfindlich, Marie! Bemühen Sie sich doch einfach.«

»Ich kann mich nur an einer Stelle bemühen, Edgar, entweder bei meinen Kundinnen oder im Büro.«

Aufgewühlt fuhr ich zum Treffen mit Uwe an der alten Post, wo ich vor dreizehn Uhr eintraf – die Unterlagen in der Tasche. Lange hatte ich sie gesucht und schließlich in der Agentur gefunden. Firmeneigentum.

Noch einige Minuten. Die nutzte ich für einen Gedankenaustausch mit Isa. Sie fragte mich, wofür Erika überhaupt eingestellt worden sei, wenn nicht für genau diese Büroaufgaben. »Diese klimakterische Ziege hat sie doch nicht alle! Wenn ich den Schreibkram selbst erledigen soll, kann ich pro Woche mindestens vier Kundinnen weniger besuchen. Das sollte sich Edgar mal durch den Kopf gehen lassen!«, tobte sie.

Die Zeit kroch dahin. Ich stieg aus, schritt die Straße nervös einige Meter auf und ab. Tief hing die Wolkendecke vom Himmel, und die feuchte Kälte kroch durch meine viel zu leichte Jacke und die dünne Bluse.

»Marie!«, hörte ich Uwe rufen. »Kommen Sie!«

Mit rasendem Puls und zitternden Knien heftete ich mich an seine Fersen, bis wir eine Tür erreichten.

»Ich habe erzählt, Sie seien eine gute Freundin. Ich duze Sie also ab jetzt, okay? Ach ja, Kevin braucht etwas länger, bis er bereit ist. Also Geduld. «

»Alles klar, Uwe.«

Aus dem Zimmer schlug mir trockene, heiße Luft ins Gesicht. Ein dicker Typ mit speckigen Haaren und vernarbter Akne gaffte mich an. Ich fühlte Uwes Hand auf der Schulter, als er uns vorstellte. Kevins Schweinsäuglein ruhten immer wieder auf den Wölbungen in meiner Bluse.

Er fand sich klasse und seine Arbeit lebenswichtig. Für mich war sie es auch. Immer wieder hakte ich während seiner Erklärungen nach und versuchte vergeblich, seinem Döner-Atem auszuweichen. Eine Viertelstunde war bereits vergangen, als er mir endlich die erwartete Technik vorstellte. GPS, Global Positioning System. Jedes damit ausgestattete Telefon, jedes Auto spürte er auf, es sei denn, es parkte unter Metall. Eifrig führte er es vor. Er suchte und fand Uwe, mich, die Schwester, den Bruder in Australien, die Tante auf Ibiza, bis ich kapiert hatte, wie es funktioniert.

Konzentriert tippte ich Karstens Daten ein. Ein Tastendruck, und schon leuchtete ein Punkt auf. Das Herz drohte mir aus dem Hals zu springen. Bredasjön in Holmsjö, Schweden. Rasch notierte ich alles.

Draußen fiel ich Uwe um den Hals. »Wir können gern beim Du bleiben. Du bist nämlich ein Schatz.«

»Oder ein Volltrottel. Viel Glück, Lady.«

Edgar arbeitete noch immer an der Monatsbilanz. Es gab viel zu tun, wenn zwei Beraterinnen richtig Kasse machten.

»Kann ich Sie kurz sprechen, Edgar?«

»Wegen der Berichte?«

Ich kam sofort zum Punkt. »Ich brauche Urlaub. Ab morgen.«

»Ausgeschlossen, Marie. Nach zwei schwachen Wochen drehen Sie stärker auf als je zuvor – und nun wollen Sie frei haben?«

Ich ließ mich auf den Platz ihm gegenüber fallen.

»Hat es was mit dem Gespräch von vorhin zu tun?«

»Wechseljahre«, belehrte Erika ihn, »heute hü, morgen hott.«

»Kontrollieren Sie doch bitte im Lager die Bestände an gelbem Papier, Erika!«, verlangte Edgar in scharfem Ton.

Kaum waren wir allein, schlug er einen väterlichen Ton an. »Was ist passiert?«

»Es ist was Privates, Edgar. Eigentlich noch immer die unausgestandene Sache, über die ich nicht reden möchte. Ich habe die Möglichkeit, alles wieder in Ordnung zu bringen. Aber dazu muss ich verreisen. Zwei Wochen. Sie wissen, dass ich für dieses Jahr noch vier Wochen Urlaub guthabe.«

»Aber doch nicht jetzt, da es wieder so gut läuft!«

»Genau jetzt, Edgar, sonst werde ich auf der Stelle krank.«

Murrend stimmte er zu. Meine Termine buchte ich so weit wie möglich um. Isa versprach, meine derzeit unerreichbaren Kundinnen zu informieren. Sie wünschte mir viel Glück. Genau wie Ariane und wie Michelle, die sich um die Lu-May-Geschichte kümmern wollte.

Dann brachte ich Frau Broder frischen Tee und neue Creme

vorbei. Sie bestand darauf, eine Tasse Kaffee mit mir zu trinken. Mein schlechtes Gewissen raubte mir die Worte.

»Ich weiß nicht genau, wobei Sie uns beobachtet haben, Marie«, plauderte Frau Broder munter drauflos, »aber wir haben Sie offensichtlich erschreckt. Ich hätte wohl besser die Vorhänge schließen sollen.«

»Es ist mir sehr peinlich, Frau Broder …«

Sie hörte gar nicht zu. »Seit Jahren schließe ich die Vorhänge nicht mehr. Dass *Sie* uns gesehen haben, war sicher Schicksal. Nun wissen Sie es: Uns Senioren gefallen die gleichen Dinge wie Ihnen, mit einem Unterschied – wir haben Ihnen einige Jahre Erfahrung voraus.«

Unsere Blicke trafen sich. »Seien Sie ehrlich, Marie, Sie hätten mir nie geglaubt, nicht wahr?«

Ich lächelte ihr zu, fühlte mich ihr ganz nahe. »Wer weiß das schon, Frau Broder. Bisher jedenfalls hatte ich eine andere Vorstellung vom Ruhestand.«

»Ruhestand«, sie schlang die Hände im Schoß zusammen, »welch grausames Wort! Ruhe kann schön sein, aber Stand kommt von Stillstand. Bei Ruhe und Stillstand ist das Leben vorbei. Nein, nein, ich bin alt, eine Seniorin oder meinetwegen eine Pensionärin, aber keine Ruheständlerin. Solange wie möglich will ich mich körperlich und geistig bewegen.«

Meine Eltern saßen vor Kaffee und Kuchen.

»Jetzt reist du diesem Herrn auch noch hinterher!«, klagte meine Mutter.

»Hast du dir das gut überlegt, mein Kind?«, fragte mein Vater.

»Aber sicher, Papa.«

»Komm, Marie, ich zeig dir mein neues Modell.«

Hintereinander stiegen wir die Treppe ins Dachgeschoss hinauf. Aus dem Regal zog mein Vater einen Atlas. Zu zweit suchten wir das winzige Nest namens Holmsjö. Er half mir, die Route zu planen.

Ich entschied mich für die gleiche Fähre, die Karsten genommen hatte, und buchte telefonisch eine Kabine für den kommenden Abend.

»Du weißt, dass ich Lutz immer sehr mochte und es mir schwerfiel, eure Trennung zu akzeptieren«, gestand mein Vater, während er eine Flasche Cognac und zwei Gläser aus seinem Schrank holte. Ob Männer grundsätzlich Alkohol für eventuelle Besuche horteten? »Ich gebe zu, dass ich mich Karsten gegenüber nicht immer freundlich verhalten habe, und hoffe, dass ich das bald wiedergutmachen kann.«

Warm rann mir der Cognac durch die Kehle. Schon der erste Schluck entspannte mich. Ich streckte die Beine aus.

»Wegen Sonntag ...« Verlegen drehte er das Glas in der Hand. »Es stimmt, Marie, Perfektionismus ist immer eine Illusion. Eigentlich hätten wir dir das mit auf den Weg geben müssen, statt umgekehrt. Bitte verzeih mir, dass ich dir unterstellt habe, vor Problemen davonzulaufen. Ich glaube, du bist viel mutiger als deine Mutter und ich zusammen.«

»Was ist mit dir und Mama?«

»Wir haben uns endlich wegen der alten Geschichte ausgesprochen. Die Wunden sind tiefer, als ich dachte, und ganz verziehen haben wir uns noch nicht. Aber wir arbeiten daran.«

20

Bei peitschendem Regen rollte mein Cabrio in den tiefen, dunklen Schlund der Fähre, die schon vor einigen Tagen Karstens Jeep verschlungen und am schwedischen Festland wieder ausgespuckt hatte. Die stickige Luft roch nach Abgasen und Gummi. Mit angehaltenem Atem hob ich meinen Trolley aus dem winzigen Kofferraum und marschierte zum Hoteltrakt.

Menschen schoben sich über schmale Flure, an deren Seiten sich Tür an Tür reihte. Teppichboden dämpfte die Schritte. Frauen und Männer quälten sich mit Taschen die Treppen nach oben oder unten, vor den Aufzügen herrschte Hochbetrieb. Kinder schrien durcheinander, rannten zwischen den bepackten Gästen umher. Konzentriert folgte ich dem Wegweiser zum Deck mit meiner Kabine.

»Ich will Spaghetti!«, brüllte ein kleines Mädchen und trommelte mir mit den Fäusten gegen die Oberschenkel. Die Mutter zerrte es weg, ohne sich zu entschuldigen.

Die Kabine entschädigte mich für den Weg. Kategorie Luxus, etwas anderes war nicht mehr frei gewesen. Ich ließ mich in den gepolsterten Sessel vor dem großen Fenster mit Blick auf die Ostsee sinken. Mechanisch zupfte ich eine dicke Weintraube von dem blauen Bündel auf dem Teller vor mir ab und schob sie in den Mund. Sanft wiegte sich das Schiff im Rhythmus der Wellen. Auf dem Flur verhallten die Stimmen. Nur ab und zu hörte ich noch Schritte. Ich zog die Jacke aus und kuschelte mich in eine Decke.

Mit Lutz war ich viel gereist, nach Italien, Spanien, Griechenland, Frankreich. Ab in den Süden!, lautete seine Devise. Der Wunsch nach Sonne und Wärme verband uns. Wir ließen uns gern bedienen. Gutes Essen, Sonnenbaden, abends tanzen, das Theater der Hotelanlage besuchen oder auf dem Balkon eine gute Flasche Wein genießen. Einmal unternahmen wir eine kleine Mittelmeerkreuzfahrt auf einem Luxusschiff. Nie stand der Norden zur Debatte.

Meine erste Fährfahrt dieser Art – und ich verkroch mich in meiner Kabine? Welch ein Fehler. Von skandinavischem Büfett hatte ich im Internet gelesen, von Bar, Tanz und Kino. Mit einem Ruck sprang ich auf. Im Kühlschrank lagerte der angekündigte Begrüßungssekt. Ein Piccolöchen, immerhin. Ich füllte die schäumende Brause in eine Sektflöte und schlürfte das göttliche Getränk. Gleich noch eins hinterher. Dann öffnete ich meinen Koffer. Das petrolfarbene Trägerkleid lachte mich an. Schuhe und mein limitiertes Handtäschchen lagen schutzverpackt darunter.

Zehn Minuten brauchte ich für mein Outfit. Zimmerkärtchen und Geld landeten in der Tasche. Schon stand ich mit glühenden Sektwangen draußen auf dem leeren Flur.

Kalter Wind traf mich an der Schulter, auf dem dekolletierten Rücken, an den nackten Beinen. Unsicher stelzte ich über den schwankenden, teppichbedeckten Flur. Gänsehaut überzog Arme und Beine und erhöhte meine Bereitschaft, das edle Handtäschchen gegen eine wärmende Strumpfhose auszutauschen.

»Mama, schau mal, die Frau dort im Nachthemd!«, hörte ich einen Bengel rufen.

Vorsichtig drehte ich mich um. Ohne Zweifel meinte er mich. An der Treppe zum Restaurantdeck kamen mir Leute in Jeans und Pullover entgegen, die mich neugierig anstarrten.

Wo sind wir denn hier, Junge? Auf einem Schiff trägt man eine andere Garderobe als auf dem Spielplatz.

Vermutlich hatte der Kellner sie wegen falscher Kleidung wieder weggeschickt. Aufrecht stakste ich an der Bar vorbei zum Büfett-Restaurant. Ein Paradiesvogel in der Arktis.

»Die hat wohl gleich ihren großen Auftritt«, hörte ich einen Mann seiner Begleiterin zuflüstern. »Wünschen wir ihr eine warme Bühne. Wirklich schlimm, womit einige Frauen ihre Brötchen verdienen müssen.«

»Und die Nierenbeckenentzündung therapiert sie dann auf Kosten der Allgemeinheit«, giftete die Frau.

Der Schädel drohte mir zu platzen, genau wie das Restaurant. Männer, Frauen, Kinder in warmer Freizeitkleidung drängelten sich um die Speisen. Overdressed, jagte es mir durch den Kopf. Völlig falscher Film. Die Frau an der Restaurantkasse musterte mich, ihre Mundwinkel zuckten. Gleich würde sie einen Lachkrampf bekommen und mich anschließend darauf hinweisen, dass ich mich auf der *Nils Holgersson* und nicht auf der *MS Deutschland* befand. Aber sie war Profi.

»Tut mir leid, dieser Termin ist ausgebucht«, erklärte sie. »Um halb zehn kann ich Ihnen einen Platz anbieten.«

Ein Wink des Schicksals. Zeit, mich den Gegebenheiten anzupassen. »Ich reserviere sofort«, hörte ich Joan Collins aus meinem Mund antworten. Mit spitzen Fingern zahlte ich den Platz samt Essen und Trinken bis zum Abwinken. Lässig ließ ich die Quittung im Designertäschchen verschwinden.

Durch die Glasscheibe, die das Restaurant vom Gang trennte, beobachtete ich, wie einige Gäste gierig in Salatschüsseln herumpanschten und den geräucherten Lachs mit Fingern von der Platte zupften. Ich bereute es, so voreilig reserviert zu haben.

Wieder in der Kabine, verstaute ich Kleid und Co. in Schutzhüllen ganz unten im Koffer. Bei Kerzenschein schlürfte ich das letzte Schlückchen Sekt und kämpfte gegen den hartnäckigen Wunsch an, auf die Schlacht am Büfett zu verzichten.

Überhaupt fand ich es außerhalb der Kabine unerträglich. Zu kalt, zu schlicht, zu wenig Service. Auf Kreuzfahrtschiffen bemühte sich eine ganze Crew persönlich um die Gäste, hier bekam ich vermutlich nicht einmal einen Steward zu Gesicht, geschweige denn den Kapitän. Mutterseelenallein ließen sie ihre Gäste in den Kabinen der höheren Ausstattung. Allein, mit nur einem winzigen Fläschchen Sekt.

Die Lichter im Hafen erhellten den Raum. Noch über eine Stunde, bis die Fähre endlich auf die schwarze Ostsee glitt. Was hatte Karsten sich bei dieser Reise nur gedacht? Er war geschaffen für Meetings, Partys, Entspannung am Kamin bei einem Glas Wein, aber nicht für mittelklassige Schiffstouren mit Selbstbedienung. Was mochte mich erst in Schweden erwarten? Hoffentlich war er noch da, wenn ich samt Koffer und Cabrio bei ihm vor der Tür stand.

Hast du in den vergangenen dreieinhalb Wochen wirklich gar nichts gelernt?, fragte eine innere Stimme. Unsichtbare Hände stießen mir die rosarote Brille von der Nase.

Die Natur, der Regen, Gummistiefel voller Schlamm, ein schmutziger Hund, auch diese Bilder gehörten zu Karsten.

Warum eigentlich war ich noch nie mit ihm bei Wind und Wetter draußen gewesen? Ach ja, das ruinierte Make-up und Frisur.

Ich lehnte mich zurück. Hagelkörner prasselten gegen die Scheibe. Irgendwo in der Ferne leuchtete ein Licht auf. Unsere Interessen drifteten manchmal ordentlich auseinander.

Ein Apartment in einer exklusiven Wohnanlage auf Mauritius. Unser Paradies im vergangenen Jahr für zwei Wochen. Essen vom Feinsten, Verwöhnangebote für Gestresste, herrliche Strände, aber Karsten langweilte sich schon nach einer Woche. Er sei durchmassiert und habe genug Aromen inhaliert, gestand er und beschloss, mit einem Einheimischen Touren in die Umgebung zu unternehmen, während ich mich, in Schlamm und Tücher gehüllt, der körperlichen Regeneration hingab. Abends saßen wir dann friedlich vereint an einem schön gedeckten Tisch am Sandstrand und ließen den Tag Revue passieren.

Er schwärmte von der wilden Landschaft, erzählte von der Familie des Einheimischen, von Pflanzen und Früchten, die er mit ihnen geerntet, und über das Essen, das er mit ihnen geteilt hatte. Karsten Goll isst den Armen die wenigen Fische weg, den Fang des Tages, obwohl er im edlen Beach Ressort Vollverpflegung gebucht hat, dachte ich damals. Erst später erfuhr ich, dass er die Familie noch immer finanziell unterstützte.

Meine Erlebnisse beschränkten sich auf die wenigen Gespräche mit dem Personal in der Wellnessabteilung, zum Beispiel über die Größe der Sandkörner, mit denen mein Körper abgerubbelt worden war.

Typisch, Marie. Fliegst auf die Südhälfte des Globus, landest auf einem wunderschönen Fleckchen Erde und hast nichts Besseres zu tun, als deine Optik aufpeppen und deine Muskeln durchkneten zu lassen. Zwei Wochen Mallorca hätten den Zweck genauso gut erfüllt.

Und jetzt schmollst du in deiner Kabine auf der skandinavischen Fähre, weil dein Partyoutfit daneben war, anstatt dich in Jeans an die Bar zu setzen und neue Erfahrungen zu sammeln. Morgen früh fährst du in deinem winterfesten Cabrio dann hungrig von Bord und hast alles verpasst, was geboten wurde.

Draußen schien es trocken zu sein. Energisch warf ich mir die dicke Jacke über die Schultern und verließ das sichere Reich, um an Deck zu flanieren. Sofern man den Ausdruck überhaupt verwenden konnte. Scharf pfiff der Wind, trieb mir die Tränen in die Augen, wehte die Haare nach hinten. Bis oben zog ich den Reißverschluss meiner Jacke zu und vergrub die Hände in den warmen Taschen. Die kalte Luft roch nach Meer und Salz. Ich lehnte mich gegen die Brüstung und schaute nach unten in das dunkle Hafenbecken. Mit jeder Minute, die ich an Deck stand, gewöhnte ich mich an den Wind. Jetzt ein Glas Cognac.

Das bekam ich drinnen – mit der freundlichen Bitte des Barkeepers, es auch dort zu leeren. Auf Kreuzfahrtschiffen durfte man sein Glas überallhin mitnehmen. Etwas mürrisch suchte ich mir zwischen Menschentrauben ein freies Plätzchen an einem Stehtisch am Fenster. Hitze. Zigarettenqualm brannte mir in den Augen.

»Wenn man von draußen kommt, empfindet man es einige Minuten lang als sehr stickig«, bemerkte eine Frau neben mir und schwenkte ihren Cognac. »Schon ewig her, dass ich den letzten Drink genommen habe. Aber als ich Ihren sah, bekam ich Lust darauf.«

Ich lachte und hob mein Glas. »Na dann, zum Wohl.«

»Sie fahren zum ersten Mal nach Schweden, nicht wahr?«

Ich nickte. »Woran merken Sie das?«

Schallendes Gelächter. Ihr sommersprossiges Gesicht knitterte sich wie Leinen beim Tragen. Einige Männer schauten zu uns herüber und lachten mit. »Wer hier im Abendkleid herumirrt und sich etwas später Cognac bestellt, eines der teuersten Getränke an Bord, kennt Schweden nicht.«

Mein heißes Gesicht leuchtete vermutlich wie eine reife Erdbeere. »Beim nächsten Mal weiß ich Bescheid.«

Sie zog einen Folder aus der Jackentasche und reichte ihn mir. »Besuchen Sie uns, wenn Sie in der Nähe sind. Mein Mann und ich freuen uns über Gäste. Wenn Sie uns nicht finden, fragen Sie in der Apotheke nach Britta. Dort bekommen Sie eine gute Wegbeschreibung.«

Bilder, Skulpturen, Büsten schimmerten auf dem grünen Hochglanzpapier. »Sie sind Malerin?«

»Und mein Lebensgefährte Bildhauer«, nickte sie. »Er wartet dort drüben auf mich. Wir feiern heute unseren vierzehnten Hochzeitstag – wenn man das ohne Trauschein so nennen darf.« Wieder lachte sie laut, klopfte mir kumpelhaft auf die Schulter und verschwand.

Das allgemeine Stimmengewirr verschluckte meine Glückwünsche. Ich fühlte mich wie ein Fremdkörper zwischen den Menschen. Nur wenige standen oder saßen allein. Neun zählte ich in meinem Sichtfeld, davon zwei Frauen. Beide blickten durch das große Fenster auf die dunkle See, entspannt und zufrieden.

Ich war weder entspannt noch zufrieden. Unter Strom stand ich, besonders dann, wenn ich an den kommenden Tag dachte.

»Hallo, da bin ich. Lass uns reden.« Überfall und gleich eine Forderung stellen? Völlig unklug, Marie.

Die kitschige Tour? »Ich hab es ohne dich nicht mehr ausgehalten. Bitte, bitte, schick mich nicht wieder weg!« Absolut daneben.

»Einfach verschwinden, wie konntest du mir das antun, Karsten? Ich habe mir solche Sorgen gemacht.« Er würde glauben, seine Mutter besuche ihn.

Vielleicht sollte ich es einfach auf mich zukommen lassen. Zuhören und ruhig sprechen, Sarkasmus vermeiden und bei Unsicherheit Joan Collins im Zaum halten.

»Ich habe nachgedacht. Wir sind zu unterschiedlich für ein gemeinsames Leben.« Was, wenn er das sagte?

Was, wenn er mehr Zeit mit Leo in der Natur verbringen wollte, statt mit mir vor dem Kamin? Dann müsste ich entgegnen: »Wir sind zu unterschiedlich Karsten. Es klappt nicht.«

Vielleicht war ich sehr wohl beziehungsfähig, nur Karsten der falsche Mann für mich. So falsch wie Karl und Lutz. Darüber hätte ich lange vor dieser Reise, lange vor der Hochzeit nachdenken sollen.

Keine Zeit. Schönheit ging vor Risiko.

In meiner Tasche fand ich Notizblock und Kugelschreiber. *Was mir an ihm gefällt*, schrieb ich nieder. Tja, was mochte ich an ihm? Eigentlich alles.

Unsinn, Marie, oft hast du dich über ihn geärgert, weil er seine Pullover über Stuhllehnen hängte. Weil er so oft allein mit Leo unterwegs war. Weil er die Küche nach dem Kochen nicht aufräumte. Weil er im Sommer lieber mit dem Jeep als mit dem Alfa Spider fuhr.

Ich liebte ihn, weil er zuverlässig, phantasievoll, intelligent und zärtlich war. Weil er mich verwöhnte und begehrte. Weil er ein guter Zuhörer war.

Einer, der selten über sich sprach. Zugegeben, so manchen seiner Versuche hatte ich abgewürgt. Problembehaftet.

Bei Marie Kerner lacht immer die Sonne. Sie wälzt sich grundsätzlich nur in Harmonie und Glanz. Zwar hat sie keine heile Familie, aber ihre Beziehung ist ein wahrer Traum. Die große Liebe. Keiner kann ohne den anderen sein. Alles unternehmen sie zusammen. Und wenn sie nicht auf Partys glänzen, dann hängen sie bei einem Glas Wein den rosigsten Träumen nach.

Karsten ist der perfekte Mann für eine perfekte Frau wie Marie. Wie wunderbar, dass es etwas so Schönes auf dieser schlechten Welt tatsächlich gibt!

Stoff aus einem Groschenroman. War ich eigentlich komplett von Sinnen gewesen? Drängte als emanzipierte, beruflich unabhängige Frau im einundzwanzigsten Jahrhundert einen Mann zur Heirat, weil ich ihn festhalten wollte. Um nie mehr allein zu sein. Um jemanden zu versorgen.

Und weil in der Gesellschaft verheiratete Frauen einen hohen Stellenwert hatten. Weibliche Singles stellten grundsätzlich eine Gefahr für alle Beziehungen dar. Hemmungslos flirteten sie die Männer anderer Frauen an. Oft erfolgreich, denn ihr Selbstbewusstsein machte sie attraktiv und egoistisch zugleich. Kurzum: Hände weg von Frauen, die allzu lange allein lebten! Sie waren nicht normal.

Leise schaukelte die Fähre auf die offene See hinaus. An Deck drängten sich die Passagiere. Ich quetschte mich dazwischen, schaute von der Brüstung hinunter. Immer schneller pflügte der massige Rumpf des Schiffs durch das schwarze Wasser, zerschnitt die Oberfläche und schäumte die Gischt auf wie Sahne. Jetzt gab es kein Zurück mehr.

21

Schwer und feucht drückte der Nebel auf die Wiesen. Kilometer um Kilometer legte ich auf Südschwedens Straße zurück, die sich rechts stellenweise dicht an die Küste schmiegte und mir einen kurzen Blick aufs graue Meer gewährte. Vereinzelt Bauernhöfe, meist weiß getüncht.

Als ich noch mit Lutz verheiratet gewesen war, hatten wir jedes Jahr im Oktober zum Geburtstag des Vaters seine Eltern in Nordfriesland besucht. Ein wenig erinnerte mich die Landschaft daran.

Je weiter ich nach Osten kam, umso mehr Holzhäuser prägten das Bild. Rot, blau, gelb oder weiß gestrichen. Felsen und Steine drückten sich durch den schweren Ackerboden an die Oberfläche. Bäume verdichteten sich zu Wäldern.

Nach rund zwei Dritteln der Fahrtstrecke zeigte sich hin und wieder für einige Minuten die Sonne, um dann schließlich völlig zu verschwinden. Kurz vor Karlskrona begann es zu nieseln.

Noch gut dreißig Kilometer lagen vor mir. Die Knie zitterten mir, während die Scheibenwischer schneller arbeiteten und das Navigationssystem mich Richtung Norden schickte, immer näher meinem Ziel entgegen.

Zumindest dem geografischen. Das andere Ziel hatte sich gestern vor, während und nach dem skandinavischen Büfett aufgeweicht wie ein Keks in Tee. Süßes Mus am Boden einer Tasse. Ein unappetitlicher Rest zum Wegspülen oder ein neues Fundament?

Ich sehnte mich nach ihm, doch in mir wuchs auch die Unsicherheit, ob wir wirklich zusammenpassten. Karsten, der erfolgreiche Geschäftsmann und begehrenswerte Single, durfte noch mit sechzig aus der Riege der schönsten Frauen auswählen. Ob er dickleibig und kahlköpfig war, spielte keine Rolle. Geld macht Männer sexy. Ich wollte einen Mann, der auch dann zu mir stand, wenn die Hüften schmerzten und die Hormone mir den Spaß am Sex verleideten. Einen Mann, der mich stolz begleitete, wenn Mund und Augen trotz sorgfältiger Pflege von Runzeln umgeben waren und wenn blaue Adern durch die erschlaffte Haut der Beine schimmerten. Der mich liebte, wenn ich meinen Mittagsschlaf brauchte, weil mich die Routinearbeiten eines Vormittags erschöpft hatten.

Laut Frau Broder mussten wir uns mit dem reifen Leben arrangieren und es mit Sinn, aber auch mit Freude erfüllen. Sie war ein gutes Vorbild. Sie pokerte, verliebte sich, tanzte, schlief mit einem Mann, der älter war als mein Vater.

»Die Leidenschaft bleibt«, hörte ich sie sagen.

Holmsjös Ortseingangsschild riss mich aus meinen Gedanken. Ein tristes Nest mit einem kleinen Supermarkt, einer Tankstelle und einigen Häusern am Straßenrand. »Jetzt links abbiegen«, tönte es kristallklar aus den Boxen.

Beschleunigter Puls. Du kannst nur gewinnen, motivierte ich mich.

Sein Jeep parkte in einer langen Einfahrt neben einem felsigen Rasengrundstück mit Beerensträuchern. Idyllisch das rote Holzhaus mit Sprossenfenstern hinter einem kleinen Hügel. Über der Eingangstür wehte die schwedische Flagge. Tief atmete ich durch, hielt hinter dem Jeep an. Langsam zog ich die Jacke über die Schultern und stieg aus. Kein Geräusch drang durch die neblige Luft. Mir war schwindlig, und ich versuchte, gleichmäßig zu atmen, während ich über den aufgeweichten Rasen zum Eingang schritt und auf Leos Bellen wartete. Doch es blieb still, auch als ich energisch klopfte.

Zu allem bereit, suchte ich in einem Korb an der Hauswand nach dem Schlüssel, dann unter der Fußmatte und fand ihn schließlich genau daneben unter einem leeren Blumentopf. Ich schloss auf und trat ein. Glänzende Holzdielen auf dem

Boden, geweißte Wände, links der Eingang zur Stube. Eine Puppenstube. Mir verschlug es den Atem. Nicht nur deshalb, weil Karsten über die Lehnen aller vier Holzstühle am großen Esstisch seine Pullover gehängt hatte. An den Wänden eine antike Streifentapete in Blautönen, uralte Fotografien, die vermutlich die ersten Besitzer des Hauses zeigten. Eine Großfamilie im Sonntagsstaat, aufgereiht vor dem Haus. Die Blusen der Frauen steif und faltenfrei, die Haare hochgesteckt. Männer in Anzügen, gezwirbelte Bärte in den stolzen Gesichtern. Ein kleines Museum mit kunstvollen Häkeldeckchen auf Tischen und Schränken. Der Kamin voll Asche, davor Leos Korb und sein heiß geliebter Büffelhautknochen.

Eine schmale Tür führte in ein schlichtes Badezimmer mit mickriger Dusche und winzigem Waschbecken. Vom Flur aus ging es in die Küche. Ein Tisch mit Wachstuchdecke, Elektroherd mit vier Platten, Kühlschrank, in dem ein Fisch und ein Stück Käse lagerten. Der absolute Kontrast zu Karstens Wohnung. Derart einfach, wie ich es nur aus Kindertagen von meinen Freundinnen kannte.

Stimmen drangen von weither ins Zimmer. Ich sah aus dem Fenster auf einen rund zweihundert Meter entfernten See. Darauf ein Mann mit Hund im Ruderboot, am Ufer eine winkende Blondine.

Unruhig beobachtete ich ihn. Er winkte lachend zurück.

Hör auf, jeder Blondine den Status einer Nebenbuhlerin zu verleihen!, befahl ich mir stumm.

Von der Küche aus führte eine steile Treppe ins Dachgeschoss zum Schlafraum mit vier schmalen Betten, die Bandscheibenvorfälle geradezu zu fördern schienen. Wie hier die auf den Fotos abgebildete Kinderschar entstanden sein sollte, blieb mir ein Rätsel.

Ich stieg wieder nach unten. Am See unterhielten sich Karsten und die Blondine. Trotz der Entfernung ließ sich nicht übersehen, dass ich ihr mindestens zehn Jahre voraus hatte. Die Eifersucht stach mir in die Brust wie Nadeln.

Neugierig stöberte ich in Karstens ausgebreiteten Sachen. Bücher, CDs, sein Handy in der Obstschale, Notizzettel. Auf dem Esstisch ein aufgeschlagener Schreibblock.

»Was ich an Marie liebe«, las ich und sank auf den Stuhl. Kaum traute ich mich zu atmen, während meine Blicke jedes Wort auf dem Papier verschlangen. Warmherzig, gutmütig, intelligent, treu, verantwortungsbewusst, ehrgeizig. Er mochte mein Engagement im Job, meine Begeisterungsfähigkeit für neue Herausforderungen, meine Kontaktfreudigkeit. Er mochte mein Lachen, mein Gesicht, meinen Körper, und er schlief gern mit mir. Na bitte, das war doch eine ganze Menge.

Ich blätterte weiter. Was ihm nicht gefiel und was er sich wünschte. Zunächst meine Übertreibungen, sorgfältig aufgelistet: im Beruf, bei der Versorgung des Haushalts und der Mahlzeiten, Diäten, Schönheitspflege. Es folgten meine Angst vor dem Älterwerden, die Angst, nicht geliebt zu werden, das Weglaufen vor Problemen und seine Vermutung, dass ich mich gar nicht für ihn interessiere.

Sauber gearbeitet, Herr Goll. Besser hätte es kein Psychologe darstellen können. Nur ein kleiner Irrtum: der letzte Punkt.

Von unten ertönte helles Lachen. Durch einen Tränenschleier blickte ich zum See. Noch immer standen Karsten und die Frau zusammen, dicht zusammen.

Karsten wünschte sich von mir mehr Selbstbewusstsein statt Angst, mehr mentale Nähe und mehr Zeit für ihn. Nur wer bei sich angekommen sei, könne auch andere erreichen, hatte er geschrieben. »Ich wünsche mir von Marie, dass sie sich endlich selbst findet, denn sie ist ein lohnenswerter Fund.«

Sehr philosophisch, Karsten.

Das Lachen kam näher. Leeres Seeufer. Schnell weg hier! Ich warf den Block auf den Tisch, lief zur Tür, schloss ab, verstaute den Schlüssel am angestammten Platz und rannte zum Auto.

In Karlskrona checkte ich in einem Hotel in der Innenstadt ein. Vier Sterne, kitschige Einrichtung. Egal.

Kitsch im Zimmer, Chaos im Kopf. Ich schloss die Augen, drückte mit den Fingerspitzen gegen die pochenden Schläfen. Er und die Blondine in der Puppenstube. Seine Notizen. Seine Gedanken.

Meine Gedanken. Wie sollte ich sie ordnen? Es war ein Fehler gewesen, unvorbereitet herzukommen. Nein, es war genau richtig gewesen. Nur das bunte Zimmer mit den grässlichen roten Herzkissen auf dem Bett machte mich wahnsinnig.

Ich nahm die Jacke vom Haken, warf die Tasche über die Schulter und marschierte nach draußen in den Tag, der nicht enden wollte. Reges Treiben in der Fußgängerzone. Kleine Boutiquen reihten sich aneinander. Wolle, Pullover, Keramik, Trekkingmode, Gesundheitsschuhe, Jeans, Sportkleidung, alles bequem und funktionell. Nichts fürs Geschäftsleben in Deutschland. Mehr um mich abzulenken, kaufte ich mir einen warmen Pullover und eine derbe Cordhose.

Eigentlich wünschten Karsten und ich uns doch das Gleiche. Mehr mentale Nähe, wie schön er es ausdrückte! Ich selbst sein zu dürfen mit meinen Fehlern und Ängsten, danach strebte ich so sehr, wie meine *Fit40*-Kundinnen es taten.

Wir brauchten eine neue Chance. Unser Privatleben fand nicht auf Partys statt, inmitten fremder Menschen, Fotografen, Reporter. Partys gehörten zum Job. Unsere Liebe verlangte einen eigenen Raum. Sie entwickelte sich jenseits des Rummels.

Arbeit, Partys, Liebe, alles in einen Topf werfen, Marie, gut mischen und tief darin eintauchen. Färbt eine bunte Hülle, die zu allem passt, aber nichts über den Inhalt verrät. Schluss damit!

Ich musste mit ihm reden. Zurückfahren und anklopfen? Damit degradierte ich mich selbst zur plumpen Bittstellerin.

Einen Zettel mit Terminvorschlag für ein Treffen am See hinter die Windschutzscheibe klemmen? Kinderkram.

Die Füße schmerzten mir, und der Magen knurrte. In einem Bistro trank ich eine Kanne dünnen schwedischen Kaffee, dazu aß ich ein Camembertbaguette.

Aus flachen Boxen unter der Decke drang mir Edith Piafs unvergleichliche Stimme ans Ohr. Nur wenige Tische waren besetzt, an den Wänden hingen Bilder mit Motiven französischer Landschaften und Städte. Die Brücke in Avignon, der Eiffelturm in Paris, ein Lavendelfeld in der Provence.

Ich ließ mich fallen, spürte die Wärme des Südens, die ich so liebte, roch den Duft von frisch gebackenem Baguette und scharfem Ziegenkäse.

Ein Bild hing neben dem anderen.

Mark hatte von einem Ferienhaus bei Orange erzählt und dass es seinem Vater früher dort sehr gefallen habe. Um diese Jahreszeit war es im Midi noch herrlich warm. Man konnte den ganzen Tag draußen sitzen. Anders als hier. Aber wenn man wollte, genauso ruhig.

Schade, dass Karsten die Bilder nicht sah.

Bilder! Plötzlich schoss mir das Blut durch die Adern. Wärme durchströmte meinen Körper, erfüllte ihn mit Hoffnung und Zuversicht. Das war die Lösung. Bilder sagten mehr als Worte. Genau genommen ging es zwar nur um ein einziges Bild, aber in diesem Fall sprach es Bände.

Den Folder von Britta fand ich zerknüllt in meiner Tasche. Ja, sie sei zu Hause und freue sich auf meinen Besuch.

Ich hastete zum Hotel, sprang ins Auto und folgte der Route nach Nordwesten bis nach Emmaboda. Der Apotheker wollte gerade schließen, erklärte mir dann aber genauestens den Weg zu Brittas Haus. Er fertigte eine Zeichnung an, deren Präzision selbst Dana Dix begeistert hätte.

Eine gute Viertelstunde lang tastete ich mich im Cabrio durch die Dunkelheit. Zuerst über geteerte Wege, dann über Schotterpisten bis zum erleuchteten Haus, wo Britta bereits hinter der Tür auf mich wartete.

»Ich war mir ganz sicher, dass wir uns bald sehen«, strahlte sie. »Das Gefühl habe ich nur selten.«

Drinnen ein gedeckter Abendbrottisch für drei und der Mann ihres Lebens, der mir aus warmen Augen entgegensah. Er hieß Bengt, war Schwede und sprach fast perfekt deutsch.

Brittas selbst gebackenes Vollkornbrot schmeckte herrlich, der frische Käse ebenfalls, dazu tranken wir Bier. Britta erzählte, wie sie Bengt auf einer Ausstellung in Norwegen kennengelernt und schon bald beschlossen hatte, zu ihm zu ziehen. Ihre erwachsenen Kinder meldeten Ansprüche an die Mutter als Kinderfrau und Haushaltshilfe an. Britta packte trotzdem ihre Sachen, sich des Risikos ihrer Entscheidung voll bewusst.

»Du weißt nie, ob es klappt, und wenn ja, wie lange es hält. Beziehungsgarantien gibt es nicht, Krisen aber garantiert«, zitierte sie.

»Beziehungskrisen können sehr konstruktiv sein, wenn man ihnen den Beigeschmack einer Katastrophe nimmt. Aber beide Partner müssen das gleiche Ziel anstreben«, ergänzte Bengt und ergriff Brittas Hand.

Nach dem Essen zeigten die beiden mir ihre Ateliers und ihre Arbeiten. Britta bedauerte, dass ich nicht früher gekommen war, um die Werke bei Tageslicht zu betrachten.

»Marie bleibt wenigstens bis morgen«, bestimmte Bengt. »Fahren kann sie ohnehin nicht mehr. Hier gilt die Nullkommazwei-Promille-Grenze.«

»Genau. Ich richte dir schnell das Ferienhäuschen her, und du bleibst, solange du magst.«

Ein Angebot, das ich gern annahm. Selbstverständlich half ich ihr, das Häuschen herzurichten, was sich im Wesentlichen auf das Beziehen des Betts und das Anzünden des Kamins beschränkte. Im Kühlschrank fand Britta noch eine halbe Flasche Wein, bei der ich ihr später erzählte, was mich hergeführt hatte.

Sie bot sofort ihre Hilfe an.

Noch am gleichen Abend bat ich Isa, sich von meinen Eltern den Wohnungsschlüssel zu besorgen, mit meiner Digitalkamera das Gemälde in unserem Schlafzimmer zu fotografieren und die Datei an Britta zu mailen.

»Ich erledige das morgen früh, wenn es hell genug ist, Marie. Allerdings würde ich lieber meine Kamera benutzen und die Datei von meinem Computer aus mailen.«

Mir war es recht, Hauptsache, sie schickte die Fotos.

Anschließend informierte ich meine Eltern. Meine Mutter war beleidigt, weil ich Isa statt sie um Hilfe gebeten hatte. Als ich ihr aber erklärte, dass die Hilfe digitales Fotografieren und Mailen erfordere, schwieg sie.

In der Nacht schlief ich tief und fest. Ich träumte von der Provence, blühendem Lavendel und einer kleinen Bucht am Meer, in der Karsten und ich ganz allein badeten.

Mein Weg zum Hotel am nächsten Morgen führte durch Holmsjö. Karstens Geruch entfaltete sich im Auto, auf dem Pullover, auf der Haut. In meiner Brust mischten sich Aufregung und Freude. Mit dem Bild kitzelte ich den richtigen Nerv. Präziser als mit jedem Wort. Ausweichen, ignorieren unmöglich.

Vom blauen Himmel strahlte die Herbstsonne herab. Ein guter Tag. Die Rückfahrt zu Britta genoss ich in vollen Zügen. Die Wiesen und Wälder wirkten freundlicher als am Vortag. Ihr Haus strahlte mir noch einladender entgegen, die Ruhe und Einsamkeit belebten mich wie starker Kaffee.

»Die Mail ist schon da«, empfing sie mich. »Acht Fotos, die Hälfte davon brauchbar.«

Ich fand sie alle toll, aber ich kannte das Gemälde ja auch. Zwei Silhouetten, die sich im Feuer aufeinander zubewegten und miteinander verschmolzen, ohne sich selbst aufzulösen.

Manchmal betrachtete Karsten das Bild, bevor er das Licht im Schlafzimmer ausknipste. Vor unserer Hochzeit war das sehr oft vorgekommen. Vermutlich hatte er die Ähnlichkeit zwischen dem Bild und uns gesucht.

Britta war begeistert von dem Motiv, von seiner Schlichtheit und Ausdruckskraft. Sie erkannte Details, die ich nie bemerkt hatte, und scheute sich ein wenig, es zu verkleinern und zu kopieren.

»Aber es dient ja einem guten Zweck«, tröstete sie sich schließlich.

Sie brauchte den ganzen Tag und den ganzen Abend. Am nächsten Morgen überreichte sie mir das Bild. Es war perfekt.

Auf die Rückseite neben Brittas Firmenaufkleber und dem Hinweis darauf, dass es sich um eine Kopie handelte – darauf bestand sie –, heftete ich die Wegbeschreibung des Apothekers. Dazu einen gelben Notizzettel, auf den ich nur die Adresse, das morgige Datum und die Zeit schrieb: neunzehn Uhr. Vorsichtig packte ich alles erst in Leinen, danach in Luftpolsterfolie und schließlich in einen großen Umschlag mit seinem Namen.

»Willst du wirklich selbst fahren?«, fragte Britta. »Bengt überbringt es bestimmt gern.«

»Ihr habt schon genug für mich getan, Britta. Das muss *ich* jetzt erledigen. Allerdings fällt mein Auto sofort auf.«

Sie warf mir die Schlüssel ihres Volvo zu. Auf der Rückbank fand ich eine Mütze, die ich mir überstülpte. Ich war sicher, dass mich so niemand erkennen würde.

Das Haus wirkte verlassen, die Einfahrt war leer. Langsam glitt der Volvo über die schmale Straße. Unmöglich, das schöne Bild einfach vor die Tür zu stellen.

Ein Stückchen weiter fand ich einen Parkplatz, von dem aus ein Waldweg zum See führte. Ich setzte mich auf eine Bank neben dem Steg, wo sich im Sommer Badegäste tummelten. Im Gebüsch entdeckte ich ein Ruderboot. Absolute Stille hüllte mich ein, unterbrochen vom Schlag meines Herzens und dem Rauschen meines Bluts. Erst als mir feuchte Kälte durch die Kleidungsschichten kroch und als mich fröstelte, kehrte ich zum Auto zurück. Von Weitem beobachtete ich, wie Karstens Jeep auf dem Nachbargrundstück verschwand.

Ich schlich zum Haus, legte das Paket vor die Tür, schlich zurück. Erst in der Sicherheit des fahrenden Autos beruhigte sich mein Puls.

Bis ich ihn vor der Tür des Nachbarhauses erspähte, die sich gerade öffnete. Mechanisch ging ich auf die Bremse. Die Blondine trat heraus. Er reichte ihr eine braune Tüte. Sie lächelten sich an. Ich spürte die Spannung zwischen den beiden. Meine Hände umklammerten das Lenkrad.

Selbstbewusst ging sie zu ihm, schlang ihm die Arme um den Hals und küsste ihn auf den Mund. Kurzes Zögern, bis seine großen Hände ihre schmale Taille umfassten.

Knutschend kreisten die beiden vor meinen Augen, immer schneller. Mein Kopf sank nach vorn, die Stirn knallte auf die Hupe. Ich zuckte zusammen, richtete mich auf. Leo bellte. Die beiden rissen sich voneinander los und starrten mich an.

Laut heulte der Volvomotor auf, und ich schoss davon.

Diese raffinierte Unschuld vom Lande war scharf auf meinen Mann. Und er fiel darauf herein.

Blamiert bis auf die Knochen, Marie. Ich rieb mir die schmerzende Stirn. Fast zwanzig Kilometer lang summierte ich alle Möglichkeiten, den Umschlag unbemerkt zurückzuholen. Sie bezifferten sich auf null.

Brittas Trost zog wie Nebel an mir vorbei. Immerhin sei die Initiative von der Frau ausgegangen. Sie habe ihn überrumpelt.

Der arme Kerl. Willenlos und schwach, war er ihr ausgeliefert.

Meine Gedanken wechselten die Richtung.

Hoffentlich hatte er mich erkannt. Damit verlöre ich den Status der Alleinschuldigen. Mal sehen, was er sich einfallen ließ, um seinen Patzer zu erklären. So schwer es fiel, ich beschloss, die Szene zu verdrängen und wie geplant fortzufahren.

Der Tag X zog sich hin wie eine halbe Woche. Ich putzte das Häuschen, schmorte saftiges Gulasch. Dazu sollte es Baguette geben, vorher einen Salat und als Getränke Wasser und französischen Landwein.

Als ich den ländlich schlicht gedeckten Tisch betrachtete, reifte in mir der Gedanke, wenigstens zum Abschluss einen Cognac zu servieren. Da Britta nur mit Bier und Wein dienen konnte, musste ich welchen besorgen, was komplizierter war als zu Hause. Denn nur staatliche Spezialgeschäfte durften Spirituosen verkaufen.

Britta riet dringend vom Einkauf ab, weil derzeit Abstinenzlergruppen aktiv gegen Alkoholkonsum protestierten. Häufig fingen sie Kunden vor dem Laden ab. Hätte ich ihre Warnung nur ernst genommen.

Drei Männer in schwarzer Kleidung blockierten meinen Weg, als ich mit dem Fläschchen zu einem Preis, für den ich zu Hause eine ganze Kiste bekommen hätte, das Geschäft verließ. Heftig gestikulierend redeten sie auf mich ein, einer hob eine Bibel. Ich wollte mich an ihnen vorbeidrängen, doch sie ließen mich nicht. Auch dass ich deutsch sprach, interessierte sie nicht. Einer krächzte mir deutsche Brocken ins Gesicht, die wie »Sünde, Globus, retten« klangen.

Meine Uhr zeigte zwanzig vor sieben. Noch eine gute Viertelstunde, bis Karsten kam. Verzweifelt ruderte ich mit den Armen, schlug um mich, einer hielt mich fest. Der Verkäufer drinnen stellte sich blind. Er hatte sein Geschäft gemacht.

Ein zweiter Mann zog mich zur Seite, wieder redeten sie auf mich ein, jemand griff nach meiner Schultertasche. Ich schrie, schlug erneut um mich. Die Tasche rutschte mir von der Schulter, landete auf dem Boden.

Hoffentlich konnte Britta Karsten davon überzeugen, auf mich zu warten.

Passanten blieben stehen. »Die ist betrunken«, hörte ich jemanden auf Deutsch sagen. »Eine Schande, sich in einem fremden Land so zu benehmen!«

Nein, helfen Sie mir. Ich wollte doch nur ein Glas Cognac nach dem Essen servieren. Bitte. Die Worte blieben mir in der Kehle stecken.

Eine Frauenstimme. »Hol die Polizei!«

Tränen liefen mir über das Gesicht. Mich gegen drei zu wehren, dafür reichte die Kraft nicht.

»Nehmen Sie die betrunkene Frau fest!«, rief der Mann.

»Wie viel haben Sie getrunken?«, fragte mich ein Polizist auf Englisch.

Ich schüttelte den Kopf. Ein zweiter reichte mir einen Alcomat. Benommen blies ich hinein.

Die Uhr am Stadthaus zeigte fünf vor sieben. Ich lehnte mich gegen die Hauswand und schloss die Augen. Es war zu spät. Wer die eigene Hochzeit verpasste, der ließ auch ein Versöhnungsessen platzen.

Marie, du bist großartig. Alles Schöne machst du kaputt.

Hätte ich es nur bei dem Wein belassen. Er reichte doch. Aber nein, zum perfekten Abschluss eines Essens gehörte der Cognac. Ich lernte es einfach nicht, unvollkommen zu sein.

Zu spät. Wieder einmal zu spät.

Am Bein spürte ich etwas warmes Weiches. Es kroch herauf bis zur Hüfte und drückte mich gegen die Wand. Ich blickte hinunter in zwei braune Augen.

»Leo!«, schrie ich. Ich bückte mich und versteckte das Gesicht in seinem Fell. Freudig presste er sich gegen mich, wedelte heftig mit der Rute »Leo!«

»Marie! Was ist passiert?« Energisch schob Karsten die Menschen zur Seite, schritt auf mich zu.

»Ich wollte nur noch schnell Cognac besorgen.«

»Sie hat nichts getrunken!«, brüllte der Polizist dem Mann zu.

Ich fühlte Karstens Arm um meine Schultern, mit der freien Hand strich er mir die Haare aus dem Gesicht. »Komm, lass uns hier verschwinden!« Er zog mich zum Parkplatz. »Bist du in Ordnung?«

Ich nickte. »Nur der Cognac ist weg.«

»Wozu brauchen wir den, Marie?«

»Ich wollte ...«

»Ein perfektes Essen servieren?«

Ich schaute ihn an. Die straff zurückgegelten Haare von dünnen weißen Strähnen durchzogen. Eine Wunde am rasierten Kinn, die Augenbrauen über den hellen Augen ungekämmt, Fältchen auf der Stirn, um die Augen herum. Die Partydamen wären entsetzt gewesen. Sechsundvierzig und überhaupt nicht perfekt.

»Nein, Karsten«, sagte ich deutlich und fühlte mich auf einmal sehr stark. »Ich wollte ein schlichtes Essen lediglich mit einem Drink beschließen.«

Epilog

Gnadenlos brennt die Sonne vom blauen Himmel.

Wir sitzen geschützt zwischen den kühlenden Mauern aus Naturstein, über uns spendet eine große Markise Schatten. Ich trinke einen Schluck Rotwein, bevor ich frischen Ziegenkäse auf ein Stück Baguette streiche und abbeiße.

Leo schmatzt, legt mir den Kopf aufs Knie und schaut zu mir rauf.

»Früher hat er nie gebettelt«, bemerkt Karsten, steckt sich eine Olive in den Mund und lehnt sich zurück. Sein Blick schweift über das blühende Sonnenblumenfeld direkt vor unserer Terrasse. Den ganzen Nachmittag haben wir allein in einer Bucht am Meer zugebracht.

»Ja, es hat sich viel verändert«, sage ich in die Stille hinein.

Er beugt sich vor. »Du bist attraktiver geworden, Marie.«

Ich lächle. Viele Kundinnen haben es ebenfalls bemerkt und mich nach meinem Geheimnis gefragt. »Frische Luft, Bewegung, Selbstvertrauen«, antworte ich jedes Mal. Bei Kundinnen in intakten Beziehungen ergänze ich den Faktor Liebe.

»Und viel interessanter«, grinst Karsten herausfordernd.

Damit spielt er auf meine eigene Meinung an. Seitdem ich sie vertrete, statt mich stumm anzupassen, geraten wir schon mal aneinander, was unsere Beziehung ungemein belebt und intensiviert. Bis hierhin allerdings war es ein steiniger Weg, der vor einem Jahr in Schweden begann, in dem Haus am See, in das wir uns zurückzogen. Die Blondine nebenan gab ihre Bemühungen bald auf. Sie habe ihn mit dem Kuss überrumpelt und er mich für einen Moment vergessen, gestand Karsten später. Niemals jedoch hätte er sich zu mehr hinreißen lassen.

Wer kann nachher schon sagen, was wirklich geschehen wäre, wenn ...

Systematisch listeten wir unsere Schwachstellen auf. Emotionen schalteten wir so weit wie möglich aus, und manchmal fühlte ich mich wie eine Beamtin, die einen Stapel Anträge sortiert. Noch heute bewundere ich unsere damalige Disziplin. Ohne sie hätten wir uns vermutlich zu früh im Dickicht der Gefühle verirrt und wären hoffnungslos gescheitert. So überrollten sie uns erst, als wir die einzelnen Punkte diskutierten.

Es war die extremste Berg- und Talfahrt meines Lebens. Die tiefste Talsohle hatten wir nach etwa einer Woche durchquert. Wir saßen vor dem knisternden Kamin, tranken Tee und redeten über das Älterwerden. Noch heute fühle ich die Enge aus meiner Brust weichen, als er seine Ängste vor dem Verlust von Persönlichkeit, Kraft, Potenz, Gesundheit beschrieb. Lange schauten wir uns an, spürten mit jeder Sekunde stärker, dass wir es schaffen würden.

Im Dachgeschoss schoben wir die Betten zusammen.

Gleich nach unserer Rückkehr versteigerte ich mein Brautkleid im Internet. Es kostete mich Überwindung, das edle Stück gierigen Schnäppchenjägern zum Fraß vorzuwerfen, aber ich wollte beweisen, dass ich loslassen konnte. Außerdem reizen mich derartige Auktionen mindestens so stark wie Karsten, den angeblich allein der Spaß dazu verleitete, einige gefriertaugliche Komponenten unseres Hochzeitsmenüs auf diese Art zu verkaufen. Den Erlös daraus sowie den größten Teil der Speisen spendete er sozialen Einrichtungen. Ich schenkte meinen Gewinn Frau Broder für die Ausrichtung einer Seniorenparty zum Jahreswechsel.

Die Arbeit plane ich jetzt anders und gestehe mir einen Feierabend zu. Mein Umsatz hat sich kaum verringert, und mit Edgar habe ich mich arrangiert. Er akzeptiert inzwischen, dass ich von den Top Drei der besten *Fit40*-Mitarbeiterinnen unter die Top Ten gerutscht bin.

KarGo & Dix expandiert weiter. Hochkarätige Experten unterstützen mittlerweile die Teams und Chefs. So gewinnt Karsten Zeit – für sich, für mich, für uns.

Seit einigen Monaten joggen wir regelmäßig, und oft begleite ich Mann und Hund in den Wald. Ich besitze jetzt Wetterjacke, Gummistiefel und Regenkleidung, dafür allerdings weniger Partykleider.

Partys besuchen wir höchstens einmal im Monat. Lieber verbringen wir die Stunden zusammen mit Freunden. Gespräche statt Small Talk. Presserummel meide ich – auch wenn wir Lu May besiegt und erfolgreich in die Flucht geschlagen haben.

Ariane hat sich entschlossen, ein weiteres Jahr in LA zu bleiben. Der Grund heißt James und ist Arzt. Ein harter Schlag für mich, über den mich nur die Tatsache hinwegtröstet, dass sie mir dank der Tiefe unserer Telefongespräche jetzt näher steht als früher.

Erika arbeitet inzwischen als freie Astrologin, sogar ziemlich erfolgreich, habe ich gehört. In die Sterne lasse ich sie trotzdem nicht mehr schauen.

Karsten lächelt mich an. Er musste als Erster von uns beiden den Verlust eines Elternteils verarbeiten. Im Frühjahr ist sein Vater gestorben. Die Trauer hat uns noch stärker zusammengeschweißt. Angesichts der Endlichkeit rückt der Wert des Lebens neu ins Bewusstsein und mit ihm der Vorsatz, dankbarer zu sein und sich selbst anzunehmen. Ich glaube, mir ist es gelungen.

Karsten gehört nun, zumindest in der männlichen Reihe seiner Familie, zur ältesten Generation. Glücklicherweise jedoch zu einer mit langer Lebenserwartung. Besonders für Paare. Denn die leben statistisch länger, weil sie mehr auf sich achten.

Seine tiefen hellen Augen ruhen auf meinem Gesicht. »Was glaubst du, mein Schatz, wie lange halten wir es miteinander aus?«

Ich fange seinen warmen Blick auf, um ihn festzuhalten. »Hoffentlich noch sehr lange.«

Er greift nach meiner Hand, zupft am schmucklosen rechten Ringfinger. »Lebenslänglich, Marie?«

»Vielleicht.« Mein Herz trommelt gegen die Brust.

Er lacht unternehmungslustig. »Willst du mit oder ohne Trauschein?«

Auf jeden Fall will ich ohne appetithemmenden Cocktail.

Übrigens hat er von diesem Zaubertrunk nie erfahren.

Gaby Hauptmann

Ran an den Mann

Roman. 320 Seiten. Serie Piper

Schöne dunkle Augen hat er, das muss sie zugeben. Eva gönnt sich eigentlich nur noch kurz einen Absacker an der Bar, bevor sie nach Hause fährt. Und jetzt sieht sie dieser Typ da so an. Schon klar, was er will. Aber will sie auch? Unwillkürlich schießen ihr die magischen Worte ihrer frühreifen Töchter durch den Kopf: »Ran an den Mann …«

Frau mit Töchtern sucht ihren Weg – Gaby Hauptmanns Heldinnen finden dabei manchmal mehr, als sie wollen …
Der neue prickelnde Roman der Bestsellerautorin über die Wirrungen eines ganz normalen Lebens!

05/2068/01/L

Jana Sonntag

Mein wunderbarer Brautsalon

Roman. 224 Seiten. Serie Piper

Was passiert, wenn man seine absolute Traumfrau kennen lernt – aber leider ist sie gerade dabei, sich das Kleid für ihre Hochzeit auszusuchen? Und was, wenn diese Traumfrau in Wahrheit gar nicht heiraten, sondern nur ein Brautkleid anprobieren will? Dann ist das Chaos vorprogrammiert …
Als Annika den Brautsalon Hübner betritt, um sich das Traumkleid ihrer Schwester genauer anzusehen, probiert sie es kurz entschlossen selber an. Christoph, begeistert von der neuen Kundin, lässt seinen Charme spielen. Typisch, denkt Annika, kaum ist sie scheinbar unerreichbar, macht ihr ein Mann schöne Augen. Warum nicht weiter so tun, als sei sie vergeben? Jetzt muss nur noch ein Bräutigam her …
Temporeich, witzig und romantisch ist Jana Sonntags Debütroman über die manchmal verschlungenen Wege der Liebe.

05/2080/01/R

SERIE PIPER

Sabine Both

Fangfrisch

Roman. 224 Seiten. Serie Piper

Mit Alvin ist Ella ein ziemliches Prachtexemplar ins Netz gegangen – findet sie zumindest. Bis sie feststellen muss, dass er so gar keine Lust auf Familiengründung hat. Ella aber sehr. Ist sie in eine Sackgasse geraten? Überstürzt reist sie zu ihrer Freundin nach La Palma: würzige Meeresluft, laue Sommernächte und unerschöpfliche Jagdgründe, in denen Jacques auftaucht, ein praktizierender Lebenskünstler, der viel von Schicksal redet. Doch so neu und aufregend alles ist, die Sehnsucht nach Alvin bleibt, sie möchte diesen Glücksgriff ihres Lebens nur ungern davon schwimmen lassen ...

Ein turbulenter Roman über tolle Hechte und echte Glücksgriffe, die man nicht zurück ins Meer werfen sollte.

05/2073/01/L

Martina Rellin

Ich habe einen Liebhaber

Frauen erzählen von ihren Begegnungen mit dem ganz besonderen Mann. 256 Seiten. Serie Piper

Mit ihren Ehemännern oder festen Partnern verbindet sie der Alltag – Abenteuer, Lust und Leidenschaft erleben sie mit einem anderen: In diesem Buch erzählen dreiundzwanzig Frauen von ihrer Begegnung mit dem ganz besonderen Mann. Ein Liebhaber gibt ihnen das, was ihnen in ihrer festen Beziehung fehlt. Frauen mit Liebhabern suchen nicht nur Sex, sondern auch jemanden, der ihnen zuhört und Schmetterlinge in den Bauch zaubert. – »Jede dritte Frau geht fremd«, titelte eine Boulevard-Zeitung. Martina Rellin, Bestseller-Autorin mehrerer Liebhaber-Bücher, ergänzt provozierend: »Gäbe es die Liebhaber nicht, noch mehr Ehen landeten vor dem Scheidungsrichter.«

Der Spiegel

05/1848/01/R